KB080550

Para
mis lectores
coreanos
con cariño

한국의 독자분들께 사랑을 담아

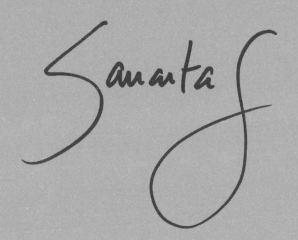

입속의 새

사만타
슈웨블린

입속의 새

SAMANTA
SCHWEBLIN

엄지영 옮김

PÁJAROS EN LA BOCA

창비
Changbi Publishers

차례

일러두기

1. 이 책은 Samanta Schweblin, *Pájaros en la boca y otros cuentos*(Literatura Random House 2017)를 번역 저본으로 삼되, 저자의 요청으로 영문판 *Mouthful of Birds*(Riverhead Books 2019)의 수록 작품과 순서를 따랐다.
2. 본문 중의 각주는 옮긴이의 것이다.
3. 본문 중의 고딕체는 원서에서 이탤릭체로 강조한 부분이다.

절망에 빠진 여자들

도로를 보는 순간, 펠리시다드*는 자신의 운명을 직감한다. 그는 그녀를 기다리지 않았다. 마치 과거가 형태를 띠고 나타나기라도 한 것처럼, 저 먼 지평선에서 자동차 미등의 빨간 불빛이 희미하게 어른거리는 듯하다. 하지만 벌판의 고른 어둠속에는 환멸과 웨딩드레스 그리고 그렇게 오래 머물지 말았어야 했던 화장실뿐이다.

그녀는 화장실 문 옆 바위에 앉아 웨딩드레스 자수에 붙은 쌀알을 떼어낸다. 아직은 울지 않는다. 다만 버림받았다는 충격에서 헤어나지 못한 채 웨딩드레스의 주름을 펴고 손톱을 살펴보면서, 돌아오기를 기다리는 사람처럼,

* Felicidad. 스페인어로 '행복'을 뜻한다.

그가 사라져버린 도로를 망연히 바라본다.

"그들은 돌아오지 않아." 네네의 말에 펠리시다드는 깜짝 놀라 비명을 지른다. "저 길은 엉망진창이야."

여자는 펠리시다드 뒤에 있다. 그녀가 담배에 불을 붙인다.

"엉망이야, 그냥 최악이라고."

펠리시다드는 가까스로 마음을 다잡는다. 충격이 진정되는 동안, 그녀는 드레스의 어깨끈을 바로잡는다.

"처음?" 네네가 묻는다. 그녀는 펠리시다드가 용기를 되찾아 더이상 떨지 않고 자기를 똑바로 볼 때까지 무덤덤하게 기다린다. "그러니까 그 남자가 첫 남편이냐고 묻는 거야."

펠리시다드는 간신히 억지웃음을 지어 보인다. 그녀는 네네에게서 한때 자기보다 훨씬 더 아름다웠을 법한 어느 여인의 늙고 쓸쓸한 얼굴을 발견한다. 전체적으로 나이에 비해 너무 빨리 늙어버린 듯하지만, 맑은 눈과 완벽하게 균형 잡힌 입술만큼은 여전하다.

"네, 첫 남편이에요." 펠리시다드는 기어들어가는 목소리로 어물거린다.

도로에 하얀 빛이 나타나 두 여자를 비추며 지나쳐더니 불그레하게 빛나며 사라진다.

"그래서? 계속 기다리겠다는 거야?" 네네가 묻는다.

펠리시다드는 도로를, 정확히 말하면 한쪽 차선을 바라보고 있다. 만약 남편이 돌아온다면 그쪽으로 자동차가 나타날 것이다. 하지만 대답할 엄두가 나지 않는다.

"이봐." 네네가 말한다. "정말 별거 없으니까 최대한 간단하게 말할게." 담배를 발로 비벼 끄고는 힘주어 말한다. "남자들은 기다리다 지쳐서 당신을 떠나는 거라고. 아무래도 기다림이 남자들을 지치게 만드는 모양이야."

펠리시다드는 네네가 새 담배를 꺼내 입으로 가져가는 동작, 어둠속으로 섞여드는 연기, 담배를 무는 입술의 반복적인 움직임을 조심스럽게 눈으로 좇는다.

"그러면 여자들은 울면서 남자들이 돌아오기를 기다리고……" 네네의 말이 계속된다. "또 기다리는 거지…… 그것도 쉬지 않고 울고 또 울면서."

펠리시다드는 더이상 담배의 움직임을 좇지 않는다. 그녀에게 도움이 가장 절실할 때, 새신랑에게서 완전히 버림받은 뒤 도로변 여자화장실 옆에 앉아 느끼는 심정을 이해할 수 있는 이라곤 오직 다른 여자밖에 없을 때, 처음에는 조곤조곤 말하다가 이제는 소리까지 지르는 저 거만한 여자가 그녀 앞에 나타난 것이다.

"밤마다 한순간도 쉬지 않고 계속 울고 또 운다고!"

깊은 숨을 내쉬는 펠리시다드의 눈에 눈물이 가득 고여 있다.

"이제 우는 것 좀 집어치우라고…… 아무튼 당신에게
해줄 말은 이거예요. 어차피 다 끝난 일이에요. 우리도 당
신의 어리석은 불행을 듣다가 지칠 대로 지쳤다고요. 우
리 여자들이 말이에요, 거기…… 이름이 뭐라고 했죠?"

네네가 갑자기 존댓말을 하며 묻는다. 펠리시다드는
자기 이름을 말하고 싶지만, 무슨 말을 꺼내든 간에 참았
던 울음이 터질 게 뻔했다.

"이봐요…… 이름이……?"

이제는 복받치는 울음을 도저히 주체할 수 없다.

"펠……리……" 펠리시다드는 감정을 추스르려고 애
쓴다. 비록 마음처럼 되지는 않지만 간신히 말을 마친다.
"……시다드."

"아, 펠리-시다드. 아무튼 우리는 이 상황을 계속 견딜
수가 없어요. 어차피 다 끝난 일이라고요. 더이상 이런 식
으로 질질 끌고 갈 수는 없단 말이에요."

숨을 깊게 한번 들이마시자 다시 울음이 터지면서 펠리
시다드의 얼굴은 눈물로 범벅이 되고 만다. 그녀는 부들
부들 떨며 숨을 내쉬면서 세차게 고개를 흔든다.

"도저히 믿기지가 않아요……" 펠리시다드는 숨을 헐
떡이며 말한다. "그 사람이 어떻게 나를……"

네네는 자리에서 일어난다. 그러고는 아직 다 피우지
도 않은 담배를 화장실 벽에 비벼 끄더니 경멸하는 눈빛

으로 펠리시다드를 힐끔 보고 그냥 가버린다.

"뭐 저런 무례한 사람이 다 있어!" 펠리시다드는 그녀를 향해 소리를 지른다.

하지만 잠시 후, 이제 혼자 덩그러니 남겨지게 될 거라는 사실을 깨달은 펠리시다드는 벌판까지 네네를 쫓아간다.

"잠깐만요…… 가지 마세요. 제 말을 오해하지 마시고……"

네네는 걸음을 멈추고 뒤돌아본다. "닥쳐요." 그러고는 새 담배에 불을 붙인다. "닥치고 듣기나 하라고요."

펠리시다드는 울음을 그친다. 또다시 복받치는 슬픔을 깨물어 삼킨다. 침묵이 흐르는 동안에도 네네는 마음이 편하지 않다. 오히려 아까보다 더 기분이 뒤숭숭하다. 그녀가 입을 연다.

"자, 그럼 내 말을 들어봐요. 저 소리 들려요?" 네네는 검은 벌판을 바라본다.

펠리시다드는 조용히 정신을 집중한다. 하지만 아무 소리도 들리지 않는다. 네네는 못마땅한 표정으로 고개를 젓는다.

"너무 많이 울어서 그런 거예요. 귀가 저 소리에 익숙해질 때까지 기다려야 해요."

펠리시다드는 벌판을 바라보면서 고개를 갸웃한다.

"그들이 울고 있어요……" 펠리시다드가 소심하게 중얼거린다.

"맞아요. 울고 있죠. 네, 울고 있다고요! 밤새 저렇게 울어댄단 말이에요!" 네네가 자기 얼굴을 가리킨다. "내 얼굴 보여요? 우리는 언제 자죠? 한숨도 못 자요! 우리가 하는 일이라고는 매일 밤 저 울음소리를 듣는 것밖에 없어요. 더이상은 참지 않을 거예요. 무슨 말인지 알겠어요?"

펠리시다드는 화들짝 놀라며 그녀를 쳐다본다. 벌판에서는 여자들이 울부짖으며 애처로운 목소리로 자기 남편의 이름을 되풀이해 부른다.

"저 여자들이 전부 울부짖고 있단 말이에요!" 네네가 소리친다.

그러자 여자들의 고함 소리가 들려온다.

"사이코 같은 년."

"재수 없고 매정한 년."

또다른 목소리들이 가세한다.

"우린 울고 싶으니까 좀 내버려둬, 이 히스테리한 년아."

네네는 사나운 얼굴을 하고 사방을 둘러보더니 벌판을 향해 소리를 지른다.

"이 겁쟁이 년들아, 그럼 우리는 어쩌라고? 우리 중에는 사십년도 넘게 여기 사는 여자들도 있어. 모두 너희처럼 버림받은 여자들이야. 우리는 무슨 죄가 있어서 너희의 같잖은 푸념이나 들으면서 밤을 지새워야 하는 거지? 응? 우리더러 어쩌라는 거야?"

잠시 침묵이 흐르는 사이, 펠리시다드는 겁에 질린 얼굴로 네네를 쳐다본다.

"진정제나 먹어! 미친년!"

둘은 벌판에 서 있지만, 정면으로 도로가 보인다. 도로 위에 하얀 불빛이 나타나더니 화장실 앞에 멈춘다. 모든 일이 눈 깜짝할 사이에 일어난다. 누군가가 차에서 내리더니 화장실 건물로 들어간다.

"또 한명 왔군." 더이상은 못 견디겠다는 듯이, 네네가 땅바닥에 털썩 주저앉는다. 얼굴에는 지친 기색이 역력하다.

"또라고요?" 펠리시다드가 묻는다. "또다른 여자가요? 그럼 저 남자도 여자를 내팽개치고 간다는 거예요? 저기서 기다릴지도⋯⋯"

네네는 입술을 꽉 깨물고 고개를 절레절레 젓는다. 벌판에서 여자들이 외치는 소리가 점점 거칠어진다.

"이리 와, 이 난잡한 년아! 그 잘난 낯짝이나 좀 보자고."

"이제 반항적인 친구년들도 없을 테니까, 이리 와보라고."

"맛이 간 할망구!"

펠리시다드는 네네의 손을 꼭 쥐고 화장실을 가리키며 일으켜세우려 한다.

"뭐라도 해야죠! 저 가엾은 여자에게 당장 알려줘야 한다고요!"펠리시다드가 재촉한다.

하지만 잠시 후, 펠리시다드는 동작을 멈추고 침묵에 잠긴다. 조금 전에 자신이 겪은 고통이 눈앞에서 재연됐기 때문이다. 차에서 내린 여자가 다시 타기도 전에 자동차는 떠나버린다. 그리고 방금 전까지 눈부시게 빛나던 하얀 불빛은 불그스레한 빛이 되어 저 반대편으로 사라진다.

"가버렸네."펠리시다드가 말한다. "저 여자를 태우지도 않고 떠나버렸어."

그녀도 네네처럼 힘없이 땅바닥에 쓰러진다.

"늘 저런 식이죠."네네가 펠리시다드의 손등을 가볍게 토닥인다. "어쩔 수 없어요. 적어도 도로에서는……늘……"

"그렇지만……"펠리시다드가 말한다.

"늘 저런 식이에요."네네가 말한다.

"걸레 같은 년아, 어디 있어? 왜 말이 없어?"

펠리시다드는 네네를 바라보면서 그녀의 가슴에 사무친 슬픔이 자기의 것에 비해 얼마나 더 큰지 이해하게 된다.

"재수 없는 년!"

"추한 할망구!"

"이 사람 좀 가만히 내버려둬!" 펠리시다드가 소리친다.

그녀는 네네에게 다가가 어린 여자아이처럼 그녀를 껴안는다.

"아이고, 무서워라!" 조롱하는 목소리가 들려온다. "보아하니 졸개가 생긴 모양이네……"

"나는 누구의 졸개도 아니라고요." 펠리시다드가 말한다. "단지 도우려는 것뿐이에요."

"아, 그래? 단지 도우려는 것뿐이구나."

"입 좀 닥치라고!" 네네가 소리친다.

"저년이 왜 길가에 버려졌는지 알아?"

"그거야 깡마른 바다코끼리처럼 생겼기 때문이지 뭐겠어!"

"아냐. 저년이 버려진 건 말이야," 여자들은 일제히 웃음을 터뜨린다. "저년이 웨딩드레스를 입어보는 동안 우리가 이미 저년 신랑 놈이랑 잤기 때문이라고."

이제 웃음소리가 점점 가까워진다. 울음소리는 그 소리에 완전히 묻혀버린다. 누군가가 화장실에서 나와 네네와 펠리시다드를 향해 천천히 다가오고 있다.

"저기 좀 봐. 또다른 년이 오고 있어. 걸레 같은 년!"

그 형상이 가까이 다가오자 노파의 얼굴이 드러난다.

여자는 이따금씩 걸음을 멈추고 돌아서서 도로를 멍하니 바라본다. 금색 계열의 웨딩드레스를 입었고, 네크라인 위로 속옷의 관능적인 검은 레이스가 살짝 보인다. 가까이 다가온 여자가 뭘 물어보기도 전에 펠리시다드가 나선다.

"늘 그래요. 도로에선 늘 그런 일이 일어난다고요, 할머니."

웨딩드레스 차림으로 벌판에 주저앉아 있는 두 여자를 본 노파는 자세를 가다듬더니 화가 난 얼굴로 도로를 노려본다.

"아무리 그래도 어떻게?"

"제발 울지 마세요." 펠리시다드가 말한다. "상황을 더 악화시키지 마시라고요."

"하지만 그럴 수가……" 낙담에 빠진 노파의 손에서 혼인증명서가 힘없이 땅바닥으로 떨어진다.

노파는 조금 전 자동차가 사라져버린 도로를 경멸하는 눈빛으로 쳐다보면서 말한다.

"돼먹지 못한 놈 같으니! 발기도 안되는 늙은이가 어디서 감히!"

"야, 이 걸레 같은 년아. 어서 오라니까!"

"재잘거리지 말고 좀 닥치라고!" 네네는 고함을 지르며 벌떡 일어난다.

"널 잡으러 갈 거야, 뱀 같은 년아!"

이게 대체 무슨 일인지 어리둥절해진 노파는 펠리시다드를 쳐다본다. 네네를 따라 자리에서 일어난 펠리시다드는 초조한 눈빛으로 벌판의 어둠을 응시하고 있다.

"이리 와서 얼굴을 보여달라니까." 여자들의 목소리가 점점 더 가까워진다.

펠리시다드와 네네는 서로 마주 본다. 절망에 빠진 여자 수백명이 벌판을 가로지르면서, 발밑의 땅이 흔들리는 것이 느껴진다.

"무슨 일이죠?" 노파가 묻는다. "대체 저 목소리는 뭔가요? 저들이 원하는 게 뭐죠?" 그녀는 무릎을 구부려 땅에 떨어진 혼인증명서를 주워들고는 펠리시다드와 네네처럼, 벌판의 어둠을 뚫고 점점 더 가까이 다가오는 듯한 저 검은 덩어리에서 눈을 떼지 않은 채 뒷걸음친다.

"몇명이나 있죠?" 펠리시다드가 묻는다.

"굉장히 많아요. 지나칠 정도로." 네네가 대답한다.

여자들이 저마다 비난과 욕설을 퍼붓는 소리가 너무 가까워져서 일일이 대꾸하거나 달래려고 해봐야 아무 소용이 없을 듯하다.

"이제 어떡하면 좋죠?" 펠리시다드가 묻는다.

세 여자는 점점 빠르게 뒷걸음친다.

"울 생각일랑 말아요." 네네가 말한다.

노파는 한 손으로 펠리시다드의 팔을 붙잡은 채, 초조
한 듯 다른 손으로 자기 웨딩드레스를 힘껏 움켜쥔다.

"할머니, 괜찮으니까 너무 겁내지 마세요." 펠리시다드
가 말한다.

하지만 여자들의 야유와 웃음소리가 너무 커서 노파는
그 말을 듣지 못한다. 저 멀리 도로에 나타난 하얀 점 하
나가 새로운 희망의 불빛처럼 점점 커진다. 어쩌면 지금
펠리시다드는 마지막으로 사랑에 관해 생각하고 있을지
도 모른다. 어쩌면 속으로 간절히 빌고 있을지도 모른다.
제발 저 남자가 여자를 떠나지 않게 해주세요. 제발 여자
를 버리지 않게 해주세요.

"저 차가 멈추면 곧장 타세요." 네네가 소리친다.

"뭐라고 하는 거예요?" 노파가 묻는다.

세 여자는 이제 화장실 근처까지 왔다.

"그러니까 차가 멈추면……" 펠리시다드가 말한다.

"뭐라고요?" 제대로 못 들었는지 노파가 다시 묻는다.

웅성거리는 소리가 그들에게로 몰려든다. 보이지는 않
지만 그들은 그 여자들이 바로 저기, 몇미터 앞에 있다는
것을 안다. 펠리시다드는 비명을 지른다. 손 같은 것이 그
녀의 다리, 목, 손가락 끝을 스치고 지나간다. 이미 멀찌
감치 물러선 네네가 펠리시다드에게 할머니를 붙잡고 뛰
라고 소리치지만, 펠리시다드는 비명을 지르느라 그 말을

듣지 못한다. 자동차가 화장실 앞에 멈춰선다. 네네는 펠리시다드를 향해 돌아서서 빨리 할머니를 끌고 오라고 소리친다. 그런데 오히려 노파가 그 말을 듣고 기운을 내서 펠리시다드를 끌고 네네한테로 간다. 네네는 차 옆에 서서 여자가 내리기만을 기다리고 있다. 여자가 내리면 곧장 차에 타서 남자에게 당장 출발하라고 으를 생각이다.

"저들이 붙잡고 놔주질 않아요." 펠리시다드가 소리친다. "놔주질 않는다고요!" 그러면서 자기를 붙들고 있는 마지막 손을 뿌리치려고 안간힘을 쓴다.

노파는 그 손들을 밀어내는 동시에 있는 힘을 다해 펠리시다드를 끌어당긴다. 네네는 어서 문이 열리고 여자가 내리기만을 초조하게 기다리고 있다. 하지만 차에서 내리는 것은 여자가 아니라 남자다. 헤드라이트가 도로를 환하게 비추고 있는 탓에 남자는 아직 그들을 보지 못했다. 용변이 급한지 그는 지퍼를 찾느라 손으로 바지를 더듬거리며 서둘러 차에서 내린다. 그러자 웅성거리는 소리가 한층 커진다. 웃고 조롱하는 목소리들은 이제 네네를 까맣게 잊은 채 오로지 그 남자만을 노리고 있다. 그 소리가 남자의 귀에도 들린다. 맹수와 마주친 토끼처럼, 남자의 눈에 공포가 떠오른다. 그는 걸음을 멈추지만, 때는 이미 늦었다. 바로 그 순간, 네네가 재빨리 몸을 돌려 운전석 문으로 차에 탄다. 그러고는 도망가려는 조수

석의 여자를 제지하고 뒷문을 열어 펠리시다드와 노파를
태운다.

"이 여자 좀 붙잡고 있어요." 네네는 조수석의 여자를
노파의 손에 맡긴다. 노파는 군말 없이 네네의 명령에 따
른다.

"내리고 싶어하면 가라고 하세요." 펠리시다드가 말한
다. "어쩌면 이 두 사람은 서로 사랑하고 있을지도 모르
는데, 우리가 괜히 방해할 필요는 없잖아요."

여자는 노파의 손에서 풀려났지만 차에서 내리지 않는
다. 대신 뭘 원하는 건지, 어디서 나타난 건지 연이어 묻
는다. 그러자 네네가 조수석 문을 연다.

"어서 내려." 네네가 여자에게 말한다.

차 안에서도 바깥의 여자들이 내지르는 소리가 들린다.
그리고 그들 앞에, 어둠을 가르며 쏟아져나오는 자동차
불빛 속에서 공포에 질려 얼어붙은 듯한 남자의 모습이
보인다. 남자는 조금 전과 전혀 다른 생각을 하고 있다.

"난 절대로 안 내릴 거야." 여자가 말한다. 그러고는 무
덤덤하게 남자를 쳐다보더니 곧 네네에게로 고개를 돌린
다. "저 사람이 오기 전에 어서 출발하라고." 여자는 그렇
게 말하고 안에서 문을 잠가버린다.

네네는 시동을 건다. 자동차 엔진 소리를 들은 남자가
그들을 향해 몸을 돌린다.

"어서 출발하라니까!" 여자가 소리친다.

노파는 신경질적으로 박수를 치다가, 자동차를 향해 다가오는 남자를 겁에 질린 표정으로 쳐다보는 펠리시다드의 손을 꽉 잡는다. 측면의 바퀴 두개가 도로를 벗어나면서 진흙탕에 빠져 헛돈다. 네네가 핸들을 이리저리 돌리는 동안 자동차 불빛이 벌판을 비춘다. 하지만 불빛 속에 드러난 것은 벌판뿐이 아니다. 자동차 불빛은 끝없이 펼쳐진 밤 속으로 사라지지만, 짙은 어둠속에서 거대한 덩어리를 이룬 수백명의 여자들이 언뜻 보인다. 그 여자들은 자동차를 향해, 더 정확히는 네네 일행과 무리 사이에 꼼짝도 못한 채 서 있는 남자를 향해 달려온다. 남자는 마치 죽음을 기다리듯 여자들의 무리가 오기만을 기다리고 있다.

조수석의 여자는 어떻게든 진창에서 빠져나가려고 액셀을 밟고 있는 네네의 발을 자기 발로 꽉 누른다. 자동차가 간신히 도로로 올라가는 순간, 남자에게 덮쳐드는 수많은 여자들이 백미러를 통해 보인다. 여자들의 야유와 고함은 엔진 소리에 묻혀 더이상 들리지 않는다. 이제는 침묵과 어둠뿐이다.

조수석의 여자가 자세를 고쳐앉는다.

"나는 그를 사랑한 적이 없어." 그녀가 말한다. "아까 그가 차에서 내렸을 때, 길가에 두고 그냥 떠나버릴까 생각도 했지. 그런데 잘 모르겠더라고, 모성본능인지⋯⋯"

하지만 그녀의 말을 듣는 이는 아무도 없다. 이제 그녀 자신을 포함해 모두가 잠시 침묵을 지키면서 도로만 응시하고 있다. 그 일이 일어난 것은 바로 그 순간이다.

"아니, 말도 안돼." 네네가 말한다.

저 멀리 지평선이 자그마한 여러쌍의 하얀 불빛으로 환하게 빛나기 시작한다.

"뭐죠?" 앞이 잘 보이지 않는 노파가 묻는다. "무슨 일이에요?"

조수석의 여자는 네네를 힐끔거린다. 뭔가 설명해주기를 바라는 눈치다. 여러쌍의 불빛은 점점 더 커지면서, 그들에게 점점 더 가까이 다가오고 있다. 펠리시다드는 두 앞좌석 사이로 앞을 내다본다.

"그들이 돌아오고 있어요." 펠리시다드가 환하게 미소 지으며 네네를 쳐다본다.

선두에 있던 한쌍의 불빛이 자동차의 모습을 드러내며 그들이 탄 차 바로 앞에 나타나더니, 이내 전속력으로 지나간다.

"이제 뉘우쳤나봐요." 펠리시다드가 말한다. "그들이에요. 우리를 찾으러 돌아온 거라고요!"

"아니에요." 네네가 말한다.

그녀는 담배에 불을 붙인 뒤 길게 연기를 내뿜으며 덧

붙인다.

　"그들이 맞아요. 그렇지만 우리가 아니라, 그 남자를 찾으러 돌아온 거예요."

보존

한주, 그리고 한달이 지나간다. 우리는 테레시타*가 예
정보다 일찍 이 세상에 나올 수도 있다는 사실을 차츰 받
아들이고 있다. 앞으로 몇달 뒤면 학업을 계속하기가 어
려워질 테니, 아무래도 장학금은 포기해야 할 것 같다. 테
레시타 때문이 아니라 그저 내가 불안해서 쉬지 않고 먹
어대는 바람에, 나는 점점 살이 찌기 시작한다. 마누엘은
소파든, 침대든, 정원이든 내가 있는 곳으로 음식을 갖다
준다. 쟁반 위에 가지런히 놓인 음식, 가득 채워진 찬장과
깔끔하게 정리된 주방. 죄책감 — 아니면 정확히 뭔지 모
르겠지만 — 에 휩싸인 나머지 나의 기대에 부응하려고

* 테레사의 애칭.

애를 쓰는 기색이 역력하다. 하지만 그는 점점 활력을 잃어가고 있고, 그다지 행복해 보이지 않는다. 집에 늦게 돌아올 뿐만 아니라 나와 함께 시간을 보내려고 하지도 않는다. 게다가 그 문제에 대해서 말하기를 꺼린다.

또 한달이 지나간다. 엄마도 체념한 듯 선물을 사서 씁쓸한 표정을 지으며 — 나는 엄마를 잘 안다 — 우리에게 건네준다.

"이건 찍찍이가 달린 기저귀 싸개인데, 물빨래를 해도 괜찮아…… 그리고 이건 순면 발목양말이고…… 이건 유아용 후드 타월이야……"

아빠는 선물들을 보면서 말없이 고개를 끄덕인다.

"아, 몰라요……" 내가 말한다. 하지만 선물을 두고 한 말인지, 아니면 테레시타를 두고 한 말인지 나도 모른다. "사실은 저도 모르겠어요." 며칠 뒤 알록달록한 이불을 사가지고 집에 들른 시어머니에게도 그렇게 말한다. "모른다고요." 나는 무슨 말을 해야 할지 몰라 아무렇게나 내뱉고 이불을 껴안은 채 울음을 터뜨린다.

세달째가 되니 기분이 더 울적해진다. 아침에 일어나면 언제나 거울 앞에 서서 한동안 내 모습을 바라본다. 얼굴, 팔, 온몸, 그리고 무엇보다 배. 전부 부어올랐다. 가끔은 마누엘을 불러 내 옆에 서 있으라고 부탁하기도 한다. 반면 그는 나날이 여위어간다. 요즘 들어 더 심란한 모양이다. 말수도 부쩍 줄었다. 퇴근해서 집에 돌아오면 소파에 앉아 두 손을 머리 뒤로 올려 깍지를 낀 채 텔레비전을 본다. 그렇다고 나에 대한 사랑이 식은 것은 아니다. 마누엘이 나를 좋아하고 있다는 것을 안다. 그리고 나와 마찬가지로, 마누엘도 우리의 작디작은 테레시타를 싫어하지 않는다는 것을 안다. 그가 어떻게 그런 생각을 품을 수 있겠는가. 하지만 그 아이가 오기 전에 할 일이 너무 많다.

엄마는 가끔 내 배를 만져보게 해달라고 한다. 내가 소파에 앉아 있으면, 엄마는 부드럽고 사랑스러운 목소리로 테레시타에게 이런저런 이야기를 한다. 반면 시어머니는 수시로 전화를 걸어 내 상태가 어떤지, 내가 어디에 있는지, 뭘 먹는지, 기분이 어떤지, 아무튼 생각나는 대로 이것저것 물어보기 바쁘다.

나는 불면증으로 고생하고 있다. 침대에 누워 뜬눈으로 밤을 지새운다. 작은 테레시타 위에 손을 올린 채 멍하니 천장을 쳐다본다. 다른 생각은 할 수도 없다. 도무지 이해가 되지 않는다. 가령 어느 나라에서 렌터카를 빌려 다른 나라에서 반납하고, 한달 전에 죽은 생선을 냉동실에서 꺼내 해동하고, 집을 나서지 않고도 각종 공과금을 내는 놀라운 일들이 가능한 이 세상에서, 어떻게 사건의 순서를 조금 바꾸는 것처럼 사소한 문제조차 해결할 수 없는 걸까? 나는 도저히 포기할 수가 없다.

나는 사회복지 프로그램* 안내 책자를 내려놓고 다른 해결책을 찾아본다. 산부인과 의사와 민간요법 치료사, 심지어 주술사까지 만나 상담한다. 어떤 이가 연락처를 알려준 산파에게 전화를 걸어 이야기를 나누기도 한다. 그들은 모두 자기 나름의 방식에 따라 순응적이거나 변칙적인 해결책을 내놓지만, 내가 찾는 답과는 거리가 멀다. 나는 이렇게 일찍 테레시타를 맞이할 마음의 준비가 되지 않았다. 하지만 그 아이의 마음을 아프게 하고 싶은 생각은 눈곱만큼도 없다. 그러던 차에 바이스만 박사를 만나게 되었다.

바이스만 박사의 병원은 시내의 오래된 빌딩 꼭대기 층에 있다. 말이 좋아 병원이지, 접수원도 대기실도 없다. 작은 현관과 방 두개가 전부다. 박사는 우리를 친절하게 맞아주고 커피를 내준다. 대화를 나누는 동안 박사는 우리 가족, 우리 부모들, 우리 결혼생활, 우리 각자의 특별한 인간관계에 각별한 관심을 보인다. 우리는 그가 묻는 말에 대답한다. 박사는 두 손을 깍지 껴 책상에 올려놓는다. 우리에게서 얻은 정보가 흡족한 표정이다. 자신의 경력과 연구 성과 그리고 우리를 위해 해줄 수 있는 일을

* 아르헨티나에서 '사회복지 프로그램'(obra social)은 일종의 건강보험이다.

이야기해준다. 하지만 굳이 우리를 설득할 필요가 없다
는 걸 깨닫고는 곧 치료에 관해 설명한다. 나는 이따금씩
마누엘을 힐끔 쳐다본다. 마누엘은 박사의 말을 귀담아
들으면서 간간이 고개를 끄덕인다. 아무튼 열의에 차 있
는 모습이다. 박사가 제시한 계획에는 식습관과 수면 습
관의 변화 및 호흡운동과 복약이 포함되어 있다. 엄마와
아빠, 시어머니에게도 이야기해야 한다. 그들의 역할도
중요하다. 나는 노트에 모든 내용을 조목조목 적는다.

 "이 치료법은 얼마나 효과가 있을까요?" 내가 묻는다.

 "우리에게 필요한 효과는 다 얻게 될 겁니다." 바이스
만 박사가 대답한다.

 다음 날, 마누엘은 집에 머문다. 우리는 거실 탁자 앞에
앉아 각종 그래프와 문서에 둘러싸인 채 작업을 시작한
다. 테레시타가 예상보다 빨리 나올지 모른다고 생각한
순간부터 어떤 일이 일어났는지 최대한 꼼꼼하게 기록한
다. 우리는 부모님들을 불러, 치료가 진행되고 있으니 이
미 결정된 일에 대해 왈가왈부하지 말아달라는 뜻을 분
명하게 전한다. 아빠가 뭔가를 물어보려는 찰나, 마누엘
이 말을 가로막고 나선다.

 "그러니까 두분은 저희가 시키는 대로만 하시면 됩니
다. 저희가 적은 각 항목대로 정확한 날, 정확한 시간에
요."

나는 그의 기분이 어떤지 잘 안다. 우리 둘은 이번 일을 매우 진지하게 받아들일 뿐만 아니라, 우리 부모님들 역시 그래주기를 바라고 있다. 부모님들은 걱정하지만, 우리가 뭘 하려는지 끝내 이해하지 못할 것 같다. 그래도 우리가 시키는 대로 하겠노라고 약속한 뒤 계획표를 들고 각자 집으로 돌아간다.

첫 열흘이 지나자, 치료가 조금 더 순조로워진다. 나는 매일 정해진 시간에 알약 세알을 복용하고, 하루도 빼먹지 않고 '의식적 호흡'을 한다. 의식적 호흡은 치료의 기본적인 부분으로, 바이스만 박사 자신이 개발하고 가르치는 혁신적인 긴장 이완 및 집중 방법이다. 나는 정원의 잔디밭에 앉아 '대지의 축축한 자궁'과 접촉하는 데 온정신을 집중한다. 보통 숨을 한번 깊게 들이마시고 두번 내쉬면서 시작한다. 그러다 오초 동안 숨을 들이마시고 팔초 동안 내쉴 때까지 호흡 시간을 조금씩 늘려간다. 며칠간 연습하자 십초 동안 숨을 들이마시고 십오초 동안 내쉴 수 있게 된다. 그래서 의식적 호흡의 두번째 단계로 넘어간다. 이제 에너지의 방향이 느껴지기 시작한다. 박사는 이 단계에서는 시간이 조금 더 걸리겠지만 내가 충분히 감당할 수 있는 수준의 연습이니 꾸준히 계속해야 한다고 말한다. 그 말대로 하다보니 에너지가 몸을 순환하는 속도를 마음속으로 떠올릴 수 있는 순간이 온다. 대개 입술, 손, 발부터 조금씩 간질거리기 시작하는데, 그러면 속도를 천천히 줄여야 한다. 목표는 그 움직임을 완전히 멈춘 다음 반대 방향으로 다시 조금씩 순환시키는 것이다.

마누엘은 아직 나를 다정하게 대하면 안된다. 우리가 함께 짠 계획을 잘 지켜야 한다. 그래서 앞으로 한달 반 동안은 내게서 떨어져 지내며 꼭 필요할 때만 말을 걸고 가끔 밤늦게 집에 와야 한다. 그는 자신의 역할을 충실히 수행하고 있지만, 나는 그를 잘 안다. 모르는 새 그의 몸 상태가 나아졌다는 것을, 그리고 나를 껴안으며 내가 얼마나 그리운지 말하고 싶어한다는 것을 안다. 하지만 지금은 억지로라도 계획에 따라야 한다. 잠시라도 우리가 정해놓은 시나리오에서 벗어나면 안된다.

그다음 달에도 나는 계속 의식적 호흡을 연마한다. 이제는 거의 에너지의 순환을 멈출 수 있을 것 같다. 바이스만 박사는 이제 거의 다 왔다며 조금만 더 노력하면 될 것 같다고 말한다. 그뒤로 알약 복용량을 늘린다. 그러자 불안감이 점점 줄어들면서 식사량도 줄기 시작한다. 계획표의 첫번째 항목에 따라 시어머니도 최선의 노력을 다해 점차 — 이 말이 가장 중요한 터라 우리는 그 부분에 여러번 밑줄을 그었다 — 점차 — 거기에 그렇게 쓰여 있다 — 우리 집에 전화 거는 횟수를 줄이고 테레시타에 관해 얘기하고 싶어도 자제하려고 애쓴다.

아마 두번째 달에 가장 많은 변화가 일어난 듯하다. 내 몸은 예전처럼 부어오르지 않을뿐더러 배는 오히려 들어가기 시작한다. 내 몸에 일어나는 변화를 보고 나와 마누엘은 놀라면서도 기뻐하지만, 부모님들은 걱정스러운 눈빛을 거두지 못한다. 그들은 이제야 내가 어떤 치료를 받고 있는지 이해하거나 직감한 것 같다. 특히 시어머니는 최악의 상황이 일어날까 두려워하는 눈치다. 우리와 일정한 거리를 두면서 계획표를 충실히 따르려고 애쓰지만, 그녀의 눈빛과 태도에서 두려움과 의심이 느껴진다. 나는 혹시 그녀의 불안감이 치료에 어떤 영향을 미치지는 않을지 걱정이 된다.

나는 밤에 더 잘 자고 더이상 우울하지도 않다. 바이스만 박사에게 의식적 호흡이 어떻게 진행되고 있는지 알리자, 박사는 크게 기뻐하면서 이제 곧 에너지를 반대 방향으로 순환시키게 될 거라고 한다. 목적지가 코앞이니까 조금만 더 힘을 내라는 것이다.

세번째 달이 시작된다. 이제 두달이 남은 셈이다. 우리 부모님들이 가장 중요한 역할을 할 때가 왔다. 우리는 부디 부모님들이 약속을 지켜서 만족스러운 결과가 나오기만을 간절히 바라고 있다. 고맙게도 부모님들은 기대 이상으로 아주 잘해낸다. 어느날 오후, 시어머니는 집에 들러 전에 테레시타에게 주려고 가져온 알록달록한 이불을 다시 달라고 한다. 그사이 어떻게 이런 자잘한 것까지 생각했는지 모르겠지만, 이불을 포장할 비닐봉지도 달라고 한다. 봉지에 넣어서 가져왔으니까 가져갈 때도 봉지에 넣어 가야지, 시어머니가 말한다. 그러고는 우리에게 슬쩍 윙크한다. 이제 우리 부모님 차례다. 두분도 우리 집에 들를 때마다 선물을 하나씩 내놓으라고 한다. 처음에는 유아용 후드 타월을, 그다음에는 순면 발목양말을, 마지막으로는 찍찍이가 달린 기저귀 싸개를 도로 달라고 한다. 나는 그것들을 일일이 포장한다. 엄마는 마지막으로 내 배를 만져보게 해달라고 한다. 내가 소파에 앉자 엄마도 따라 옆에 앉아 부드럽고 상냥한 목소리로 내 배를 어루만지며 말한다. 사랑스러운 나의 테레시타, 앞으로 네가 얼마나 보고 싶을까. 나는 아무 말도 하지 않지만 다 알고 있다. 그럴 수 있었더라면, 굳이 계획표대로 할 필요가 없었더라면 엄마는 분명 울음을 터뜨렸으리라는 것을.

마지막 달에는 유독 시간이 빨리 지나간다. 이제 마누엘은 내게 더 가까이 다가올 수 있다. 솔직히 말해, 그와 함께 있으니까 기분이 좋다. 우리는 거울 앞에 서서 함께 웃는다. 기분은 여행을 떠날 때 느끼는 것과 정반대다. 떠날 때의 설렘이 아니라 머물 때의 기쁨이다. 우리 인생에서 가장 즐겁고 멋진 해를 같은 조건으로 일년 더 연장받은 셈이다. 아무것도 바뀌지 않고 그대로 계속 살아갈 수 있는 기회다.

이젠 제법 부기가 빠졌다. 이 정도만 해도 몸을 움직이기가 편하고 기운이 절로 솟는다. 나는 마지막으로 바이스만 박사를 찾아간다.

"드디어 때가 다가오는군요." 박사가 말한다. 그는 보존 용기를 책상 너머 내 쪽으로 민다.

용기는 꽁꽁 얼어 있다. 그것은 항상 그런 상태로 보존해야 하기 때문에, 나는 박사가 권한 대로 보냉 도시락을 가져왔다. 집에 가자마자 그것을 냉동실에 넣어야 한다. 용기를 들어본다. 안에 든 액체는 투명하지만 좀 걸쭉하다. 마치 무색의 시럽이 든 병 같다.

어느날 아침, 의식적 호흡을 하는 동안 마침내 마지막 단계에 도달한다. 천천히 숨을 쉬자 몸은 대지의 축축한 기운과 그것을 둘러싼 에너지를 느낀다. 나는 다시, 또다시, 그리고 또다시 숨을 쉰다. 그 순간, 모든 것이 멈춘다. 에너지가 형체를 갖추고 내 주변에 나타나는 듯하다가 조금씩 반대 방향으로 흐르기 시작하는 순간을 정확히 알 수 있다. 마치 물이나 공기가 한때 머물러 있던 곳으로 저절로 돌아오는 것처럼 정화되고 다시 젊어지는 느낌이 든다.

마침내 그날이 왔다. 냉장고에 붙여둔 달력에 표시가 되어 있다. 바이스만 박사의 병원에 처음 갔던 날, 집에 돌아오자마자 마누엘이 오늘 날짜에 빨간색으로 동그라미 표시를 해놓았다. 정확히 언제 그 일이 일어날지는 모른다. 그래서 조금 걱정이 된다. 오늘은 마누엘도 집에 머문다. 나는 침대에 누워 있다. 그가 안절부절못하며 서성거리는 소리가 들린다. 나는 배를 살며시 만져본다. 여느 여자들과 별반 다르지 않은, 그저 평범한 배다. 임산부의 배 같지는 않다는 말이다. 바이스만 박사는 치료 강도가 센 편이었다고 한다. 요즘은 약간 빈혈 증상이 나타나고, 테레시타 문제가 시작되기 전보다 살이 훨씬 많이 빠졌다.

나는 오전 내내 그리고 오후 내내 방에 틀어박혀서 기다린다. 먹기도, 나가기도, 말하기도 싫다. 마누엘은 가끔 방 안을 들여다보면서 괜찮은지 묻는다. 난 엄마가 벽을 타고 올라오는 모습을 떠올린다. 하지만 부모님들은 내게 연락을 할 수도, 나를 보러 잠깐 들를 수도 없다는 걸 알고 있다.

얼마 전부터 속이 메스꺼워서 견딜 수가 없다. 속이 타들어가면서 폭발이라도 할 듯이 점점 더 울렁거린다. 마누엘에게 알려야 할 것 같다. 자리에서 일어나려고 하지만 뜻대로 되지 않는다. 현기증이 얼마나 심한지도 모르고 있었다. 마누엘을 불러 바이스만 박사에게 연락하라고 해야 할 것 같다. 겨우 일어섰다가 오래 버티지 못하고 다시 바닥에 무릎을 꿇고 만다. 그 순간 의식적 호흡을 떠올려보지만 머릿속으로는 이미 다른 생각을 하고 있다. 두려워진다. 일이 잘못되어 혹시라도 테레시타에게 해를 끼칠까봐 겁이 난다. 어쩌면 그 아이는 지금 무슨 일이 일어나고 있는지 알지 않을까. 어쩌면 이 모든 게 아주 잘못된 일인 걸까. 마누엘이 방으로 들어와 곧장 나를 향해 뛰어온다.

"나는 그저 뒤로 미루고 싶었을 뿐이야……" 나는 마누엘에게 말한다. "……싫었던 건 아니야."

마누엘에게 말하고 싶다. 나는 괜찮으니까 바닥에 누워 있게 내버려두고, 당장 바이스만 박사에게 연락해서 일이 다 틀어졌다고 해. 하지만 말이 나오지 않는다. 온몸이 부들부들 떨려 마음대로 움직일 수조차 없다. 마누엘은 옆에 무릎을 꿇고 앉아 내 손을 잡고 말한다. 그런데 그가 무슨 말을 하는지 들리지 않는다. 토할 것 같다. 나는 손으로 입을 막는다. 그제야 그는 자리에서 일어나 나를 남겨두고 주방으로 간다. 몇초 후, 멸균 처리된 유리 보존 용기와 '바이스만 박사'라고 쓰인 플라스틱 용기를 들고 돌아온다. 그는 플라스틱 용기 주둥이에서 안전 마개를 뜯어 그 내용물을 유리병에 쏟아붓는다. 또 토할 것 같은 느낌이 든다. 하지만 그럴 수도 없을뿐더러 그러고 싶지도 않다. 아직은 아니다. 하지만 계속해서 토할 것처럼 속이 울렁거린다. 갈수록 속이 메슥거리고 숨이 턱턱

막힌다. 난생처음 이러다 죽을 수도 있겠다는 생각이 든다. 잠시 생각하는 것만으로도 숨을 쉴 수가 없다. 마누엘은 나를 보면서 안절부절 어쩔 줄 몰라한다. 구역질은 멎었지만, 대신 목에 뭔가 걸린 듯한 느낌이 든다. 나는 입을 다물고 마누엘의 손목을 잡는다. 그 순간, 아몬드만큼 작은 무언가가 목을 통해 올라오는 것이 느껴진다. 나는 그것을 혀 위에 올려놓는다. 말랑하다. 지금 무엇을 해야 하는지 알고 있지만 할 수가 없다. 그 느낌이 너무 생생해서 앞으로도 오랫동안 뇌리에서 사라지지 않을 것 같다. 나는 마누엘을 쳐다본다. 마누엘은 내게 필요한 시간을 주는 듯하다. 이 아이는 우리를 기다려줄 거야. 나는 생각한다. 적당한 시간이 올 때까지 건강하게 잘 있을 거야. 그때 마누엘이 보존 용기를 건넨다. 마침내 나는 아이를 부드럽게 뱉어낸다.

나비

곧 보겠지만 오늘 우리 딸아이가 얼마나 예쁜 드레스를 입었는지 몰라. 칼데론이 고리티에게 말한다. 그 아이의 갈색 눈과 너무나 잘 어울린다고, 그 색 말이야. 더구나 발은 또 어찌나 앙증맞은지…… 그들은 다른 부모들 곁에 서서 자기 아이가 나오기만을 애타게 기다리고 있다. 칼데론이 떠드는 사이 고리티는 여전히 닫혀 있는 교문을 바라본다. 자네도 곧 보게 될 테니까 여기서 꼼짝 말고 기다려. 칼데론이 말한다. 아이들이 곧 나올 테니까 내 옆에서 떨어지지 말라고. 그건 그렇고 자네 아이는 어떤가? 고리티는 자기 이를 가리키며 아픈 표정을 짓는다. 저런! 칼데론이 말한다. 그럼 아이한테 생쥐 이야기* 해줬어……? 아니, 그런 이야기 해봐야 우리 아이한테는 씨

알도 안 먹혀. 어찌나 똑똑한지 말이야. 고리티는 시계를
본다. 당장이라도 교문이 열리면서 커다란 웃음소리와
함께 아이들이 우르르 쏟아져나올 것만 같다. 그러면 온
갖 색깔이 뒤섞이는 가운데, 가끔 그림물감이나 초콜릿
얼룩을 묻힌 아이들도 눈에 띌 것이다. 무슨 이유인지, 아
직 종이 울리지 않았다. 부모들은 여전히 교문 앞에서 기
다리고 있다. 그 순간, 나비 한마리가 칼데론의 팔에 내려
앉는다. 그는 재빨리 나비를 잡는다. 나비는 빠져나가려
고 안간힘을 쓰지만, 그는 손가락으로 날개를 모아 그 끝
을 잡고 나비가 날아가지 못하게 힘을 준다. 아이가 나오
면 내 말이 정말인지 알게 될 거라고. 그는 나비를 흔들
어대며 고리티에게 말한다. 정말 예쁘다니까. 하지만 너
무 세게 잡는 바람에 날개 끝이 딱 붙어버린 느낌이 들
기 시작한다. 손가락을 아래로 살짝 내리자, 날개에 자국
이 선명히 나 있다. 나비는 몸을 비틀면서 그의 손에서 벗
어나려고 하지만, 그러다 한쪽 날개 가운데가 종잇장처
럼 갈라지고 만다. 칼데론은 미안한 마음이 들어 날개가
얼마나 찢어졌는지 자세히 보려고 나비를 움직이지 못하
게 잡아보지만, 결국 날개의 일부분이 그의 손가락에 달

* 스페인의 가정 설화로, 아이의 처음 빠진 젖니를 아이의 베개 밑에 넣어
  두면 생쥐 페레스가 가져가고 대신 그 자리에 선물을 놓아둔다는 이야
  기다.

라붙는다. 고리티는 혐오하는 눈빛으로 칼데론을 보면서 고개를 젓는다. 그러고는 얼른 떼어내라고 손짓한다. 칼데론은 나비를 놓아준다. 하지만 나비는 힘없이 바닥에 떨어지고 만다. 경련하듯 몸을 꿈틀거리면서 날아보려고 애를 쓰지만 결국 날지 못한다. 나비는 가끔 날개를 파닥거리다가 이제는 더이상 움직이지 않는다. 고리티는 그에게 차라리 빨리 죽이라고 한다. 칼데론은 — 물론 — 고통을 줄여주기 위해 가엾은 나비를 힘껏 내리밟는다. 그런데 그가 발을 떼기도 전에 놀라운 일이 벌어지기 시작한다. 그가 교문 쪽으로 고개를 돌리자, 갑자기 강한 바람이 몰아쳐 자물쇠가 부서지기라도 한 것처럼 교문이 덜컹 열리면서 형형색색의 나비 수백마리가 기다리는 부모들을 향해 날아든다. 그는 저 나비들이 자기를 공격하는 줄 알고, 이제 곧 죽을지도 모른다고 생각한다. 신기하게도 다른 부모들은 그렇게 놀라지 않는 눈치다. 그도 그럴 것이, 나비들은 날개를 나울거리며 그들 사이를 날아다니고 있을 뿐이기 때문이다. 마지막 나비가 한참 뒤처져 날아오더니 다른 나비들 무리 속으로 끼어든다. 칼데론은 활짝 열린 교문을, 그리고 본관 유리창 너머 정적에 싸인 교실을 멍하니 바라본다. 몇몇 부모들은 아직 교문 앞에 모여서 자기 아이들의 이름을 소리쳐 부른다. 바로 그 순간, 모든 나비가 눈 깜짝할 사이에 여러 방향으로 날

아가버린다. 부모들은 나비를 잡으려고 한다. 반면 칼데
론은 꼼짝 않고 그 자리에 서 있다. 그는 자기가 죽인 나
비에서 발을 뗄 엄두도 내지 못한다. 어쩌면 죽은 나비의
날개에서 자기 딸아이의 색이 보일까봐 두려워하는지도
모른다.

입속의 새

나는 텔레비전을 끄고 창밖을 내다보았다. 실비아의 자동차가 비상등을 켠 채 집 앞에 서 있었다. 문을 열지 말지 망설이던 순간, 다시 현관 벨이 울렸다. 실비아는 내가 집에 있다는 것을 알고 있었다. 나는 현관으로 가서 문을 열었다.

"실비아."

"잘 있었어?" 실비아가 말했다. 그러고는 내가 다른 말을 꺼내기도 전에 안으로 불쑥 들어왔다. "우리 얘기 좀 해."

실비아는 의자를 가리켰다. 나는 실비아가 하자는 대로 했다. 가끔 과거가 문을 두드리고 지난 사년간 아무 일도 없었던 양 나를 대할 때면 내가 여전히 바보라는 것을 깨닫게 된다.

"별로 듣고 싶은 말은 아닐 거야. 그러니까…… 좀 거북한 이야기라서." 실비아는 시계를 보았다. "사라에 관한 거야."

"언제나 사라에 관한 이야기지."

"이 말을 듣고 나면 내가 과장이 심하다고 생각할지도 몰라. 아니면 내가 미쳤다고 여기든지. 하지만 오늘은 시간이 없어. 지금 당장 나하고 집에 가서 당신 두 눈으로 똑똑히 봐야 해."

"무슨 일인데 그래?"

"게다가 당신이 올 거라고 사라한테 말했단 말이야. 지금쯤 당신을 기다리고 있을 거라고."

우리는 잠시 아무 말 없이 앉아 있었다. 나는 이제 또 어떤 일이 벌어질지 생각하고 있었다. 그러다 갑자기 실비아가 얼굴을 찌푸리며 자리에서 일어나더니 현관으로 걸어갔다. 나는 외투를 걸치고 그 뒤를 따라갔다.

밖에서 본 집의 모습은 여느 때와 전혀 다를 바가 없었다. 잔디는 최근에 손질한 듯 단정했고, 실비아가 아끼는 철쭉은 2층 발코니에 매달려 있었다. 우리는 차에서 내려 말없이 안으로 들어갔다. 사라는 소파에 앉아 있었다. 학기가 끝났을 텐데도 아이는 아직 고등학교 교복을 입고 있었다. 포르노 잡지에 나오는 여학생들처럼 교복이 몸에 딱 달라붙었다. 가지런히 모은 무릎 위에 두 손을 올린 채 허리를 꼿꼿이 세우고 앉은 아이는 창문 혹은 그 너머 정원의 한 지점을 뚫어지게 쳐다보고 있었다. 제 엄마가 하는 요가 동작이 떠오르는 자세였다. 항상 창백한 낯빛에 너무 말라 비리비리했던 아이인데 이제는 생기가 넘쳤다. 지난 몇달 동안 꾸준히 운동이라도 한 것처럼 다리와 팔도 튼실해 보였다. 머리카락은 반지르르 윤이 났고 두 뺨도 발그스레한 빛을 띠었다. 사라는 나를 보자 미소를 지으며 인사했다.

"아빠, 안녕."

딸아이는 참 착하고 다정했지만, 그 두마디만으로도 나는 아이에게 무슨 문제가, 분명히 제 엄마와 관련된 문제가 생겼음을 직감했다. 가끔 아이를 내 집으로 데려와 같이 살지 못했던 것이 후회스러울 때도 있지만, 평소에는 그 반대다. 텔레비전에서 그리 멀리 떨어지지 않은 창가에 새장이 하나 있었다. 높이가 70에서 80센티미터 정도 되는 새장으로, 텅 빈 채 천장에 매달려 있었다.

"저건 뭐니?"

"새장이야." 사라가 대답하고는 미소를 지었다.

실비아가 부엌으로 따라오라고 내게 손짓했다. 우리는 부엌 창가로 갔다. 실비아는 고개를 돌려 사라가 우리 말을 엿듣고 있는지 확인했다. 사라는 아직 우리가 집에 도착하지 않은 것처럼 소파에 꼿꼿이 앉아 거리를 내다보고 있었다. 실비아는 나직한 목소리로 내게 말했다.

"있지, 지금부터 내가 하는 말 차분하게 들어."

"뜸 들이지 말고 어서 말해. 대체 무슨 일이야?"

"어제부터 아이한테 아무것도 안 먹였어."

"뭐라고? 지금 농담하는 거지?"

"아니, 당신 눈으로 직접 확인하라고 여기 데려온 거야."

"아니, 당신 미쳤어?"

실비아는 다시 거실로 따라오라고 했다. 거실로 나가자 소파를 가리켜 보였다. 나는 사라 앞에 앉았다. 그사이 실비아는 밖으로 나갔다. 우리는 실비아가 창문 앞을 가로질러 차고로 들어가는 모습을 보았다.

"엄마한테 무슨 일 있니?"

사라는 아무것도 모른다는 듯 어깨를 으쓱했다. 아이는 검은 생머리를 포니테일로 묶었고 앞머리는 거의 눈에 닿을 정도였다. 실비아는 구두 상자를 들고 돌아왔다. 그 안에 깨지기 쉬운 물건이라도 든 것처럼 두 손으로 조심스럽게 상자를 받쳐들고 있었다. 그러고는 곧장 새장으로 걸어가 문을 열더니, 상자에서 골프공만 한 크기의 작은 참새 한마리를 꺼내 안에 넣고 문을 닫았다. 그런 뒤 상자를 바닥에 내던지고는 옆으로 걸어차버렸다. 거기, 책상 밑에는 그것과 비슷한 상자들이 이미 아홉개, 아니 열개 정도 널려 있었다. 그때 사라가 자리에서 일어났다. 그러자 포니테일이 목 양쪽으로 흔들리며 반짝거렸다. 아이는 자기보다 다섯살 어린 여자아이들이 하듯이 새장으로 폴짝폴짝 뛰어갔다. 사라는 우리에게 등을 돌린 채 까치발을 하고 새장을 열더니 새를 꺼냈다. 아이가 뭘 하는지는 보이지 않았다. 새가 날카롭게 꽥꽥거리는 가운데, 아이는 뭘 하는지 잠시 안간힘을 쓰고 있었다. 아마 새가 손에서 빠져나가려고 해서 저러는 것 같았다. 실비아는 손으로 입을 가렸다. 사라가 우리를 향해 돌아섰을 때, 새는 온데간데없었다. 그런데 자세히 보니 사라의 입, 코, 턱 그리고 두 손이 피로 얼룩져 있었다. 아이는 수줍게 웃었다. 커다란 입이 활같이 휘다가 벌어지면서 시뻘건 이가 드러났다. 나는 자리에서 벌떡 일어났다. 화장실로 달려가 문을 잠그고 변기에 대고 구토를 했다. 나는 실비아가 곧장 따라와 문밖에 서서 나를 탓하고 이래라저래라 잔소리를 퍼부을 줄 알았다. 하지만 그러지 않았다. 나는 입과 얼굴을 씻은 다음 거울 앞에 서서 잠시 밖의 소리에 귀를 기울였다. 실비아와 사라가 무거운 것을 들고 계단을 내려오는 소리가 들렸다. 이어서 현관문이 몇차례 열리고 닫혔다. 사라는 선반 위에 있는 사진을 가져가도 되는지 물었다. 실비아는 그렇게 하라고 했다. 실비아의 목소리가 멀리서 어렴풋이 들리는 것 같았다. 나는 소리를 내지 않고 화장실에서 살금살금 나와 복도를 살짝 엿보았다. 현관문이 활짝 열려 있었다. 실비아는 새장을 내 차 뒷좌석에 실었다. 나는 그 둘에게 이것저것 따지면서 호통을 칠 생각으로 걸음을 옮겼다. 하지만 그 순간, 사라가 부엌에서 나와 밖으로 나가는 바람에 들키지 않으려고 급히 멈추었다. 둘은 포옹을 했다. 실비아는 아이에게 입을 맞추고 내 차의 조수석에 태웠다. 나는 실비아가 집 안에 들어와 현관문을 닫을 때까지 기다렸다.

"빌어먹을! 지금 이게 무슨……"

"아이는 당신이 데려가."

실비아는 책상으로 가더니 빈 구두 상자를 펴서 접기 시작했다.

"이런 세상에! 실비아, 당신 딸이 새를 먹는다고!"

"나도 더는 어쩔 수 없어."

"새를 먹는다니까! 병원에는 데려가봤어? 도대체 뼈는 어떻게 한 거지?"

실비아는 당혹한 표정으로 나를 물끄러미 바라보았다.

"그것도 다 삼켜버리는 것 같아. 정말 모르겠어. 새들이……" 실비아는 계속 나를 보면서 말했다.

"난 못 데려가."

"하루라도 더 저 아이랑 지내다가는 제명대로 못 살 것 같아. 먼저 저 아이부터 죽이고, 그다음에 나도 목숨을 끊

46

을 거라고."

"새를 먹는다니!"

실비아는 화장실로 가서 문을 잠가버렸다. 나는 창문으로 밖을 내다보았다. 사라는 차에서 나를 보고 즐겁게 손을 흔들었다. 나는 어수선한 마음을 진정하려고 애썼다. 그리고는 현관문까지 최대한 천천히 걸어갈 수 있는 방법이 뭐가 있을지 궁리했다. 걸어가는 시간 동안 다시 평범한 사람으로 돌아가기를, 슈퍼마켓의 통조림 선반 앞에 서서 어떤 콩 통조림이 내게 가장 적당할지 결정하는 데 십분을 보낼 만큼 까다롭고 철두철미한 사람으로 다시 돌아가기를 기도하면서. 그러고 보면 사람을 잡아먹는 사람들도 있는데, 새를 산 채로 먹는 것쯤은 그리 나쁘지 않을 수도 있다고 생각했다. 또 자연적 관점에서 보면 그게 마약보다 건전하고, 사회적 관점에서 보면 열세살 아이의 임신보다 숨기기 쉬우리라는 생각도 했다. 하지만 차 문손잡이에 닿을 때까지 속으로 저 아이는 새를 먹는다, 저 아이는 새를 먹는다, 저 아이는 새를 먹는다는 말을 계속 되풀이했던 것 같다.

나는 사라를 집으로 데려갔다. 아이는 집으로 가는 동안 아무 말도 하지 않았고, 도착하자 혼자서 자기 물건을 내렸다. 새장과 여행가방 —사라가 제 엄마와 함께 트렁크에 실었다— 그리고 실비아가 차고에서 가져왔던 것과 비슷한 구두 상자 네개. 나는 아이를 도와줄 수 없었다. 현관문을 연 다음, 아이가 짐을 가지고 들어올 때까지 서서 기다렸다. 나는 사라에게 2층에 있는 방을 쓰라고 알려주고, 올라가서 짐을 풀라고 했다. 몇분이 지난 뒤 아이에게 내려와 부엌 식탁 맞은편에 앉으라고 했다. 커피 두잔을 내왔다. 사라는 잔을 옆으로 밀어놓으며 자기는 차나 커피 같은 것을 마시지 않는다고 했다.

"넌 새를 먹는구나, 사라." 내가 말했다.

"응, 아빠."

아이는 부끄러운 듯 입술을 깨물었다.

"아빠도 마찬가지잖아."

"사라, 넌 새를 산 채로 먹잖아."

"응, 아빠."

그 순간, 다섯살 때 우리와 함께 식탁에 앉아 호박을 게걸스럽게 먹어치우던 사라의 모습이 떠올랐다. 어쩌면 이 문제를 해결할 방법을 찾을 수 있을지도 모른다는 생각이 들었다. 그러나 내 맞은편에 앉아 다시 빙긋이 웃기 시작하는 사라를 보니, 온기가 남아 있고 살아 움직이는 것을 삼킬 때, 또 깃털과 발을 입안 가득 물고 있을 때 어떤 기분이 드는지 궁금해졌다. 나는 실비아가 그랬던 것처럼 손으로 입을 막았다. 그러고는 커피 두잔에 손도 대지 않은 채 아이를 혼자 내버려두고 자리에서 일어났다.

사흘이 흘렀다. 사라는 가지런히 모은 무릎 위에 두 손을 올리고 허리를 꼿꼿이 세운 채 거실 소파에 앉아 거의 모든 시간을 보냈다. 나는 아침 일찍 회사에 출근해서 '새' '날것' '치료법' '입양' 등의 단어를 무한하게 조합해 인터넷에 검색하느라 여러시간을 보내곤 했다. 그러는 동안에도 거실 소파에 앉아 몇시간이고 계속해서 정원을 내다보고 있을 아이의 모습을 떠올렸다. 7시 무렵 퇴근해서 집에 들어서면, 아이는 하루 종일 내가 상상하던 그 모습 그대로 있었다. 그런 모습을 볼 때마다 머리끝이 곤두서는 것만 같았다. 당장 집을 뛰쳐나가 그 아이를 집 안에 꽁꽁 가둬두고 싶었다. 내가 어릴 적에 잡아서 공기가 희박해질 때까지 유리병에 가둬두었던 곤충처럼. 내가 그럴 수 있을까? 어린 시절 언젠가 서커스를 보러 갔다가 수염 난 여자가 살아 있는 쥐 여러마리를 입에 넣던 장면을 본 기억이 났다. 여자가 쥐를 물고 있는 동안 꼭 다문 입술 사이로 꼬리가 꿈틀거렸다. 여자는 희열을 느끼는 듯 눈을 위로 치켜뜬 채 미소를 지으며 관객들 앞을 이리저리 걸어다녔다. 요즘 나는 거의 매일 밤 잠을 이루지 못해 뒤척이면서 그 여자의 모습을 떠올리고, 사라를 정신병원에 입원시킬 수 있을지 곰곰이 생각했다. 그렇게만 되면 일주일에 한두번 정도 면회를 갈 수 있을 것이다. 실비아와 번갈아서 갈 수도 있고. 의사가 환자를 몇 달간 가족과 떨어져 있도록 격리 조치하는 경우도 생각해보았다. 어쩌면 그것이 모두를 위해 가장 좋은 방법일지도 몰랐다. 하지만 사라가 그런 곳에서 살아남을 수 있을지 확신이 서지 않았다. 아니, 살아남을 수도 있다. 하지만 아이의 엄마가 절대로 허락하지 않을 것이다. 아니, 허락할 수도 있다. 나는 결정을 내릴 수가 없었다.

나흘째 되는 날, 실비아가 우리를 만나러 왔다. 실비아는 가져온 구두 상자 다섯개를 현관문 옆에 두었다. 우리는 그 상자에 대해 한마디도 나누지 않았다. 실비아는 사라가 어디 있는지 물었다. 나는 손으로 2층을 가리켰다. 잠시 후 실비아 혼자 내려왔다. 나는 커피를 내주었다. 우리는 거실에서 말없이 커피를 마셨다. 실비아는 안색이 창백할 뿐만 아니라 가끔 손까지 떨었다. 그 바람에 찻잔이 받침에 부딪혀 달그락거렸다. 우리는 서로가 무슨 생각을 하는지 잘 알고 있었다. 가령 나는 이렇게 말했을 수도 있다. "이게 다 당신 때문이야. 당신 때문에 이런 일이 생긴 거라고." 반면 실비아는 이런 터무니없는 소리를 했을 수도 있다. "당신이 아이한테 전혀 관심이 없으니까 이런 일이 생기는 거라고." 하지만 사실, 우리는 많이 지쳐 있었다.

"앞으로도 이건 내가 알아서 할게." 실비아는 나가기

전에 구두 상자를 가리키며 말했다.

나는 아무 말도 하지 않았지만 내심 고마웠다.

슈퍼마켓에서 사람들은 시리얼, 디저트, 채소, 고기, 유제품을 카트에 담았다. 나는 평소 즐겨 먹는 통조림 식품만 골라 계산대로 가서 조용히 줄을 섰다. 나는 매주 두어 번씩 장을 보러 갔다. 물론 특별히 살 물건이 없어도 퇴근길에 종종 슈퍼마켓에 들르곤 했다. 카트를 밀고 진열대 사이를 돌아다니며 혹시 깜빡한 물건은 없는지 생각했다. 밤이 되면 우리는 함께 텔레비전을 보았다. 사라는 소파 한구석에 꼿꼿한 자세로 앉아 있었고, 나는 반대쪽 끝에 앉아 아이가 텔레비전을 계속 보고 있는지, 아니면 또다시 정원에 시선을 고정하고 있는지 확인하려고 아이를 가끔씩 곁눈으로 훔쳐보았다. 나는 저녁을 차려 쟁반 두 개에 나눠 담은 뒤 거실로 가져갔다. 쟁반을 바로 앞에 놓아주었지만 아이는 음식에 손도 대지 않았다. 조용히 기다리다가 내가 식사를 시작하면 그제야 입을 열었다.

"아빠, 나 잠시만."

그 말과 함께 자리에서 일어난 아이는 방으로 올라가 조용히 문을 닫았다. 처음에 나는 텔레비전 소리를 줄이고 조용히 기다렸다. 그러자 위에서 짧고 날카롭게 꽥꽥거리는 소리가 들렸다. 그다음에는 화장실 수도꼭지에서 물이 흘러나오는 소리가 이어졌다. 아이는 가끔 단정하게 머리를 빗고 차분한 모습으로 내려왔다. 반면 샤워를 하고 잠옷 바람으로 내려오는 경우도 종종 있었다.

사라는 밖에 나가고 싶어하지 않았다. 아이의 행동을 관찰하다보니 광장공포증의 초기 증세일지도 모른다는 생각이 들었다. 나는 가끔 의자를 정원으로 들고 나가서 아이에게 이리 나와 잠시 바람이라도 쐬는 게 어떻겠느냐고 권하곤 했다. 하지만 아무 소용이 없었다. 그런데도 사라의 얼굴은 여전히 활기가 넘쳤고, 마치 하루 종일 땡볕 아래에서 운동이라도 하는 것처럼 갈수록 더 아름다워졌다. 집안일을 하다가 깃털이 눈에 띄는 경우가 종종 있었다. 부엌문 옆 바닥, 커피 깡통 뒤, 수저와 포크와 나이프 사이는 물론 화장실 세면대에도 젖은 깃털이 떨어져 있곤 했다. 그럴 때마다 나는 아이에게 들키지 않도록 조심하면서 깃털을 집어 변기에 버렸다. 가끔은 깃털이 변기 물에 쓸려내려가는 모습을 멍하니 바라보았다. 가끔은 변기에 다시 차오른 물이 잔잔해지는 모습을 지켜보면서 슈퍼마켓에 또 갈 필요가 있는지, 카트에 쓰레기 같은 물건을 가득 담는 일이 과연 옳은지 생각하고, 또 사라에 관해서, 정원에 무엇이 있기에 그애가 그렇게 빤히 쳐다보는지 곰곰이 생각했다.

그러던 어느날 오후, 실비아가 전화를 걸어 독감으로 자리에 누웠다고 했다. 그러면서 당분간 우리한테 못 갈 것 같다는 말도 덧붙였다. 실비아는 자기가 없어도 괜찮 겠냐고 물었다. 그제야 나는 우리한테 못 갈 것 같다는 말이 상자를 더 가져다줄 수 없다는 뜻이라는 사실을 깨달 았다. 나는 실비아에게 열이 나는지, 병원에는 가봤는지 물었다. 그러고 실비아가 대답하느라 바쁜 사이 이제 전화를 끊어야 할 것 같다고 말한 뒤 곧장 끊어버렸다. 다시 전화벨이 울렸지만 받지 않았다. 나와 사라는 소파에 앉아 함께 텔레비전을 보았다. 내가 먹을 음식을 거실로 가져왔지만, 사라는 평소처럼 일어나 자기 방으로 올라가지 않았다. 대신 정원에서 잠시도 눈을 떼지 않다가 내가 식사를 마치자 그제야 다시 텔레비전으로 시선을 돌렸다.

그다음 날, 나는 집에 가기 전에 슈퍼마켓에 들러 늘 사던 물건들을 카트에 담았다. 그곳에 처음 가본 사람처럼 진열대 사이를 돌아다니다가 개, 고양이, 토끼, 새, 물고기의 먹이를 파는 반려동물 코너 앞에서 걸음을 멈추었다. 그러고는 어떤 제품인지 보려고 몇개를 집어들었다. 제품의 성분과 칼로리 함량과 종, 몸무게, 나이에 따른 권장량 등을 꼼꼼히 읽었다. 그런 다음 꽃이 있는 식물과 없는 식물, 화분과 흙을 판매하는 원예 코너로 갔다가 다시 반려동물 코너로 돌아가 거기 서서 이제 뭘 할지 곰곰이 생각했다. 사람들이 카트에 물건을 가득 채운 채 나를 피해 돌아갔다. 매장 내 스피커에서는 어머니날*을 맞이해 각종 유제품을 할인 판매한다는 안내방송에 이어, 늘 여자들에 둘러싸여 살면서도 여전히 첫사랑을 잊지 못하는 어느 남자에 관한 노래가 흘러나왔다. 나는 결국 카트를 밀면서 통조림 코너로 돌아갔다.

그날 밤, 사라는 평소보다 늦게 잠이 들었다. 내 방은 그 아이의 방 바로 아래였기 때문에, 아이가 초조한 듯 이리저리 걸어다니다가 잠자리에 들었다가 다시 침대에서 일어나기를 반복하는 소리가 고스란히 들렸다. 딸아이가 온 뒤로 위층에 한번도 올라가보지 않았던 터라 방의 상태가 어떨지 궁금했다. 어쩌면 오물과 깃털로 가득 찬 우리처럼 난장판으로 변해버렸을지도 몰랐다.

실비아한테서 전화가 온 지 사흘째 되던 날 밤, 나는 집에 가는 길에 반려동물 가게의 차양에 매달린 새장 앞에서 걸음을 멈추었다. 실비아 집에서 봤던 것과 비슷하게 생긴 참새는 하나도 없었다. 새들은 깃털이 모두 밝은 빛깔이고 그 참새에 비해 몸집도 약간 더 큰 편이었다. 나는 그 자리에 잠시 서서 새들을 쳐다보고 있었다. 그러자 점원으로 보이는 남자가 다가오더니 혹시 관심이 가는 새

* 아르헨티나에서 어머니날은 10월 세번째 일요일이다.

54

가 있는지 물었다. 나는 아니라고, 전혀 그렇지 않다고, 그냥 구경만 하고 있었을 뿐이라고 대답했다. 남자는 내 주변에서 상자를 이리저리 옮기며 가끔씩 거리를 내다보다가 잠시 후 내게 구매 의사가 전혀 없다는 것을 알아차렸는지 계산대로 돌아가버렸다.

집에 돌아와보니 사라는 요가를 하듯이 꼿꼿한 자세로 소파에 앉아 기다리고 있었다. 우리는 인사를 나누었다.

"안녕, 사라."

"안녕, 아빠."

아이는 두 뺨을 물들이던 발그스레한 빛깔이 점점 희미해지고 있었고, 전만큼 건강해 보이지 않았다. 나는 내 저녁을 차리고 소파에 앉아 텔레비전을 켰다. 잠시 후 사라가 입을 열었다.

"아빠……"

나는 입안에 있던 음식을 급하게 삼키고 텔레비전 소리를 줄였다. 방금 이 아이가 정말 내게 말을 걸었는지 확신할 수가 없었다. 하지만 아이는 거기에서, 무릎을 가지런히 모으고 그 위에 두 손을 올려놓은 채 나를 빤히 쳐다보고 있었다.

"왜 그러니?" 내가 물었다.

"아빠는 나를 사랑해?"

나는 곧바로 고개를 끄덕이며 손짓을 했다. 그럼, 물론이지,라는 뜻이었다. 이 아이는 내 딸이니까. 그렇지만 혹시 몰라서, 무엇보다 전처가 '적절한 반응'이라 여길 만한 것을 떠올리며 말했다.

"그럼, 우리 아가. 당연하지."

그제야 사라는 다시 한번 미소 짓고 텔레비전 프로그램이 끝날 때까지 정원을 내다보았다.

그날 밤, 우리는 다시 잠을 설쳤다. 아이는 위에서 방안을 이리저리 걸어다녔고, 나는 침대에서 계속 뒤척이다 겨우 잠이 들었다. 다음 날 아침에 실비아에게 전화를 걸었다. 토요일인데도 실비아는 전화를 받지 않았다. 나중에 다시 전화했지만 여전히 받지 않아서 정오쯤에 한번 더 걸어보았다. 하는 수 없이 음성메시지를 남겨놓았다. 사라는 오전 내내 소파에 앉아 정원을 내다보았다. 머리가 조금 헝클어진데다 평소처럼 꼿꼿한 자세로 앉아 있지도 않았다. 얼굴에 피곤한 기색이 역력했다. 나는 아이에게 괜찮은지 물었다. 그러자 아이가 대답했다.

"응, 아빠."

"정원에 잠시 나가보지 그러니?"

"아냐, 아빠."

나는 어젯밤 나누었던 대화를 떠올리며 문득 아이에게 나를 사랑하는지 물어보고 싶어졌다. 하지만 어리석은 짓 같아 이내 마음을 접었다. 다시 실비아에게 전화를 걸었다. 다시 음성메시지를 남겼다. 사라가 듣지 못하게 나직한 목소리로 자동응답기에 말했다.

"급한 일이야, 연락 줘."

우리는 텔레비전을 켜둔 채 소파에 앉아 연락을 기다렸다. 몇시간 뒤, 사라가 입을 열었다.

"나는 그만 올라가볼게, 아빠."

사라는 자기 방에 올라가 문을 닫았다. 나는 위에서 무슨 소리가 나는지 듣기 위해 텔레비전을 껐다. 하지만 사라 방에서는 아무 소리도 나지 않았다. 실비아에게 한번 더 전화해보기로 했다. 수화기를 들어 전화를 걸었다. 하지만 발신음이 들리자마자 전화를 끊어버렸다. 그러고는 반려동물 가게로 차를 몰고 가서 점원을 찾았다. 점원에게 작은 새, 거기 있는 것 중에서 가장 작은 새를 달라고 했다. 점원은 사진이 실린 카탈로그를 펼치더니 종에 따라 가격과 먹이가 다르다고 일러주었다.

"이국적인 새를 원하세요, 아니면 좀더 친근한 게 마음에 드세요?"

나는 손바닥으로 계산대를 내리쳤다. 그 바람에 계산대에 있던 물건들이 튀어올랐다. 점원은 말없이 나를 바라보았다. 나는 새장 안에서 부산스럽게 움직이는 검은색의 작은 새를 가리켰다. 120페소를 내고 초록색 골판지 상자에 담긴 새를 건네받았다. 상자 둘레에는 작은 구멍이 송송 뚫려 있고 정면에는 새의 사진이 실린 사육 안내서가 붙어 있었다. 새 먹이용 씨앗 한봉지를 무료로 준다고 했지만 받지 않았다.

집으로 돌아왔을 때도 사라는 여전히 방에 틀어박혀 있었다. 나는 그 아이가 집에 온 뒤 처음으로 위층에 올라가 방문을 열었다. 아이는 열린 창문 앞 침대 위에 앉아 있었다. 아이가 나를 물끄러미 쳐다보았다. 하지만 누구도 선뜻 말을 꺼내지 않았다. 아이는 얼굴에 핏기라고는 없이 창백해서 꼭 아픈 사람 같았다. 방 안은 깨끗하고 정리가 잘되어 있었다. 화장실 문은 반쯤 열려 있었다. 책상 위에는 구두 상자가 스무개가량 차곡차곡 쌓여 있었는데, 상자를 모두 펴서 접어놓아 공간을 별로 차지하지 않았다. 창가에는 텅 빈 새장이 걸려 있었다. 협탁 위 스탠드 옆에는 제 엄마 집에서 가져온 사진 액자가 놓여 있었다. 상자 속에서 새가 움직이며 발톱으로 바닥을 긁는 소리가 났다. 하지만 사라는 미동도 하지 않았다. 나는 책상 위에 상자를 올려놓고 말없이 방을 나와 문을 닫았다. 기분이 그다지 좋지 않았다. 벽에 기대어 잠시 몸을 추슬렀다. 아직 손에 들고 있는 사육 안내서를 물끄러미 내려다보았다. 뒷면에는 새를 관리하는 방법과 번식주기에 관한 내용이 있었다. 이 종은 따뜻한 계절에 짝짓기를 할 필요가 있다는 점, 그리고 새장 안에서 새를 최대한 즐겁게

기를 수 있는 몇가지 방법이 특별히 강조되어 있었다. 그 순간 방 안에서 날카롭게 꽥꽥거리는 소리가 들리더니, 잠시 후 화장실 세면대 수도꼭지를 트는 소리가 났다. 수도꼭지에서 물이 쏟아지자 기분이 조금 나아졌다. 이제 어떻게든 저 계단을 내려가게 될 테니까.

산타클로스가 우리 집에서 자고 있다

─────────────────────────────

산타클로스가 우리 집에서 밤을 보낸 그해 크리스마스
는 우리가 마지막으로 함께한 시간이었다. 그날 밤 이후
로 엄마와 아빠는 더이상 싸우지 않았지만, 그것이 꼭 산
타클로스 때문이라고 보기는 어려울 것 같다. 아빠는 그
몇달 전 갑자기 일자리를 잃는 바람에 차까지 팔았는데,
그러고도 무슨 까닭인지 그해만큼은 좋은 크리스마스트
리가 필요하다고 우기면서 엄마의 반대에도 불구하고 결
국 마음에 드는 걸 사고야 말았다. 트리는 세 부분을 조
립하고 가지를 자연스럽게 보이도록 펼치는 방법이 실린
설명서와 함께 납작하고 기다란 상자에 들어 있었다. 조
립이 끝나고 보니 트리는 아빠의 키보다 더 컸다. 그해에
산타클로스가 우리 집에서 자게 된 것도 따지고 보면 그

트리 때문이었던 것 같다. 나는 크리스마스 선물로 무선 조종 자동차 장난감을 달라고 했다. 특정한 모델을 원한 건 아니고 무선조종 자동차라면 어떤 것이든 상관없었다. 당시 학교 친구들 대부분이 무선조종 자동차를 가지고 있었던 게 문제라면 문제였다. 쉬는 시간이면 아이들은 운동장으로 무선조종 자동차를 가지고 나와 내가 가지고 있던 것과 같은 보통 자동차에 일부러 부딪치곤 했다. 그래서 나는 무선조종 자동차를 선물로 달라고 산타클로스 할아버지에게 편지를 썼다. 아빠는 그 편지를 부치기 위해 우체국으로 나를 데리고 갔다. 그러고는 창구 직원에게 이렇게 말했다.

"이 편지는 산타클로스에게 보낼 겁니다." 아빠는 봉투를 직원에게 건넸다.

창구에 있던 남자는 우리에게 인사도 건네지 않았다. 사람이 몰려 일이 너무 많아서 이미 지칠 대로 지친 듯했다. 그러고 보면 크리스마스 시즌은 저 사람들에게 최악의 시기일 것이다. 직원은 우리 편지를 받아 이리저리 살펴보더니 말했다.

"우편번호가 없잖아요."

"산타클로스에게 보내는 편지라니까요." 아빠가 웃으면서 말하고는 직원에게 한쪽 눈을 찡긋해 보였다. 아빠 딴에는 친근한 모습을 보이려고 그랬겠지만, 직원은 이에 아랑곳없이 매정하게 잘라 말했다.

"우편번호가 없으면 못 보내요."

"당신도 잘 알겠지만, 산타클로스 주소에는 우편번호가 없다고요."

"아무튼 우편번호가 없으면 못 보내니까 그리 알아요."
남자는 그렇게 말하고 다음 손님을 불렀다.

그러자 아빠는 접수대 위로 올라가 직원의 멱살을 잡으며 난동을 부렸다. 아무튼 우여곡절 끝에 편지는 부쳤다.

하지만 편지가 제대로 산타클로스에게 도착했는지 알 도리가 없다보니 크리스마스이브가 걱정되었다. 더군다나 우리는 거의 두달째 엄마에게 의지할 수가 없던 터라, 그것 또한 내게는 큰 걱정거리였다. 사실 웬만한 집안일은 모두 엄마가 처리해온데다, 엄마만 있으면 모든 일이 술술 풀렸기 때문이다. 그런데 엄마가 어느날 갑자기 더이상 집안일을 돌볼 수 없게 된 것이다. 엄마는 여러 병원을 찾아다녔는데, 그때마다 아빠가 항상 따라다니는 바람에 나는 이웃의 마르셀라 아주머니 집에 머물러야 했다. 하지만 엄마의 상태는 쉽게 나아지지 않았다. 이제는 깨끗하게 세탁한 옷은 물론 아침에 먹던 시리얼과 우유조차 구경할 수 없었다. 아빠는 나를 어디 맡길 때도 늘 늦었고, 나를 데리러 올 때도 늘 늦었다. 나는 엄마가 어떻게 된 거냐고 아빠에게 물었다. 아빠에 따르면, 엄마는 어디 아픈 것도 아니고 암에 걸리거나 곧 죽는 것도 아니라고 했다. 물론 그런 일이 일어날 수도 있지만, 자기는 그렇게 운 좋은 사람이 아니라고도 했다. 한편 마르셀라 아주머니의 말에 따르면, 엄마는 단지 세상을 믿지 못하게 된 것뿐이며, 이런 걸 두고 '우울증'이라고 부른다고 했다. 우울증에 걸리면 매사 의욕이 없어질 뿐만 아니라 낫는 데 시간이 좀 걸린다고 했다. 엄마는 이제 더이상 일을 하거나 친구들과 어울리거나 할머니와 전화로 수다를 떨 수 없었다. 대신 항상 가운 차림으로 텔레비전 앞에 앉아 여기저기 채널을 돌리면서 아침, 점심, 저녁 시간을 다 보내곤 했다. 엄마에게 식사를 차려주는 것은 내 몫이었다. 마르셀라 아주머니가 음식을 만들어 끼니별로 표시를 한 다음 냉동실에 넣어두었다. 그러면 나는 그것들을 조금씩 조합해서 식사를 차려야 했다. 가령 감자 파이나 채소 타르트를 통째로 엄마에게 줄 수는 없으니 말이다. 우선 전자레인지에 해동을 한 다음 물 한잔과 포크, 나이프, 수저와 함께 쟁반에 담아 엄마에게 갖다주었다. 그러면 엄마는 이렇게 말했다.

"고맙구나, 얘야. 감기에 걸리지 않게 조심하렴." 엄마는 나를 쳐다보기는커녕 텔레비전에서 잠시도 눈을 떼지 않았다.

학교 수업이 끝나면 아우구스토의 엄마가 내 손을 잡

고 아빠가 올 때까지 기다려주었다. 아우구스토의 엄마
는 예쁘기 때문에, 함께 있는 게 싫지 않았다. 하지만 아
빠 대신 마르셀라 아주머니가 학교에 오기 시작하고부터
는 마르셀라 아주머니나 아우구스토의 엄마나 탐탁지 않
아하는 눈치라, 나는 길모퉁이 나무 아래서 혼자 기다렸
다. 누가 나를 데리러 오든지 간에 언제나 늦었다.

그 시기에 마르셀라 아주머니와 아빠는 아주 친해졌
다. 아빠는 종종 마르셀라 아주머니 집에서 밤늦도록 포
커를 하기도 했다. 집에 아빠가 없으면 엄마와 나는 제대
로 잠을 이룰 수 없었다. 가끔 엄마와 화장실 문 앞에서
마주칠 때면 엄마는 내게 이렇게 말했다.

"얘야, 감기에 걸리지 않게 조심하렴." 그러고는 곧장
텔레비전 앞으로 가버렸다.

마르셀라 아주머니는 우리 집에서 오후를 보낼 때가
많았다. 우리가 먹을 음식을 만들고, 시간이 남으면 집안
정리도 해주었다. 그때 아주머니가 왜 그렇게까지 했는
지 잘 모르겠다. 아빠가 좀 도와달라고 부탁했던 것 같다.
둘이 워낙 친한 사이이다보니, 아주머니도 아빠의 부탁
을 모르는 체할 수 없었을 것이다. 그때 아주머니 표정이
별로 밝지 않았던 걸 보면 억지로 도와준 것이 분명하다.
마르셀라 아주머니는 어쩌다 한번씩 텔레비전을 끄고 엄
마 맞은편에 앉아 말했다.

"이레네, 우리 얘기 좀 해. 계속 이렇게 지낼 순 없잖
아……"

아주머니는 엄마가 태도를 바꿔야 한다고, 이래가지고
는 아무것도 안된다고, 자기도 더이상 모든 일을 도맡아
할 수는 없다고 했다. 그러면서 엄마에게 어서 빨리 기운
을 차리고 결정을 내려야지, 그러지 않으면 결국 우리의
삶을 모조리 망쳐버리게 될 거라고 하소연했다. 하지만
엄마는 한마디도 하지 않았고, 결국 아주머니는 문을 쾅
닫고 나가버렸다. 그런 날 밤이면 집에 먹을 것이 하나도
없었기 때문에 아빠는 하는 수 없이 피자를 주문했다. 나
는 피자가 좋다.

나는 아우구스토에게 우리 엄마가 이제 "세상을 믿지
못하게" 되었고, "우울증"에 걸렸다고 말해주었다. 그랬
더니 녀석은 우리 집에 가서 엄마가 어떤지 직접 보고 싶
다고 했다. 그날 우리가 얼마나 못돼먹은 짓을 했던지, 그
때를 생각하면 지금도 얼굴이 화끈거린다. 우리는 엄마
앞에서 개구리처럼 폴짝폴짝 뛰었다. 우리가 텔레비전을
못 보게 가리는데도 엄마는 고개만 살짝 움직일 뿐이었
다. 그런 다음 우리는 신문지로 고깔모자를 만들어 엄마
에게 이렇게저렇게 씌워보았다. 오후 내내 머리에 모자
를 씌워놓았는데도 엄마는 꼼짝하지 않았다. 나는 아빠
가 오기 전에 엄마의 모자를 벗겼다. 엄마가 낮에 있었던

일을 아빠에게 이르지는 않겠지만, 어쨌든 기분이 좋지 않았다.

드디어 크리스마스가 왔다. 마르셀라 아주머니는 닭고기를 끔찍한 채소와 함께 오븐에 구웠고, 특별한 날인 만큼 나를 위해 감자튀김도 만들어주었다. 아빠는 엄마에게 소파에서 일어나 같이 저녁을 먹자고 했다. 아빠는 엄마를 조심스럽게 식탁으로 ─ 마르셀라 아주머니가 빨간색 식탁보를 깔고 초록색 양초와 손님이 올 때만 내놓는 접시를 올려놓았다 ─ 데려와서 상석에 앉혔다. 그러고는 엄마에게서 눈을 떼지 않고 몇걸음 뒤로 물러섰다. 아빠의 표정으로 봐서는 이 정도면 됐다고 생각한 것 같았다. 하지만 아빠가 멀리 떨어지자마자, 엄마는 자리에서 일어나 소파로 돌아가버렸다. 그래서 우리는 아예 음식을 거실의 탁자로 옮겨 엄마와 함께 먹었다. 어김없이 켜져 있던 텔레비전에서는 더 돈이 많은 사람들에게 선물과 음식을 듬뿍 받고 기뻐하는 가난한 사람들의 동네가 나오고 있었다. 나는 식사하는 내내 초조한 마음으로 크리스마스트리를 쳐다보았다. 조금만 있으면 12시가 될 텐데, 무선조종 자동차를 꼭 받고 싶었기 때문이다. 바로 그때 엄마가 손으로 텔레비전 화면을 가렸다. 마치 가구가 움직이는 것 같은 동작이었다. 아빠와 마르셀라 아주머니는 서로의 얼굴을 멀뚱히 쳐다보았다. 텔레비전에 나온 산타클로스는 거실 소파에 앉아 한 손으로 자기 무릎 위에 앉은 꼬마를 안고, 다른 손으로 아우구스토의 엄마를 닮은 여자를 안고 있었다. 여자는 몸을 기울여 산타클로스에게 입을 맞추었다. 산타클로스는 우리를 똑바로 쳐다보면서 말했다.

"……집에 오면 가족과 함께 있고 싶을 뿐이에요."그 말과 함께 어느 커피 로고가 화면에 크게 나타났다.

갑자기 엄마가 울기 시작했다. 마르셀라 아주머니는 내 손을 잡으며 방에 올라가 있으라고 했다. 나는 싫다고 했다. 그러자 아주머니는 엄마한테 말할 때처럼 안달하는 목소리로 다시 한번 말했다. 아무리 그래도 나는 크리스마스트리에서 떨어지고 싶지 않았다. 아빠가 텔레비전을 끄려고 하자, 엄마는 아빠를 막으려고 몸싸움을 벌였다. 하지만 결국 아빠를 막지는 못했다. 그때 현관 벨이 울리자 내가 외쳤다.

"산타클로스다!"

마르셀라 아주머니가 내 뺨을 때렸다. 아빠는 아주머니에게 소리를 질렀다. 이제는 아빠와 아주머니가 싸우기 시작했다. 엄마는 그 틈을 타 다시 텔레비전을 켰지만, 산타클로스는 어떤 채널에도 나오지 않았다.

다시 현관 벨이 울리자 아빠가 말했다.

"이 시간에 대체 어떤 놈이야?"

나는 제발 그 우체국 직원이 아니기를 바랐다. 지금 아빠는 기분이 안 좋으니 그 직원을 보면 다시 싸우려 들게 뻔했기 때문이다.

현관 벨이 연달아 울렸다. 아빠도 이제 질렸는지 현관으로 가서 문을 열었다. 문 너머로 산타클로스의 모습이 언뜻 보였다. 텔레비전에 나온 것처럼 뚱뚱하지는 않지만 굉장히 지쳐 보였다. 서 있을 힘조차 없는지, 그는 잠시 문 한쪽에 몸을 기댔다가 또다른 쪽에 잠깐 기대섰다.

"무슨 일이죠?" 아빠가 물었다.

"난 산타클로스예요." 산타클로스가 말했다.

"그럼 난 백설공주다!" 그렇게 말하고는 아빠가 문을 쾅 닫아버렸다.

그때 엄마가 소파에서 벌떡 일어나더니 현관으로 달려가 문을 열었다. 산타클로스는 여전히 문간에서 몸을 가누려 애쓰고 있었다. 엄마는 그를 와락 껴안았다. 그 모습을 본 아빠는 입에 거품을 물고 흥분했다.

"이레네, 이놈이 그놈이야?" 아빠는 엄마에게 고함을 지르고 욕설을 퍼부으며 둘을 떼어놓으려 했다.

그러자 엄마가 산타클로스에게 말했다.

"브루노, 나는 당신 없이는 도저히 살 수가 없어. 서서히 죽어가고 있다고."

아빠는 둘을 떼어놓자마자 산타클로스에게 주먹을 한

방 날렸다. 산타클로스는 뒤로 자빠져 현관 입구에 그대로 뻗어버렸다. 엄마는 미친 듯이 소리를 지르기 시작했다. 나는 산타클로스가 어떻게 됐는지, 이 일로 인해 자동차 장난감을 늦게 받게 되는 건 아닌지 걱정이 되었지만, 그래도 엄마가 다시 움직이는 모습을 보니 기뻤다.

아빠가 엄마에게 둘 다 죽여버릴 거라고 하자, 엄마도 지지 않고 아빠에게 맞고함을 쳤다. 당신이 마르셀라하고 그렇게 죽이 잘 맞는다면, 왜 나는 산타와 친구가 될 수 없는데? 내가 보기에는 엄마의 말이 설득력이 있었다. 산타클로스가 정신을 차렸는지 바닥에서 몸을 조금씩 움직이자, 마르셀라 아주머니가 다가가서 손을 내밀어 그를 일으켜세워주었다. 그러자 아빠가 다시 온갖 욕을 퍼붓기 시작했고, 엄마도 악다구니를 썼다. 마르셀라 아주머니가 이제 그만 진정하고 안으로 들어가자고 사정했지만 아무도 말을 듣지 않았다. 산타클로스는 목덜미에 손을 갖다댔다. 손에 피가 묻어났다. 이를 본 산타클로스가 아빠에게 침을 뱉자, 아빠가 폭발했다.

"이 호모 새끼가!"

엄마가 아빠에게 소리쳤다.

"호모 새끼는 바로 당신이야, 이 개자식아!" 엄마도 아빠에게 침을 뱉었다. 그러고는 산타클로스에게 손을 내밀어 그를 안으로 데리고 들어왔다. 그것도 모자라 엄마

방으로 데리고 들어가 문을 잠가버렸다.

아빠는 그 자리에서 얼어붙은 듯 꼼짝도 하지 않았다. 잠시 후, 제정신을 차린 아빠는 내가 아직 거기 있다는 걸 깨닫고 빨리 자러 가라고 호통을 쳤다. 아빠에게 말대꾸할 상황이 아니라는 걸 알았다. 나는 선물을 받기는커녕 크리스마스를 즐기지도 못한 채 방으로 갔다. 집 안이 잠잠해지기를 기다리며 침대에 누워 스탠드의 플라스틱 물고기들 그림자가 벽에서 헤엄치는 모습을 물끄러미 쳐다보았다. 어쨌든 내가 무선조종 자동차를 받지 못하리라는 것은 분명했다. 하지만 그날 밤 산타클로스는 우리 집에서 잤다. 그리고 그것은 새해에 우리 모두에게 좋은 일이 많이 생기리라는 징조였다.

구덩이를 파는 사람

휴식이 필요했던 나는 도시에서 멀리 떨어진 어느 해변 마을의 큰 집을 하나 빌렸다. 그 저택은 마을에서 15킬로미터 떨어진 곳에 있었는데, 자갈길을 따라가면 바다가 나왔다. 흙길이 쌍갈래로 집까지 이어져 있었지만 주변에 잡초가 무성한 탓에 제대로 보이지 않아 차를 타고 더이상 나아갈 수가 없었다. 하지만 저 멀리 집의 위층 지붕이 보였기 때문에, 나는 마음을 먹고 차에서 내린 뒤 꼭 필요한 물건만 챙겨 걷기 시작했다. 날이 어두워지면서 바다는 보이지 않았지만, 파도가 해변에 부딪치는 소리를 들을 수 있었다. 몇걸음 걸어갔을 때 뭔가가 발에 걸렸다.

"오셨어요?"

나는 깜짝 놀라 뒷걸음쳤다.

"나리 맞으시죠?" 어떤 남자가 힘겹게 자리에서 일어났다. "저는 하루도 허투루 보낸 적이 없습죠. 그러니까…… 그건 제 어머니를 걸고 맹세할 수 있구먼요……"

그는 서둘러 말하고는 옷의 주름을 펴고 머리를 매만졌다.

"문제는 지난밤이었습죠…… 나리도 잘 아시겠지만, 일이 거의 끝나가는 마당에 제가 뭐든 다음 날로 미룰 이유가 없잖습니까. 자, 이리 와보세요. 이리 와보시라니까요." 그는 말을 마치기 무섭게 덤불 사이에 있는 구덩이 속으로 들어갔다. 구덩이는 우리가 있던 자리에서 겨우 한걸음 떨어진 곳에 있었다.

나는 그 앞에 웅크리고 앉아 구덩이 안으로 고개를 들이밀었다. 직경이 1미터 조금 넘는 구덩이였는데, 안에 뭐가 있는지 하나도 보이지 않았다. 자기한테 일을 맡긴 이도 몰라보는 일꾼을 부리는 사람이 누굴까? 대체 뭘 찾으려고 저토록 깊게 땅을 파고 들어가는 걸까?

"나리, 안 내려오세요?"

"아무래도 사람을 잘못 본 것 같은데요."

"뭐가요?"

나는 내려가지 않을 거라고 했다. 아무 대답도 없기에 곧장 집으로 향했다. 현관 계단에 다다를 즈음에야 저 멀리서 내게 말하는 소리가 들려왔다. "알겠습니다요, 나리.

그럼 그렇게 하세요."

다음 날 아침, 나는 차에 두고 온 짐을 가지러 나갔다.
그런데 어제 본 그 남자가 테라스에 앉아 녹슨 삽을 무릎
사이에 낀 채 꾸벅꾸벅 졸고 있었다. 그는 나를 보자마자
허둥지둥 삽을 내려놓고 달려오더니 말없이 내 뒤를 따랐
다. 내가 차에서 짐을 다 내릴 때까지 기다리다가 가장 무
거운 것을 들고서는 이 짐들도 계획의 일부인지 물었다.

"미안하지만, 난 짐을 좀 정리해야겠어요." 현관문에
이르러 나는 그를 안으로 들이지 않으려고 그가 들고 있
던 짐을 빼앗았다.

"네, 알겠습니다요, 나리. 그럼 그렇게 하세요."

나는 안으로 들어가 문을 닫았다. 부엌 창문으로 해변
이 보였다. 바다에 파도가 거의 없어서 수영하기에 딱 좋
아 보였다. 나는 부엌을 가로질러 가서 앞창으로 바깥 동
태를 살폈다. 남자는 여전히 거기에 있었다. 가끔씩 구덩
이 쪽을 내다보다가, 고개를 들어 하늘을 살펴보기도 했
다. 내가 밖으로 나가자, 그는 자세를 바로잡고 내게 정중
하게 인사했다.

"이제 뭘 하면 되나요, 나리?"

내가 손가락만 까딱해도 당장 구덩이로 달려가 땅을
파기 시작할 기세였다. 나는 잡초가 우거진 땅을 바라보
았다.

"일이 얼마나 남은 것 같아요?"

"이제 얼마 남지 않았구먼요, 나리. 거의 다 끝난 거나 마찬가집니다요."

"당신한테 얼마 남지 않았다는 게 정확히 얼마나 남았다는 뜻이죠?"

"아무튼 거의 다 끝났구먼요…… 어떻게 말씀드려야 좋을지 모르겠지만요."

"그럼 오늘 안에 끝낼 수 있다는 말인가요?"

"아무것도 약속드릴 수가 없구먼요…… 아시겠지만, 이건 저 혼자 결정할 일이 아니라서 말입죠."

"알았어요. 그 일을 그렇게 하고 싶다면 하세요. 하지만 부탁드리는데, 질질 끌지 말고 한번에 끝내도록 해요."

"암요, 그러고말고요. 맡겨만 주세요, 나리."

남자는 삽을 들고 계단을 내려가 풀숲으로 향하더니 마침내 구덩이 속으로 사라졌다.

그뒤에 나는 마을로 나갔다. 날도 화창하니 오래간만에 바다를 즐길 겸 수영복을 살 생각이었다. 어쨌든 내 소유도 아닌 집 앞에서 구덩이를 파는 남자에 대해 신경 쓸 필요가 있겠는가. 나는 유일하게 문을 연 가게에 들어갔다. 점원이 내가 산 물건을 포장하면서 물었다.

"손님의 구덩이를 파는 사람은 잘하고 있나요?"

나는 잠시 아무 말도 하지 않았다. 어쩌면 다른 사람이 대신 대답해주기를 기다리고 있었는지도 모른다.

"내 구덩이를 파는 사람이라고요?"

그는 내게 쇼핑백을 건넸다. 나는 돈을 내밀면서 어리 둥절한 표정으로 그를 쳐다보았다. 가게를 나서기 전에 그에게 물어볼 수밖에 없었다.

"그런데 그 사람을 어떻게 아시죠?"

"그 사람을 어떻게 아냐고요?" 그는 내가 무슨 말을 하 는지 도저히 이해할 수 없다는 듯 반문했다.

나는 집으로 갔다. 문을 열자마자 테라스에서 꾸벅꾸 벅 졸고 있던 남자가 눈을 떴다.

"나리," 그가 자리에서 일어나며 말했다. "아주 커다란 진척이 있었습니다요. 이제 끝이 점점 가까워지고 있는 것 같은데……"

"어두워지기 전에 해변으로 내려가볼 생각이에요."

무슨 생각으로 그에게 그런 말을 했는지는 잘 기억나 지 않는다. 아마 그 남자 말고는 이야기를 나눌 사람이 없 었기 때문인지도 모른다. 아무튼 그는 내 말을 듣고 흡족 해하면서 자기도 따라가겠다고 했다. 내가 옷을 갈아입 는 동안 그는 밖에서 기다렸다. 잠시 후, 우리는 바다를 향해 같이 걸어가고 있었다.

"구덩이를 그냥 놔두고 가도 괜찮겠어요?" 내가 물었다.

구덩이를 파는 사람이 갑자기 멈춰섰다.

"그럼 저는 돌아가는 게 좋을까요?"

"아뇨, 그게 아니라, 그냥 물어본 거예요."

"혹시 무슨 일이라도 생기면……" 그는 당장이라도 돌아갈 태세였다. "그러면 어떻게 될지 생각만 해도 끔찍하다고요, 나리."

"끔찍해요? 대체 무슨 일이 일어날 수 있다는 거죠?"

"아무튼 계속 땅을 파야 해요."

"왜요?"

그는 고개를 들어 처음에는 이쪽 하늘을, 이어서 저쪽 하늘을 쳐다보았다.

"걱정하지 말아요." 나는 계속 걸음을 옮기며 말했다. "자, 나를 따라와요."

구덩이를 파는 남자는 머뭇거리며 나를 쫓아왔다.

해변에 도착하자 나는 바다에서 몇미터 떨어진 곳에 앉아 신발과 양말을 벗었다. 남자도 내 옆에 앉아 삽을 옆에 놓고 작업화를 벗었다.

"수영할 줄 알아요?" 내가 물었다. "같이 들어가지 않을래요?"

"아뇨, 나리. 괜찮으시다면 구경만 하겠습니다요. 그리고 혹시 나리께서 새로운 계획을 떠올릴 경우에 대비해 삽도 가져왔구먼요."

나는 일어나서 바다로 걸어갔다. 물은 차가웠다. 하지

만 남자가 나를 지켜보고 있으니 되돌아갈 수는 없는 노릇이었다.

내가 돌아왔을 때, 구덩이를 파는 남자는 떠나고 없었다.

불길한 생각이 들어 바다 쪽으로 난 발자국이 있는지 살펴보았다. 혹시라도 그가 나를 따라 바닷물로 뛰어들었을지 모를 일이었다. 하지만 아무 흔적도 보이지 않아 돌아가기로 했다. 집 근처에 가자마자 제일 먼저 구덩이와 그 주변을 살펴보았다. 집 안으로 들어가 혹시나 하는 마음에 방방마다 돌아다녔다. 층계참에서 걸음을 멈추고 사방을 둘러보기도 하고, 복도에서 조금 쑥스럽기는 했지만 큰 소리로 그를 불러보기도 했다. 잠시 후, 밖으로 나갔다. 구덩이까지 걸어가 안을 들여다보면서 다시 그를 불렀다. 하지만 아무것도 보이지 않았다. 바닥에 엎드려 구덩이 안으로 팔을 뻗어 벽을 더듬어보았다. 직경 1미터에 지구의 중심으로 이어진 듯 깊게 파인 구덩이는 대단히 공들인 작업의 결과였다. 안으로 들어가볼까도 생각했지만 금방 포기했다. 그러다가 일어나려고 한 손으로 바닥을 짚는 순간, 구덩이 가장자리의 흙이 쏴르르 무너져내렸다. 나는 온몸이 굳은 채 옆에 있던 덤불을 꽉 움켜쥐고, 흙이 깊은 어둠속으로 떨어지는 소리를 들었다. 무릎이 구덩이 가장자리로 미끄러져 들어가는 찰나 입구가 와르르 무너지면서 어둠속으로 사라졌다. 나는 일어나서 처참한 광경을 바라보았다. 두려움에 떨며 주변을 둘러보았지만 구덩이를 파는 남자의 모습은 그 어디에도 보이지 않았다. 문득 축축한 흙으로 무너진 가장자리를 메워서 원래대로 복구해놓을 수 있겠다는 생각이 들었다. 그러려면 삽과 약간의 물이 필요했다.

나는 집으로 돌아갔다. 벽장 문을 열어보고, 한번도 들어가본 적 없는 뒷방 두개를 샅샅이 살펴보고, 세탁실도 뒤져보았다. 마침내 낡은 연장들 옆에 있던 상자에서 모종삽을 찾아냈다. 작긴 하지만 우선 이걸로 시작해볼 참이었다. 밖으로 나서는 순간, 구덩이를 파는 남자와 마주쳤다. 나는 모종삽을 얼른 등 뒤로 숨겼다.

"안 그래도 나리를 찾던 중이었습니다요. 문제가 생겼구먼요."

구덩이를 파는 남자는 의심스러운 눈빛으로 나를 바라보았다. 그에게서 처음 보는 눈빛이었다.

"무슨 문젠데요?"

"저 말고 다른 사람이 구덩이를 파고 있습니다요."

"다른 사람이라고요? 확실해요?"

"이 일이라면 제가 훤히 알고 있습죠. 틀림없이 다른 누군가가 구덩이를 파고 있었다고요."

"그런데 지금까지 어디 있었어요?"

"삽을 갈고 있었구먼요."

"알았어요." 나는 일부러 단호한 어투로 말했다. "땅을 최대한 많이 파도록 해요. 다시는 쓸데없이 돌아다니지 말고요. 내가 주변을 살펴볼게요."

그는 망설였다. 몇발짝 걸어가더니, 결국 멈춰서서 나를 힐끔 돌아보았다. 나는 멍하니 팔을 늘어뜨리고 있었다. 모종삽이 내 다리 옆에서 대롱거렸다.

"나리도 구덩이를 파시려고요?"

나는 본능적으로 삽을 감추었다. 그는 내가 방금 전까지 자신과 대화하던 그 사람이라는 걸 전혀 몰라보는 듯했다.

"구덩이를 파실 건가요?" 그가 다시 물었다.

"내가 도와줄게요. 당신이 땅을 파다 지치면, 내가 이어서 파는 거죠."

"저 구덩이는 당신 거예요," 그가 말했다. "그러니까 당신은 구덩이를 팔 수 없어요."

남자는 삽을 들어올리더니 내 눈을 똑바로 쳐다보면서 다시 땅에 내리꽂았다.

이르만

올리베르는 운전을 하고 있었다. 나는 너무 목이 말라
현기증이 나기 시작했다. 도로변에서 우리가 찾은 화물
차 휴게소는 텅 비어 있었다. 시골에 있는 것이 모두 그
렇듯 식당은 매우 널찍했다. 식탁 위에는 빵 조각과 빈병
따위가 어지럽게 널려 있었다. 마치 방금 전에 단체 손님
이 점심을 먹고 나가서 미처 식탁을 치울 시간이 없었던
것 같은 모습이었다. 우리는 창가에 자리를 잡았다. 근처
에서 선풍기가 윙윙 소리를 내며 돌아가고 있었지만 우
리에겐 바람이 전혀 닿지 않았다. 나는 당장 뭐라도 마셔
야 할 것 같았다. 올리베르에게 그렇게 말하자, 그는 다른
식탁에서 메뉴판을 가져와 흥미로워 보이는 음식 이름을
큰 소리로 읽기 시작했다. 그때 비닐 커튼 뒤에서 한 남자

가 나타났다. 키가 아주 작은 남자였다. 허리에 앞치마를 두르고 기름때에 절어 거무칙칙해진 행주를 팔에 걸치고 있었다. 웨이터 같긴 한데, 마치 누군가가 갑자기 자기를 여기다 떨구어놓고 가는 바람에 뭘 해야 할지 모르겠다는 양 혼란스러운 표정이었다. 그가 우리를 향해 걸어왔다. 우리가 먼저 인사를 건네자, 그도 고개를 끄덕했다. 올리베르는 먼저 음료수를 주문하고 무더위에 관해 농담을 던졌지만, 그는 입도 뻥긋하지 않았다. 가급적 간단한 메뉴를 고르는 게 그를 도와주는 일이라는 느낌이 들었다. 그래서 나는 오늘의 특선 중에서 신선하고 빨리 나오는 음식이 있는지 물었다. 그는 그렇다고 대답하더니 곧장 자리를 떴다. 마치 '신선하고 빨리 나오는 음식'이라는 메뉴가 있어서 더이상 말이 필요 없는 것처럼 말이다. 그는 주방으로 돌아갔다. 카운터 위편의 유리창 너머로 그의 머리가 나타났다 사라지는 것이 보였다. 나는 올리베르를 힐끔 쳐다보았다. 그는 조용히 미소 짓고 있었다. 하지만 나는 목이 타서 웃음조차 나오지 않았다. 시간이 꽤 흘렀다. 냉장고에서 아무거나 두병을 골라 식탁으로 가져오고도 남을 시간이었지만 감감무소식이었다. 마침내 남자가 다시 모습을 드러냈다. 하지만 그는 음료수는커녕 빈 컵조차 가지고 오지 않았다. 나는 몹시 기분이 상했다. 당장 시원한 걸 마시지 않으면 미쳐버릴 것만 같았다. 대체 뭐가 문제야? 뭐 물어볼 거라도 있나? 그는 식탁 옆에 멈춰섰다. 그의 이마에는 땀방울이 송골송골 맺혀 있었고, 셔츠의 겨드랑이 부분도 땀으로 얼룩져 있었다. 그는 당황해서 어찌할 바를 모른 채 뭔가를 설명하려는 듯 손으로 허공을 내젓다가 이내 멈추었다. 나는 왜 그러냐고 물었다. 지금 생각해보면 약간 격한 목소리로 말했던 것 같다. 그러자 그는 주방 쪽으로 몸을 홱 돌리더니 무뚝뚝하게 말했다.

"저, 냉장고에 손이 닿지 않아요."

나는 올리베르를 슬쩍 쳐다보았다. 올리베르는 터져나오는 웃음을 참지 못하고 낄낄거렸다. 그 모습을 보자 더 기분이 상했다.

"냉장고에 손이 닿지 않는다니, 그게 무슨 소리죠? 그래가지고 어떻게 손님을 받아요?"

"그러니까 제 말은……" 그는 행주로 이마의 땀을 훔쳤다. 정말이지 구제불능이었다. "냉장고에서 물건을 꺼내는 건 아내 담당이라는 거예요."

"그런데요……?" 나는 순간적으로 그를 한대 갈기고 싶었다.

"아내는 지금 바닥에 있거든요. 넘어지는 바람에 그만……"

"바닥에 있다니, 그게 무슨 소리예요?" 올리베르가 끼어들었다.

"글쎄, 잘 모르겠어요. 잘 모르겠어요." 남자는 양 손바닥을 위로 향한 채 어깨를 으쓱하면서 같은 말을 되풀이했다.

"지금 어디 있는데요?" 올리베르가 물었다.

남자는 손으로 주방을 가리켰다. 난 그저 시원한 걸 들이켜고 싶었을 뿐인데, 올리베르가 자리에서 일어나는 순간 바람이 물거품이 되었다.

"어디죠?" 올리베르가 다시 물었다.

남자는 다시 주방을 가리켰다. 올리베르는 주방까지 걸어가는 동안에도 믿을 수 없다는 표정으로 몇번씩이나 뒤를 돌아보았다. 그가 비닐 커튼을 젖히고 안으로 들어가는 순간 이상한 느낌이 들었다. 이제 나는 혼자 남아 그 얼간이와 얼굴을 맞대고 있었다.

올리베르가 주방에서 나를 불렀다. 나는 주방으로 가기 위해 남자를 피해 둘러가야 했다. 아무래도 심상치 않은 예감이 들어서 일부러 천천히 걸음을 옮겼다. 주방 앞에 이르러 커튼을 젖히고 안을 살짝 들여다보았다. 주방은 생각보다 작은 편이었다. 냄비, 프라이팬, 접시 따위가 빼곡히 들어차 있고, 그밖의 갖가지 물건들이 선반에 쌓여 있거나 벽에 걸려 있었다. 벽에서 몇미터 떨어진 바닥에 그의 아내가 쓰러져 있었다. 꼭 파도에 휩쓸려온 바다

짐승처럼 보였다. 왼손에는 플라스틱 국자를 꽉 쥐고 있었다. 냉장고는 저 높은 곳, 찬장과 비슷한 높이에 매달려 있었다. 보통 바닥에 세워놓고 윗면에 달린 투명 플라스틱 문을 밀어서 여는 냉장고로, 매점에서 흔히 볼 수 있는 종류였다. 그런데 여기서는 희한하게도 문이 앞을 향하도록 냉장고를 누인 다음 찬장 높이에 맞춰 브래킷으로 벽에 고정해놓았다. 올리베르는 나를 보고 있었다.

"자," 내가 올리베르에게 말했다. "이왕 온 김에 뭐라도 해봐."

그때 비닐 커튼이 열리는 소리가 들리더니 남자가 들어와 내 옆에 섰다. 그는 보기보다 훨씬 작았다. 내가 그에 비해 머리 셋 정도는 더 큰 것 같았다. 올리베르는 쓰러져 있는 여자의 곁에 웅크리고 앉았지만, 감히 만질 엄두를 못 내는 듯했다. 그 뚱뚱한 여자가 언제라도 깨어나 소리를 지를 것만 같았다. 올리베르는 얼굴로 흘러내린 여자의 머리카락을 쓸어넘겨주었다. 그녀의 눈은 감겨 있었다.

"몸을 뒤집게 좀 도와줘요." 올리베르가 말했다.

남자는 눈 하나 깜짝하지 않았다. 나는 여자에게 다가가 올리베르의 반대편에 웅크리고 앉았다. 둘이서 용을 써봤지만 여자의 몸은 꿈쩍도 하지 않았다.

"안 도와줄 거예요?" 내가 남자에게 물었다.

"아내가 죽어 있어서 겁이 나요." 가엾은 남자가 말했다.

그 말이 끝나기 무섭게 우리는 손을 떼고 여자를 멍하니 바라보았다.

"죽어 있다니, 무슨 소리를 하는 거예요? 왜 아내분이 죽었다고 말하지 않았죠?"

"나도 잘 모르겠어요. 그냥 그런 느낌이 들더라고요."

"저 남자가 방금 '겁이 난다'고 하지 않았어? '그런 느낌이 든다'가 아니라?"* 올리베르가 내게 물었다.

"그런 느낌이 들어서 겁이 난다는 말이에요." 남자가 말했다.

올리베르가 나를 빤히 쳐다보았다. "당장 이 망할 자식을 두들겨패줘야겠어"라고 말하는 듯한 표정이었다.

나는 다시 여자의 곁에 웅크리고 앉아 국자를 쥔 손을 잡고 맥을 짚어보았다. 기다리기가 답답했는지, 올리베르가 여자의 코와 입 사이에 두 손가락을 대보고서 말했다.

"죽은 게 확실해. 당장 여기서 나가자."

그러자 남자가 버럭 화를 냈다.

"가긴 어디를 간다는 겁니까? 제발 부탁인데, 그냥 가지 말아요. 나 혼자서는 아내를 어떻게 할 수가 없다고요."

---

* 스페인어 정관사의 유무를 이용한 언어유희. 'me da impresión'은 '겁이 난다'라는 뜻이고, 'me da la impresión'이라고 하면 '그런 느낌이 든다'라는 뜻이다.

올리베르는 냉장고 문을 열더니 탄산음료 두 병을 꺼내 내게 하나를 준 다음 욕을 내뱉으며 주방을 나가버렸다. 나도 그를 따라 나갔다. 병뚜껑을 땄지만, 왠지 병의 주둥이가 영원히 내 입에 닿지 않을 것 같은 느낌이 들었다. 그사이 나는 목이 얼마나 마른지 까맣게 잊고 있었다.

"네 생각은 어때?" 올리베르가 물었다. 순간 나는 안도의 한숨을 내쉬었다. 갑자기 십년은 젊어진 느낌이 들고 기분도 좋아졌다. "저 여자가 실수로 넘어진 것 같아? 아니면 저놈이 뒤에서 떠민 것 같아?"

아직 남자가 근처에 있는데도 올리베르는 목소리를 낮추지 않았다.

"아무리 생각해도 저 남자의 소행은 아닌 것 같아." 나는 나직한 목소리로 대답했다. "무엇보다 냉장고에서 물건을 꺼내려면 아내가 필요하니까. 안 그래?"

"저놈 혼자서도 충분히 손이 닿을……"

"그러니까 너는 정말로 저 남자가 아내를 죽였다고 생각하는 거야?"

"저놈 혼자서 사다리를 이용할 수도 있고, 식탁을 놓고 그 위에 올라갈 수도 있으니까. 게다가 식당에 의자가 쉰 개나 있다고……" 올리베르가 주변을 가리키며 말했다.

올리베르는 일부러 큰 소리로 말하는 것 같았다. 그래서 나는 목소리를 더 낮추었다.

"어쩌면 저 남자는 정말 가엾은 인간인지도 몰라. 아니면 정말 멍청한 인간이거나. 아무튼 지금은 주방에 죽은 뚱뚱한 아내와 단둘이 있다고."

"저놈을 입양이라도 할 생각이야? 트럭 뒤에 태우고 가다가 거기 도착하면 풀어줄까? 응?"

나는 음료수를 몇모금 더 마셨다. 가엾은 남자는 뚱보 아내 옆에 선 채, 의자를 어디에 놓아야 할지 모르는 사람처럼 손에 들고 있었다. 올리베르가 나가자고 내게 손짓했다. 식당 홀로 나간 우리는 카운터 뒤로 들어가 주방으로 난 창문 너머로 그 남자의 모습을 지켜보았다. 남자는 의자를 옆에 내려놓더니 아내의 팔을 잡고 있는 힘껏 끌기 시작했다. 하지만 뚱뚱한 아내의 몸은 꿈쩍도 하지 않았다. 남자는 힘이 다 빠졌는지 몇초간 쉬었다가 다시 끌었다. 역시 아무 소용도 없자 다시 의자를 들어 여자의 무릎에 의자 다리 하나가 닿도록 조심스럽게 내려놓았다. 그러고는 그 위에 올라가 냉장고 쪽으로 최대한 손을 뻗어보았다. 이제 높이는 어느정도 확보되었지만 의자가 냉장고에서 너무 멀리 떨어져 있었다. 남자가 의자에서 내려오느라 우리 쪽으로 몸을 돌리는 순간, 우리는 재빨리 몸을 숙여 벽에 등을 기대고 바닥에 앉았다. 나는 카운터 아래에 아무것도 없다는 사실을 알고 깜짝 놀랐다. 그 위의 선반, 그 선반 위에 있는 시렁과 찬장은 여러 물건으로 가득 차 있는데, 우리 눈높이에만 아무것도 없었다. 남자가 의자를 옮기는 소리가 들렸다. 한숨 소리. 잠시 침묵이 흐르는 동안 우리는 그 자리에서 기다렸다. 그때 커튼 뒤에서 남자가 손에 칼을 든 채 험악한 표정으로 불쑥 나타났다. 그리고 카운터 뒤 바닥에 앉아 있는 우리를 보았다. 그런데 화를 내기는커녕 안도의 한숨을 내쉬었다.

"아무리 해도 냉장고에 손이 닿질 않네요."

우리는 일어서지도 않았다.

"당신은 아무 데도 손이 닿질 않아요." 올리베르가 말했다.

남자는 그 자리에 우두커니 서서 올리베르를 쳐다보았다. 마치 올리베르가 자기에게 삶의 의미를 알려주려 강림한 신이라도 되는 듯한 눈빛이었다. 남자는 손에 들고 있던 칼을 바닥에 떨어뜨리더니 텅 빈 카운터 아래를 눈으로 구석구석 훑었다. 올리베르는 알 만하다는 표정을 지었다. 저 남자는 그냥 우둔한 수준 이상이었다.

"그럼 오믈렛 하나만 만들어줘요." 올리베르가 말했다.

남자는 주방 쪽을 쳐다보았다. 놀라서 멍한 표정으로 벽에 걸려 있거나 선반에 놓여 있는 각종 주방 도구, 식기, 냄비를 훑어보았다.

"알았어요. 오믈렛은 놔두세요." 올리베르가 말했다. "대신 간단한 샌드위치나 만들어주세요. 그 정도는 충분히 할 수 있을 거 아니에요."

"아뇨." 남자가 대답했다. "샌드위치 메이커에도 손이 닿지 않아요."

"그럼 굽지 마세요. 빵에 하몬하고 치즈만 넣어도 되니까요."

"안돼요. 안된다고요." 남자는 민망한 듯 고개를 저었다.

"알았어요. 그럼 물 한잔만 줘요."

하지만 남자는 다시 고개를 저었다.

"젠장, 그럼 이 많은 사람들에게 어떻게 음식을 해준 겁니까?" 올리베르가 주변의 식탁을 가리키며 말했다.

"생각 좀 해보고요."

"생각하고 자시고 할 것도 없어요. 당신이 1미터만 더 컸다면 다 해결됐을 일이니까요."

"아내 없이는 아무것도……"

나는 냉장고에서 시원한 음료라도 꺼내 남자에게 줘야 겠다는 생각이 들었다. 그거라도 마시면 좀 나아질 것 같았다. 하지만 자리에서 일어서려는 순간, 올리베르가 나를 붙잡았다.

"혼자 힘으로 하게 내버려둬. 이제부터라도 일하는 법을 배워야지." 올리베르가 말했다.

"올리베르……"

"당신이 할 수 있는 게 뭔지 말해봐요. 하나라도 좋으니까 아무거나 말해보라고요."

"아내가 만든 음식을 받아서 손님들에게 갖다주고요, 식탁을 치우고 닦기도……"

"그건 아닌 것 같은데." 올리베르가 말했다.

"……샐러드에 드레싱을 부어 버무릴 수도 있어요. 물론 아내가 다 준비해서 카운터에 올려놓으면 말이죠. 그리고 설거지도 하고, 식당 바닥 청소도 내가 해요. 또……"

"알았어요, 알았으니까 그만해요."

그러자 남자가 놀란 표정으로 올리베르를 쳐다보았다.

"당신은……" 남자가 말했다. "당신은 저 냉장고에 손이 닿을 거예요. 더구나 요리도 할 줄 알고, 필요한 물건을 내게 건네줄 수도 있을 테고요……"

"뭐라고요? 누가 당신한테 뭘 건네줘요?"

"하지만 당신은 일을 할 수 있잖아요. 키가 크니까 말이죠." 남자는 올리베르를 향해 조심스럽게 한걸음 다가섰다. 내가 보기에 그리 현명한 행동은 아닌 듯했다. "그렇게만 해준다면 돈을 줄게요."

"빌어먹을 놈이 아주 나를 가지고 노네, 가지고 놀아."

"나한테 돈이 좀 있거든요. 주당 400페소 정도면 어때요? 그 정도는 줄 수 있어요. 아니면 500?"

"일주일에 500을 준다고? 그 정도로 돈이 많으면 저 안쪽에 궁전이라도 짓지 그래? 이런 빌어먹을 놈이⋯⋯"

나는 그제야 일어나 올리베르 뒤에 섰다. 올리베르는 언제든지 저 남자를 패고도 남을 위인이었다. 그를 막을 것은 저 남자의 작은 키밖에 없을 것 같았다. 남자는 작은 주먹을 꼭 쥐고 있었다. 마치 눈에 보이지 않는 덩어리를 손가락 사이에 넣고 꽉 눌러 작고 단단하게 뭉치는 듯한 모습이었다. 이윽고 남자의 팔이 부르르 떨리기 시작하더니 얼굴이 보랏빛을 띠었다.

"내가 내 돈을 어디에 쓰든 무슨 상관이죠?" 남자가 말했다.

올리베르는 남자가 무슨 말을 할 때마다 도저히 믿을 수 없다는 듯한 얼굴로 나를 쳐다보았다. 오히려 이 상황을 즐기는 듯했다. 아무튼 나보다 올리베르를 더 잘 아는 사람은 없다. 나 말고 올리베르에게 이래라저래라 하는 사람도 없다.

"당신이 모는 트럭을 보아하니," 남자는 길을 내다보면서 말했다. "당신 트럭을 보니, 돈 관리에 있어서는 내가 당신보다 한수 위인 것 같네요."

"이런 개새끼가!"

올리베르가 남자에게 달려들었다. 나는 간신히 그를 붙들었다. 남자는 키가 1미터쯤 더 자라기라도 한 양, 겁내기는커녕 오히려 당당한 모습으로 한걸음 물러나 올리베르가 진정될 때까지 기다렸다.

"알았어, 알았다고." 올리베르가 말했다.

나는 그를 놓아주었다. 올리베르는 여전히 화를 가라앉히지 못한 채 남자를 노려보았다. 하지만 그가 자제심을 발휘한 데에는 다른 이유가 있었다. 올리베르가 남자에게 물었다.

"돈은 어디 있지?"

나는 멍하니 올리베르를 바라보았다.

"왜요, 훔치려고요?"

"나 꼴리는 대로 할 거니까 신경 꺼, 이 망할 자식아."

"왜 이래?" 내가 말렸다.

올리베르는 한발짝 내딛더니 남자의 멱살을 잡아 번쩍 들어올렸다.

"돈 어디 있어? 당장 내놔!"

남자는 올리베르의 억센 손에 매달린 채 허공에서 대롱거렸다. 그런데도 올리베르의 눈을 똑바로 쳐다보면서 입을 굳게 다물고 있었다.

"좋아," 올리베르가 말했다. "당장 돈을 가져오지 않으면 얼굴을 박살내버릴 거야." 그리고 꽉 움켜쥔 주먹을 남자의 코앞에 들이밀었다.

"알았어요." 남자가 말했다.

올리베르가 남자를 놓아주었다. 바닥에 떨어진 남자는

옷매무새를 가다듬고 한걸음 뒤로 물러섰다. 그러고는 주방 반대쪽으로 느릿느릿하게 바를 가로질러 가더니, 어느 문 뒤로 사라졌다.

"망할 자식 같으니!" 올리베르가 말했다.

나는 남자가 우리의 말을 엿듣지 못하도록 올리베르에게 가까이 다가갔다.

"너 정말 어쩌려고 이러는 거야? 주방에 그 사람 아내가 죽어 있다고. 어서 여기를 뜨자."

"저 자식이 내 트럭을 보고 뭐라고 지껄였는지 들었지? 저 개자식이 나를 쓰겠다잖아. 그러니까 내 상전이 되겠다는 거 아냐. 무슨 말인지 모르겠어?"

올리베르는 바 위의 선반을 훑어보기 시작했다.

"저 빌어먹을 자식이 돈을 분명 여기 어디 숨겨놨을 거야."

"어서 나가자니까." 내가 말했다. "이미 혼쭐을 내줬으면 됐지, 뭘 더 어쩌려고."

올리베르는 술병이며 낱장으로 된 종이들을 빠르게 훑어보더니 마침내 나무 상자 하나를 찾아냈다. 낡은 상자였는데, 뚜껑에는 '아바노'*라는 글자가 손으로 새겨져 있었다.

---

* 쿠바 아바나에서 만든 여송연을 가리킨다.

"바로 이거야." 올리베르가 말했다. "여기에 돈을 숨겨 놓은 게 분명해."

"이제 그만 가시죠." 갑자기 남자의 목소리가 들렸다.

남자는 식당 한복판에 서서 2연발 산탄총으로 올리베르의 머리를 겨누고 있었다. 올리베르는 재빨리 상자를 등 뒤로 숨겼다. 남자가 총의 안전장치를 풀었다.

"하나."

"지금 갈 거예요." 나는 그렇게 말한 다음 올리베르의 팔을 붙잡고 걸어가기 시작했다. "미안해요, 정말 미안합니다. 부인이 그렇게 되신 것도 안타깝게 생각하고요. 저는……"

나는 올리베르를 끌고 나오려 안간힘을 써야 했다.

"둘."

우리는 올리베르의 머리 1미터 앞에서 총구를 겨누고 있는 그의 옆을 지나갔다.

"미안해요." 나는 같은 말을 반복했다.

이제 거의 문 앞에 다다랐다. 상자를 들고 가는 것을 그 남자가 보지 못하도록 나는 올리베르를 먼저 밖으로 내보냈다.

"셋."

나는 올리베르의 팔을 놓고 잽싸게 트럭으로 달려갔다. 그 순간 올리베르가 두려워했는지 아닌지 모르겠지만, 아무튼 그는 뛰지 않았다. 그가 문을 열 때까지 나는 조수석 문손잡이를 붙잡고 잠시 기다려야 했다. 차에 타자마자 올리베르는 상자를 좌석에 던져놓더니 시동을 걸고 우리가 왔던 길로 되돌아갔다. 트럭은 경계석에 걸려 몇번 덜컹거리다가 마침내 도로로 접어들었다. 우리는 한동안 아무 말도 하지 않았다. 나는 방금 벌어진 일에 대해 올리베르가 무슨 말이라도 해주기를 기다리면서 곁눈질로 그의 눈치를 살폈다. 잠시 후, 그가 도로에서 눈을 떼지 않은 채 무겁게 입을 열었다.

"열어봐."

"하지만 우린……"

"어서 열어보라니까, 이 호모 새끼야."

나는 상자를 집었다. 많은 돈이 들어 있다고 보기에는 너무 작고 가벼웠다. 장난감 보물상자처럼 가짜 열쇠가 끼워져 있었다. 조심스럽게 상자를 열어보았다.

"뭐야? 얼마나 들었어? 얼마나 들었냐고."

"넌 운전이나 해." 내가 말했다. "종잇조각밖에 없는 것 같은데."

올리베르는 내가 들고 있는 것이 뭔지 보려고 연신 고개를 돌렸다. 나무 뚜껑 안쪽 면에는 어떤 이름이 새겨져 있었다. '이르만'. 그 아래에는 터미널에서 여행가방 위에 앉아 행복한 표정을 짓고 있는 그 남자의 젊은 시절 사진이 한장 있었다. 누가 이 사진을 찍어주었을지 궁금했다. 그밖에 그의 이름으로 시작되는 편지도 몇통 있었다. '사랑하는 이르만' '이르만, 내 사랑'. 그의 서명이 들어간 시, 가루로 변한 박하사탕, 올해의 최고 시인에게 수여하는 플라스틱 메달—어느 사교 클럽의 로고가 새겨져 있었다—도 있었다.

"돈이 있는 거야, 없는 거야?"

"모두 편지야." 내가 대답했다.

올리베르가 내 손에서 상자를 낚아채더니 창문 밖으로 내던져버렸다.

"이게 무슨 짓이야?" 나는 잠시 차창 밖을 내다보았다. 아스팔트 위로 온갖 물건이 나뒹굴었다. 종잇조각들은 여전히 허공에 떠다니고, 메달은 바닥에 튕기며 점점 더 멀어지고 있었다.

"편지라니." 올리베르가 중얼거렸다.

잠시 후, 그가 다시 입을 열었다.

"저거 보라고…… 아까 차라리 저길 들어갔더라면 좋았을 뻔했잖아. '무한 리필 바비큐' 간판 봤지? 얼마라고 쓰여 있었어?"

그러고는 정말 후회막심이라는 듯이 자리에서 엉덩이를 들썩거렸다.

개 죽이기

두더지가 말한다, 이름. 나는 대답한다. 나는 정해진 장소에서 그를 기다렸고, 그는 푸조—지금은 내가 운전하고 있다—를 타고 나를 태우러 왔다. 우리는 방금 만났다. 그는 나를 쳐다보지도 않는다. 들리는 말에 따르면, 그는 누구를 만나든 눈을 똑바로 쳐다보지 않는다고 한다. 나이, 그가 말한다. 마흔둘, 내가 대답한다. 그는 내가 생각보다 나이가 많다고 말한다. 그렇게 말하는 걸 보면 그는 나보다 더 나이가 많은 게 분명하다. 그는 알이 작은 선글라스를 걸치고 있는데, 아마 그래서 두더지라고 불리는 모양이다. 그는 내게 가장 가까이 있는 광장으로 차를 몰라고 지시한 다음, 좌석에 기대 편한 자세로 쉰다. 시험은 쉬운 편이지만, 일단 통과하는 것이 중요하기 때문에 자못 긴장이 된다. 여기서 제대로 하지 못하면 탈락하고, 탈락하면 돈을 벌 길이 없다. 내가 기를 쓰고 거기 들어가려는 것도 바로 돈 때문이다. 부에노스아이레스 항구에서 개를 몽둥이로 때려잡는 것은 더 나쁜 짓도 스스럼없이 할 수 있는지 알아보기 위한 시험이다. 그들은 "더 나쁜 짓"이라고 말하고는 시선을 돌린다. 마치 아직 거기 끼지 못한 사람들은 '더 나쁜 짓'이란 사람을 죽이는 것, 즉 사람을 때려죽이는 것이라는 사실을 모르기라도 하는 것처럼.

대로가 눈앞에서 두갈래로 갈라지자, 나는 차량 통행이 적은 길을 택한다. 저 멀리 길게 이어진 빨간 신호등 불빛이 하나씩 녹색으로 바뀌고, 나는 어둠에 싸인 녹지가 나타날 때까지 높은 건물들 사이로 빠르게 차를 몬다. 어쩌면 저 광장에 개들이 없을지도 모른다는 생각이 떠오른 순간, 두더지가 차를 세우라고 지시한다. 삽은 안 가져왔죠, 그가 말한다. 네, 내가 대답한다. 삽이 없으면 개를 때려잡지 못할 텐데요. 나는 그를 힐끔 쳐다볼 뿐 아무 대답도 하지 않는다. 이제 그가 어떤 사람인지 대충 감을 잡았기 때문에, 그가 무슨 말을 할지 짐작이 간다. 그가 어떤 사람인지 알기는 어렵지 않다. 하지만 그는 침묵을 즐기고 있다. 정확히 말하면, 자기가 무슨 말을 하든 나를 궁지에 몰아넣을 수 있다고 생각하면서 즐거워하는 것 같다. 입맛을 다시는 모양새가 내가 아무도 못 죽일 거라고 생각하는 듯하다. 마침내 그가 입을 연다. 마침 차 트렁크에 삽이 하나 있으니까 그걸 쓰도록 해요. 지금 선글라스에 가려진 그의 눈은 기쁨으로 빛나고 있을 게 분명하다.

광장 한복판의 분수대 주변에서 개 여러마리가 자고 있다. 기회는 언제든지 올 수 있다. 나는 삽을 쥔 손에 힘을 주고 천천히 그리로 다가간다. 개 몇마리가 하나둘씩 잠에서 깨어나기 시작한다. 녀석들은 늘어지게 하품을 하고 일어나 서로를 쳐다보더니, 이내 나를 보고 으르렁거린다. 내가 가까이 다가갈수록 녀석들은 옆으로 물러선다. 특별한 누군가를, 이미 정해진 누군가를 죽이는 것은 쉽다. 하지만 누구를 죽여야 할지 고르기 위해서는 시간과 경험이 필요하다. 가장 늙은 개? 아니면 가장 어린 개? 그도 아니면 가장 사납게 생긴 개? 선택을 해야 한다. 두더지가 차창으로 내 모습을 지켜보고 있을 것이다. 자기들 같은 사람이 아니면 쉽게 죽일 수 없으리라고 생각할 게 분명하다.

개들은 나를 둘러싸고 코를 킁킁거리며 냄새를 맡는다. 어떤 녀석들은 귀찮은지 자리를 떠나 나를 까맣게 잊은 채 다시 잠을 잔다. 자동차의 검은 유리와 검은 안경 뒤로 번득이는 두더지의 눈에는 개들 — 심지어 몇마리는 도로 잠을 청한다—에 둘러싸인 채 손에 삽을 들고 살금살금 다가가는 내 모습이 왜소하고 우스꽝스러워 보일 것이다. 흰색 점박이가 검둥이를 보고 으르렁거린다. 검둥이가 점박이를 덥석 물자, 어디선가 세번째 개가 이빨을 드러내면서 다가온다. 바로 그 순간 점박이가 검둥이를 물자, 검둥이는 밤이라서 더 하얗게 빛나는 이빨을 보이며 점박이의 목덜미를 물고 흔들어댄다. 나는 삽을 들어올려 점박이의 갈비뼈를 내리친다. 녀석은 깨갱거리며 바닥에 쓰러져 꿈틀거리더니 이내 잠잠해진다. 녀석을 옮기기는 쉬울 듯하다. 하지만 다리를 잡으려는 순간, 녀석이 벌떡 일어나면서 내 팔을 문다. 팔에서 피가 흐르기 시작한다. 나는 다시 삽을 들어 놈의 머리를 사정없이 후려친다. 다시 풀썩 쓰러진 개는 바닥에 뻗은 채 나를 노려본다. 놈은 거친 숨을 몰아쉬다가 마침내 꼼짝도 않는다.

처음에는 천천히, 나중에는 좀더 자신 있게 개의 다리를 움켜잡아 들쳐메고 자동차로 걸어간다. 가로수 사이에서 그림자가 움직인다. 숨어서 이 광경을 엿보고 있던 주정뱅이가 나타나 그런 짓을 하면 안된다고 참견한다. 개들은 자기에게 해코지를 한 게 누군지 알기 때문에 죽은 뒤에 찾아와 복수를 한다는 것이다. 개들은 다 알아요, 그가 말한다. 다 안단 말이오. 알아듣겠소? 남자는 벤치에 털썩 주저앉더니 불안한 눈빛으로 나를 쳐다본다. 개를 들쳐메고 자동차에 이르자, 아까와 똑같은 자세로 앉아 있는 두더지가 보인다. 푸조의 트렁크가 열려 있다. 개는 엄청나게 무거운 짐처럼 둔탁한 소리를 내며 트렁크 바닥에 떨어진다. 트렁크를 닫으려고 하는데, 녀석은 여전히 나를 쳐다보고 있다. 차에 오르자 두더지가 말한다. 만일 개를 그냥 땅바닥에 내려놨으면 다시 일어나서 달아났을 겁니다. 네, 내가 말한다. 그게 아니라, 차를 떠나기 전에 트렁크를 먼저 열어두었어야 했다는 말이오, 그가 말한다. 네, 내가 말한다. 그게 아니라, 그렇게 했어야 했는데 당신이 그러지 않았다는 말이오, 그가 말한다. 네, 나는 대답하고 나서 곧장 후회한다. 하지만 두더지는 더 이상 아무 말도 않고 물끄러미 내 손을 내려다본다. 나도 내 손과 핸들을 본다. 손과 핸들, 바지와 자동차 바닥의 매트에까지 온통 피가 묻어 있다. 그러니까 개를 때려잡기 전에 장갑을 꼈어야죠, 그가 말한다. 다친 곳이 쓰라리다. 개를 때려잡으려고 오면서 장갑을 안 가져오다니요, 그가 말한다. 네, 내가 말한다. 그게 아니라, 그가 말한다. 무슨 말씀인지 알겠습니다, 나는 그렇게 말하고 입을 다문다. 통증에 대해서는 아무 말도 않는 편이 좋을 것 같다. 시동을 걸자 차가 부드럽게 출발한다.

나는 앞으로 나타날 거리들 중에서 어디로 가야 더이상 두더지의 잔소리를 듣지 않고 항구까지 무사히 도착할 수 있을지 알아내기 위해 온 정신을 집중한다. 더이상 실수를 저지를 여유가 없다. 어쩌면 차를 세우고 약국에 가서 장갑 한벌을 사는 게 좋을지 모른다. 하지만 약국에서 파는 장갑은 별 소용이 없고, 이 시간이면 철물점은 모두 문을 닫았을 것이다. 지금 이 상황에서는 비닐봉지도 쓸모가 없다. 우선은 점퍼를 벗어 손에 둘둘 말고 장갑 대신 사용하면 될 것 같다. 그래, 일단은 그렇게 처리해보자. 나는 방금 속으로 중얼거린 말을 음미한다. 처리하다. 내가 저들처럼 말할 수 있다는 사실만으로도 가슴이 뿌듯해진다. 이내 카세로스 대로로 접어든다. 이 길로 가면 항구가 나올 것이다. 두더지는 나를 보지도, 나에게 말을 걸지도, 움직이지도 않은 채 부드럽게 숨 쉬며 정면을 응시하고 있다. 내 생각에는 선글라스에 가려진 눈이 작아서 두더지라고 불리는 것 같다.

카세로스 대로를 따라가다 차카부코 거리를 가로질러 브라실 대로에 이른다. 이 길로 쭉 가면 항구가 나온다. 핸들을 꺾자 차가 한쪽으로 쏠린다. 개가 무언가에 부딪치는지 트렁크에서 둔탁한 소리가 나더니 낑낑대는 소리가 이어진다. 개가 일어나려고 안간힘을 쓰는 것 같다. 짐승의 끈질긴 생명력에 놀란 듯 두더지는 미소를 지으며 손으로 오른쪽을 가리킨다. 나는 브라실 대로에 들어서면서 브레이크를 밟는다. 끼익하는 소리와 함께 차가 옆으로 기울어진다. 트렁크에서 또 소리가 들린다. 개가 삽과 다른 물건들 사이에서 몸을 일으키려고 버둥대는 모양이다. 두더지가 말한다, 브레이크 밟아. 나는 브레이크를 밟는다. 그가 말한다, 액셀 밟아. 그러고는 미소 짓는다. 나는 액셀을 밟는다. 더 밟아, 그가 말한다. 액셀을 더 밟으란 말이야. 잠시 후 그가 말한다, 브레이크 밟아. 나는 브레이크를 밟는다. 그렇게 개가 연달아 부딪치는 소리가 나자, 두더지는 그제야 편안한 자세로 기대앉으며 말한다, 계속 가. 나는 계속 간다. 두더지는 더이상 말하지 않는다. 지금 지나가는 거리에는 신호등도, 흰 차선도 없다. 갈수록 더 낡은 건물들이 보인다. 이제 조금만 더 가면 항구가 나타날 것이다.

두더지는 오른쪽을 가리킨다. 세 블록을 더 간 다음 좌회전해서 강 쪽으로 가라고 한다. 나는 그가 시키는 대로 한다. 얼마 지나지 않아 우리는 항구에 도착한다. 거대한 컨테이너가 가지런히 쌓여 있는 야적장에 차를 세운다. 두더지를 힐끔 쳐다보지만, 그는 내게 눈길 한번 주지 않는다. 나는 지체 없이 차에서 내려 트렁크를 연다. 조금 전에 계획한 대로 손에 점퍼를 두르지는 않는다. 사실 장갑도 필요 없다. 모든 준비가 끝나 있다. 이제 빨리 마무리하고 가면 된다. 텅 빈 항구에는 저 멀리 몇척의 배를 비추는 희미한 노란 불빛뿐이다. 개는 벌써 죽었을지도 모른다. 그러면 얼마나 좋을까. 처음에 더 세게 두드려 팼더라면 지금쯤 분명히 죽었을 텐데. 그러면 수고도 덜고, 두더지와 함께하는 시간도 그만큼 줄어들 테니까. 만약 내가 두더지라면 개를 그 자리에서 바로 죽이라고 했을 것이다. 하지만 두더지는 늘 이런 식으로 일한다. 그들은 변덕이 심해서 속마음을 종잡을 수 없다. 따지고 보면, 개를 반쯤 죽여 항구로 끌고 간다고 해서 내가 더 용감해지는 것도 아닌데 말이다. 차라리 다른 개들이 보는 앞에서 죽이는 게 훨씬 더 힘들었을 것이다.

나는 개를 건드려본 다음 차에서 내리려고 네 다리를 모아잡는다. 그 순간, 개가 눈을 번쩍 뜨더니 나를 노려본다. 깜짝 놀라 손을 놓는 바람에 개가 트렁크 바닥에 떨어진다. 녀석은 피가 흥건히 괴어 있는 매트를 앞발로 긁으면서 일어나려고 안간힘을 쓴다. 몸의 뒷부분이 부들부들 떨린다. 여전히 가쁜 숨을 몰아쉬고 있다. 두더지는 분명 시간을 재고 있을 것이다. 다시 녀석을 들어올리는데, 더이상 움직이지 못하면서도 고통을 느끼는지 녀석이 울부짖는다. 나는 녀석을 땅바닥에 내려놓은 다음 차에서 떨어진 곳으로 끌어다놓는다. 삽을 가지러 트렁크로 돌아왔을 때 두더지가 차에서 내린다. 이제 그는 개 옆에 서서 녀석을 내려다보고 있다. 나는 삽을 들고 거기로 간다. 두더지의 등이 보이고, 그 너머로 땅바닥에 늘어진 개가 보인다. 내가 개를 때려죽였다는 사실을 아무도 모른다면, 무슨 짓을 하든 아무도 모를 것이다. 아까 같으면 뒤돌아서 내게 뭐라고 했을 두더지가 지금은 조용히 서 있다. 나는 삽을 높이 치켜든다. 지금이야, 나는 생각한다. 하지만 삽을 내리치지 않는다. 지금이야, 두더지가 말한다.

나는 삽으로 두더지의 등도, 개도 내리치지 않는다. 지금이야, 두더지가 다시 말한다. 그제야 삽이 공기를 가르며 개의 머리를 내리친다. 녀석은 바닥에 뻗은 채 울부짖다가 곧 잠잠해진다.

차에 시동을 건다. 곧 두더지가 내게 앞으로 누구 밑에서 일하게 될지, 내 별명이 뭐가 될지, 그리고 얼마나 받게 될지 — 물론 이것이 가장 중요하다 — 알려줄 것이다. 우에르고 대로를 타고 가다가 카를로스 칼보 거리로 좌회전해, 두더지가 말한다.

한동안 그렇게 차를 몬다. 두더지가 말한다, 다음 교차로에서 오른쪽에 차를 세워. 나는 그가 시키는 대로 한다. 두더지가 오늘 처음으로 나를 쳐다본다. 여기서 내려요, 그가 말한다. 내가 차에서 내리자 그는 운전석으로 자리를 옮긴다. 나는 차창을 들여다보면서 그에게 묻는다, 그럼 이제 저는 뭘 하면 되죠? 아무것도요, 그가 대답한다. 당신은 머뭇거렸어요. 그가 시동을 걸고 푸조는 조용히 멀어진다. 나는 주변을 둘러보고는 그제야 그가 나를 광장에 내려놓고 갔다는 사실을 깨닫는다. 바로 그 광장이다. 광장 한복판, 분수대 근처에 모여 있던 한 무리의 개들이 천천히 일어나 나를 노려본다.

행복한 문명을 향해서

그는 기차표를 잃어버렸다. 매표소의 하얀 철창 뒤에
앉은 역무원은 잔돈이 없다면서 더는 표를 못 판다고 했
다. 그는 역 구내의 벤치에 앉아 사방으로 광활하게 펼쳐
진 메마른 들판을 바라본다. 시간을 때우기 위해 다리를
꼰 채 신문을 펼쳐들고 뒤적거린다. 밤이 되면서 하늘에
어둠이 깔리고, 저 멀리 철로가 사라진 검은 선 위로 노란
불빛이 어른거린다. 오늘의 마지막 열차가 곧 도착한다
는 신호다. 그루네르는 자리에서 일어선다. 신문은 이제
쓸모없어진 무기처럼 그의 손에 들려 있다. 그는 매표소
의 철창 뒤에 가려진 미소가 자기를 향하고 있다는 것을
알아차린다. 조금 전까지 자고 있던 삐쩍 마른 개 한마리
가 일어나 그를 쳐다본다. 그루네르는 시골 사람들의 후

한 인심과 남자들 사이의 유대감 그리고 말만 잘하면 돌아올 호의를 기대하면서 매표소 창구로 걸어간다. 그는 이렇게 말할 것이다. 얼마죠? 아시다시피, 제가 잔돈 구할 시간이 없어서 말이죠. 그런데도 역무원이 차표를 안 판다고 하면, 다른 방법에 관해 물어볼 생각이다. 선생님, 기차에 타서 표를 사거나 목적지에 도착한 다음 그곳 매표소에서 표를 사는 방법도 있잖아요. 그러니까 복잡하게 따질 것 없이 제게 약식 차용증 한장만 써주세요. 차비는 후불로 지불하겠다고 약속하는 증서요. 하지만 막 창구 앞에 다다랐을 때, 기차의 불빛이 역 구내에 그림자를 길게 드리우고 기적 소리가 귀청을 찢을 정도로 요란하게 울려퍼지는 순간, 그루네르는 철창 뒤에 아무도 없다는 것을 알아차린다. 안에는 높은 의자 한개와 스탬프가 찍히지 않은 전표들 그리고 여러 목적지행 기차표가 가득한 책상뿐이다. 기차가 제법 빠른 속도로 역에 진입하는 사이, 주변을 두리번거리던 그루네르는 철로 한쪽 들판에서 그 역무원을 발견한다. 남자는 여전히 미소를 띤 채, 기차표를 산 사람이 아무도 없기 때문에 이 역에는 정차할 필요가 없다는 수신호를 기관사에게 보내고 있다. 육중한 기관차 소리가 점점 잦아들자 개는 다시 자리에 눕고, 역 구내에 하나밖에 없는 전등은 깜박거리다 완전히 꺼져버린다. 둘둘 만 신문지는 다시 그루네르의 무릎 위에 놓인다. 그루네르는 자신을 수도의 행복한 문명으로 가지 못하게 막은 그 괘씸한 남자를 당장 찾아나서야 할지 아직 결론을 내리지 못하고 있다.

주위는 온통 정적과 고요에 잠겨 있다. 그루네르도 차가운 밤공기 속에서 벤치 끄트머리에 가만히 걸터앉아 있을 뿐이다. 신호기의 불빛과 벤치 사이로 그림자 하나가 움직인다. 매표소 역무원이다. 그는 슬쩍 다가와 벤치의 반대쪽 끄트머리에 앉더니 김이 모락모락 나는 대접을 옆에 내려놓는다. 그 대접을 그루네르 가까이로 넌지시 밀고는 헛기침을 한 뒤 드넓게 펼쳐진 검은 들판을 바라본다. 그루네르는 대접에서 올라오는 김을 보자 갑자기 식욕이 일지만 정신을 집중해 이를 물리친다. 결국 어떻게든 수도에 가게 되리라 믿으면서, 일단 수도에 도착하면 제일 먼저 여기서 있었던 일을 신고하리라 다짐한다. 하지만 자기도 모르게 손이 자꾸만 대접으로 향한다. 따스한 온기가 손가락 사이로 스미면서 정신을 흩뜨린다. 더 있으니까 많이 드세요, 역무원이 말한다. 그루네르가―아니, 그라면 그러지 않을 것이다―그러니까 그루네르의 손이 따뜻한 대접을 들어올려 입으로 가져간다. 몸에 다시 활력을 불어넣어주는 기적의 치료제다. 마지막 한모금까지 마시고 나서야 그는 깨닫는다. 만약 이것이 전쟁이라면, 저 괘씸한 남자가 이미 두번이나 싸움

에서 이겼다는 것을. 의기양양해진 남자는 자리에서 일
어나 빈 대접을 들고 가버린다.

개는 몸을 웅크린 채 배와 뒷다리 사이에 주둥이를 파
묻고 있다. 그루네르가 벌써 여러번 불러보았지만 녀석은
들은 체도 않는다. 문득 아까 그 대접에 들어 있던 것이
개 먹이였을지도 모른다는 생각이 스치면서, 저 개는 얼
마나 오랫동안 여기 있었을지 걱정스레 궁금해진다. 그리
고 자기가 오늘 오후에 그랬던 것처럼 저 개도 언젠가 다
른 곳으로 훌쩍 떠나고 싶었던 적이 있을지 궁금해진
다. 이 세상의 모든 개가 어디론가 떠나고자 하는 꿈이 좌
절된 인간들의 결과라는 생각이 든다. 털이 길어지고 귀
가 아래로 축 처지고 꼬리가 길게 뻗은 인간들이 김이 모
락모락 나는 국물만 먹고 살아가면서, 공포와 추위에 찌
든 채 역 구내의 벤치 아래 조용히 웅크리고 앉아 그루네
르처럼 여전히 가슴속에 희망을 품고서 떠날 기회를 기
다리는 또다른 좌절한 인간 군상을 지켜보는 것이다.

매표소 안에서 그림자 하나가 움직인다. 그루네르는
자리에서 일어나 단호하게 걸어간다. 하얀 철창 사이로
따뜻한 가정의 향기를 머금은 증기가 새어나온다. 역무
원이 상냥한 미소를 지으며 그에게 국을 더 건넨다. 그루
네르는 다음 기차가 몇시에 오는지 묻는다. 한시간 안에
올 겁니다. 그가 대답하고는 기분이 상한 듯 창문을 확 닫

아버린다. 그루네르는 다시 혼자 남는다.

모든 일이 자연의 순환처럼 반복된다. 그루네르는 아까와 똑같이 역에 서지 않고 지나가는 열차를 쓸쓸하게 바라보면서 생각한다. 어쨌든 날이 밝으면 노동자들이 —— 아마 대부분은 잔돈이 있을 것이다 —— 기차표를 사기 위해 역으로 몰려들 것이다. 역에 수도로 가는 기차가 서는 건 매일 아침 그걸 타고 상경해야 하는 승객들이 있기 때문이다. 그래, 수도에 도착하는 즉시 저 역무원을 고발해야지. 그리고 쉬는 날 잔돈을 가지고 이 초라한 역에 돌아와 저자가 더이상 이곳에서 일하지 않는다는 사실을 두 눈으로 확인해야지. 그렇게 다짐하고서야 마음이 풀린 그는 조용히 벤치에 앉아 기다린다.

시간이 흘러 어둠에 눈이 익으면서 그루네르는 가장 어두운 곳에 있는 형체도 알아볼 수 있다. 그 덕분에 그 여자, 대기실 문간에 기대서서 이쪽을 향해 손짓하는 여자의 모습을 발견한다. 자기에게 손짓하는 것이라고 확신한 그루네르는 자리에서 일어나 여자에게로 걸어간다. 여자는 미소 지으며 그를 안으로 들인다.

식탁 위에 접시 세개와 식기 세벌이 차려져 있다. 김이 모락모락 나는 음식은 수프나 국이나 개밥이 아니라 향긋한 화이트 크림소스를 곁들인 소시지 요리다. 부엌에서 닭고기, 치즈, 감자 냄새가 난다. 여자가 채소로 가득

한 냄비를 식탁 위에 올려놓자, 그루네르는 수도의 행복한 문명에서 볼 법한 전형적인 저녁식사를 떠올린다. 기차표를 사려고 할 때 그토록 까다롭게 굴던 역무원이 막들어와 그루네르에게 자리를 권한다.

"어서 앉으세요. 편안하게 드세요."

남자와 여자는 흡족한 표정을 지으며 먹기 시작한다. 그들의 옆에 자리한 그루네르 앞에도 음식이 가득 담긴 접시가 놓여 있다. 그는 지금 밖이 습하고 지독하게 춥다는 것을 안다. 그리고 맛있는 치킨소시지를 날름 입에 넣는 바람에 세번째 싸움에서도 지고 말았다는 것을 안다. 그렇지만 음식이 맛있다고 해서 이 역을 빨리 떠날 수 있는 것은 아니다.

"내게 기차표를 팔지 않은 이유가 뭡니까?" 그루네르가 묻는다.

남자는 여자를 쳐다보면서 디저트를 내오라고 한다. 여자는 오븐에서 사과파이를 꺼내 똑같은 크기로 나눈다. 여자와 남자는 그루네르가 자기 몫을 맛있게 먹는 모습을 지켜보다가 흐뭇한 표정으로 서로를 마주 본다.

"페, 이분을 방으로 모셔다드려. 많이 피곤하실 거야."
여자가 말한다. 그 바람에 두번째 파이 조각의 첫입이 그루네르의 입으로 향하던 도중에 멈춘다.

페는 자리에서 일어나 그루네르에게 자기를 따라오라

고 한다.

"안에서 주무셔도 돼요. 밖은 추우니까요. 게다가 내일 아침까지는 기차도 없고요."

이렇게 된 이상 어쩔 수 없군, 그루네르는 생각한다. 아쉽지만 파이를 남겨두고 남자를 따라 손님용 침실로 향한다.

"여기서 주무세요." 남자가 말한다.

여기서 잔다고 돈을 내지는 않을 거야, 그렇게 생각하면서 그루네르는 침대를 힐끗 본다. 침대 위에 깔린 담요 두 장은 새것 같은데다 따뜻해 보인다. 아무튼 수도에 가면 그 즉시 역무원을 고발할 것이다. 저들에게 아무리 좋은 대접을 받아도 여태까지 당한 일을 그냥 넘길 수는 없다. 옆방에서 부부가 도란도란 이야기를 나누는 소리가 희미하게 들린다. 잠들기 전에 그루네르는 여자가 페에게 하는 이야기를 듣는다. "저 사람한테 신경 좀 더 써줘. 혼자서 지금 이 상황이 얼마나 낯설겠어." 기분이 상한 페의 목소리가 이어진다. "지금 저 작자는 수도행 기차표를 사는 데만 혈안이 되어 있다고." 그루네르가 곯아떨어지기 직전에 마지막으로 들은 말은 "배은망덕한 놈"이다. 그 말소리는 의식 저편으로 서서히 사라졌다가, 다음 날 아침 역을 통과하는 기차의 기적 소리에 잠이 깨어 시골에서의 새로운 하루를 맞이할 때 다시 떠오른다.

"워낙 곤히 주무셔서 일부러 안 깨웠는데 괜찮으실지 모르겠네요." 여자가 말한다.

아침식사로는 따뜻한 밀크커피와 버터와 꿀을 바른 시나몬 토스트가 나온다. 그루네르는 조용히 아침을 먹으면서, 아마 점심인 듯한 요리를 준비하는 여자의 발걸음을 눈으로 좇는다. 그때 무슨 일이 일어난다. 그루네르와 비슷한 차림새에 동양인처럼 생긴 사무원이 부엌에 들어온 것이다. 아마 다음 열차를 탈 남자에게 표 두장을 살 정도의 잔돈이 있을 것이다. 남자가 여자에게 인사를 건넨다.

"안녕하세요, 피 부인?" 그러고는 마치 아들이라도 되는 양 다정하게 그녀의 볼에 입을 맞춘다. "밖의 일은 다 끝냈어요. 들판에 가서 페 씨를 도와드릴까요?"

그루네르의 입으로 향하던 음식이 ── 이번에는 토스트다 ── 다시 허공에서 멈춘다.

"아니야, 조. 고맙지만 그럴 것까지는 없어." 피가 말한다. "공하고 길이 이미 갔거든. 아마 셋이면 충분할 거야. 대신 저녁거리로 쓰게 토끼 좀 잡아줄 수 있어?"

"물론이죠." 신이 난 조는 난로 옆에 걸려 있는 라이플을 꺼내 밖으로 나간다.

그루네르는 들고 있던 토스트를 가만히 접시에 내려놓는다. 그러고서 뭔가 물어보려는 순간, 갑자기 문이 벌컥 열리며 다시 조가 들어온다. 그는 먼저 그루네르를 힐끗하더니 궁금해하는 표정으로 여자에게 고개를 돌린다.

"새로 왔어요?" 그가 묻는다.

피는 미소 지으며 다정한 눈빛으로 그루네르를 바라본다.

"어제 오셨어."

첫날 그루네르가 보인 행동은 한때 그와 같은 처지였던 이들의 행동과 다르지 않다. 기분이 상해 다른 사람을 피하고, 오전 내내 매표소 옆에서 오지도 않을 기차를 기다린다. 그러고는 점심도 건너뛴 채 오후에는 다른 사람들이 뭘 하는지 몰래 관찰한다. 페의 지시에 따라 사무원들이 들판의 땅을 일군다. 그들은 맨발에 바짓단을 발목까지 걷어올린 채 미소 띤 얼굴로 일을 하다가 누가 너스레를 떨면 다 같이 크게 웃는다. 얼마 후, 피가 그들에게 차를 가져다준다. 페, 조, 공, 길은 자기가 꼭꼭 숨어 있다고 생각하는 그루네르에게 손짓하며 와서 같이 차를 마시자고 한다.

하지만 우리가 예상하듯이 그루네르는 사양한다. 사실 이 세상에서 그루네르 같은 사무원보다 고지식하고 고집 센 사람은 없다. 칸막이는 없어도 전용 전화선을 두고 책상에서 일하던 그는 시골에 와서도 여전히 자존심을 지키며, 오후에도 내내 나무 벤치에 앉아 꼼짝도 않으려고 무진 애를 쓴다. 기차가 한대도 지나가지 않더라도, 그는 생각한다, 이러다 이 자리에서 썩어 문드러지는 한이 있더라도 여기서 버틸 거야. 저녁이 되자 모두 모여 따뜻한 가족 식사를 준비한다. 집 안의 불빛이 하나둘씩 켜지고, 풍성하게 차린 음식 냄새가 문틈을 통해 바깥의 차가운 공기 속으로 새어나온다. 시간이 흐르면서 인내심과 자존심이 약해진 그루네르는 속 시원히 포기하고 그들의 초대를 받아들일 마음의 준비를 한다. 문이 열리고 전날 밤처럼 여자가 나와 그에게 들어오라고 한다. 안으로 들어가자 가족끼리 도란도란 이야기를 나누는 소리가 들린다. 사무원들은 감사하며 저녁상을 차리고, 페는 마치 형제들을 대하듯 격의 없이 그들의 어깨를 툭툭 치며 치하해준다. 그 모습을 보면서 그루네르는 어린 시절 정이 넘치던 크리스마스 파티를, 그리고 ─ 왜 아니겠는가? ─ 수도의 행복한 문명을 떠올린다. 안 그래도 사냥에 성공해 뿌듯해하던 조가 의기양양한 표정으로 토끼 요리를 내온다. 직사각형 식탁의 상석에는 피와 페가 앉고, 한쪽에는 사무원들이, 그 맞은편에는 그루네르가 자리한다. 공과 길이 쓰지도 않으면서 자꾸 소금 병을 달라고 하는 통에 그루네르는 이리저리 병을 건네느라 바쁘다. 그러다 공과 길의 어린아이 같은 얼굴에서 장난기 가득한 미소를 눈치챈 폐가 주의를 환기해주어, 마침내 그루네르도 소금 병을 건네주는 일에서 놓여나 저녁 늦게야 이날 처음으로 음식 맛을 보게 된다.

이날 이후로 그루네르는 다양한 전략을 시도한다. 가장 먼저 떠올린 전략은 폐에게 ─ 심지어는 피에게도 ─ 뇌물을 써 잔돈을 구하는 것이다. 그다음에는 눈물을 글썽이며 도시로 가는 기차표를 살 수만 있다면 가진 돈을 모두 주겠다고 한다. 거스름돈은 필요 없어요, 그는 애처롭게 호소한다. 그냥 이 돈 다 가지시라고요, 그는 거듭 사정한다. 하지만 정당한 이유 없이 타인의 돈을 받아서는 안된다는 철도 윤리 규정을 읊는 대답을 들으며 낙담한다. 이 무렵 그루네르는 그들에게서 무언가를 사겠다고 제안한다. 기차푯값에 그들이 팔고자 하는 물건값을 더하면 자기 수중에 있는 돈의 총액과 정확히 일치하니 그야말로 완벽한 거래가 될 거라고 주장한다. 하지만 그마저 거부당한다. 그루네르는 사무원들이 숨죽여 웃는 소리와 계속되는 가족 만찬을 참고 견뎌야 한다.

거기서 그루네르가 처음 맡은 일이자 이제 일상적으로 해야 할 업무는 저녁식사 후에 설거지를 하고 오전에 개밥을 주는 것이다. 그는 또다시 사정한다. 일을 해서 기차푯값을 내겠다고 한다. 무슨 일이든, 점심 준비든 하겠다고. 들판을 일구는 일도 조금씩 한다. 다른 사무원들과 이따금씩 수다를 떨기도 한다. 공에게서 효율성과 공동작업의 방법론에 대한 탁월한 재능을, 길에게서 높은 명성을 지닌 변호사의 면모를, 조에게서 유능한 회계사의 능력을 발견하기도 한다. 또다시 매표소 앞에서 울음을 터뜨리다가도, 밤에는 자기가 그다음 날 점심을 준비하겠다고 나선다. 조와 함께 들판에서 토끼 사냥을 하고, 자기를 가족처럼 대해준 것에, 그리고 그렇게 맛있는 음식을 대접해준 것에 돈으로 보답하겠다고 한다. 이런 일은 어떻게 하고 저런 일은 어떻게 해야 하는지 배우려 애쓰고, 또 수확은 햇살이 따갑지 않은 아침에 하고 낮에는 집안일을 하는 것이 좋다는 중요한 정보를 알게 된 보답으로 돈을 내려고 한다. 그러다 가끔 희망이, 어디서 잔돈을 구해 기차표를 살 수 있으리라는 희망이 되살아나는 날이면, 역 구내 벤치에 앉아 페의 수신호에 따라 멈추지 않고 빠르게 지나가는 기차를 바라보곤 한다.

그런데 시간이 흐를수록 사무원들의 행복한 분위기가 가식으로 보이기 시작한다. 천진난만하게 고마움을 표현하는 조, 늘 사람을 쾌활하게 맞아주는 공, 언제나 기꺼이 도움을 주는 길, 그들 모두가 의심스러워진다. 그루네르는 그들의 행동에서 페와 피가 베풀어준 애정을 배신하는 비밀스러운 음모를 눈치챈다. 그즈음 무슨 일이 일어난다. 그런 일이 일어나리라고는 전혀 예상치 못한 터라 그는 적잖게 놀란다. 그 일은 초대로 시작된다. 조, 공, 길이 아빠와 엄마의 침대를 정리하는 자리에 그루네르를 초대한 것이다. 그들은 부부 침실에 들어가 함께 시트를 잡아 펼치고, 잘못 접혀 대각선으로 난 주름을 편다. 공이 미소를 지으며 길을 쳐다본다. 둘은 침대 양쪽에 서서 마주 보고 각자 베개를 들어올린다. 그루네르가 조와 나란히 서서 놀란 눈으로 바라보는 가운데, 공과 길은 시트에 침을 뱉고 베개를 다시 침대 위에 내려놓는다. 지금 그들이 부부에게 반항하고 있다는 것을 그루네르도 안다. 그처럼 지나친 사랑이 진실할 리 없다. 그래서 그는 용기를 내어 묻는다.

"혹시 잔돈 가진 분 있어요?"

세명은 놀란 눈치다. 너무 성급한 질문이었을까? 하지만 그들 중 하나가 이렇게 되묻는다.

"당신은요?"

그루네르가 말한다.

"잔돈이 있으면 내가 여기서 이러고 있겠어요?"

그러자 그들이 말한다.

"그럼 우리는요?"

긴 침묵이 흐르는 동안 모두 같은 결론에 도달한 듯 보인다. 그들은 비록 오래되지는 않았지만 진정한 형제애를 통해 자신들을 하나로 묶는 계획 —아직은 불분명하지만——을 세우기 시작한다. 마치 그들이 내뱉은 말을 그런 행동으로 숨길 수 있기라도 한 듯, 길은 이미 정리된 침대 시트를 겸연쩍게 매만진다. 그렇게 그날 밤 아무 일도 없었던 것처럼 행복한 가족애가 되살아나고, 그루네르는 이 모든 것이 오래전에 시작된 소극笑劇의 일부였음을 깨닫는다. 그러자 폐가 들려주는 건설적인 조언도, 자러 가기 전에 피가 그들의 이마에 일일이 해주는 부드러운 입맞춤도 즐거운 마음으로 받아들일 수 있다. 그다음 날 아침 그는 흔쾌히 다시 일상으로 돌아가 일하기 시작하지만, 밤이 되자 회의가 몰려오며 자신의 대담한 계획이 자기기만에서 비롯된 게 아닌가 싶어진다. 그때, 문득 거슬리는 소음이 들리고 그는 이내 누군가가 그의 방문을 가볍게 두드리는 소리라는 것을 깨닫는다. 해독해야 할 암호 같은 노크 소리에 그루네르는 자리에서 일어나 문을 연다. 조가 불안한 모습으로 문 앞에 서 있다. 공의 지시를 받고 첫번째 모임을 갖기 위해 그를 데리러 온 것이다.

그들은 매표소 옆에 있는 공중화장실에서 모임을 갖는다. 유능한 길은 냉기가 스며들지 않도록 깨진 유리창을 판지로 막아놓았을 뿐 아니라 양초와 간식거리도 구해왔다. 그것들은 화장실 한가운데 바닥에 깔끔하게 펴놓은 식탁보 위에 놓여 있다. 네 사람은 책상다리를 하고 진짜 사무원처럼 예의 바르게 식탁보에 둘러앉아 공의 손에 돈을 쥐여준다. 커다란 새 지폐 네장. 어린아이 같기만 하던 동료들의 얼굴에 한번도 보지 못한 표정, 즉 불안과 의심이 뒤섞인 표정이 떠오르자 그루네르는 낯선 느낌이 든다. 어쩌면 저들은 여기 온 지 벌써 몇달, 아니 몇년이 지났는지도 모른다. 수도에 두고 온 모든 것을 이미 다 잃어버렸다고 생각하고 있는지도 모른다. 아내, 자식들, 일자리, 집. 길의 눈가가 촉촉해지더니 이내 눈물 한방울이 식탁보 위로 떨어진다. 조는 길의 등을 토닥여주면서 자기 어깨에 머리를 기대게 한다. 그 순간 공이 그루네르를 쳐다본다. 그들은 조와 길이 원체 나약한데다 몹시 지쳐 있어서 더이상 탈출 가능성을 믿느니 차라리 계속 이 시골에서 서글픈 위안이나마 얻으며 지내려고 한다는 것을 알고 있다. 더 강인한 공과 그루네르가 넷 모두를 위해 싸워야 할 것이다. 이럴 때일수록 과감한 계획이 필요해, 그루네르가 생각한다. 그는 공의 눈빛에서 자신의 생각을 긴밀히 좇는 동지의 면모를 발견한다. 길은 계속 울면서 신세를 한탄한다.

"이 돈이면 밭의 일부를 살 수 있다고. 그렇게만 되면 적어도 독립적으로 지낼 수 있을 텐데⋯⋯"

"우선 기차를 세워야 해." 공이 제안한다. 처음으로 보는 공의 진지한 모습이다.

"뭘 어쩌려는 거죠?" 그루네르가 묻는다. "무슨 수로

기차를 세워요? 현실적으로 생각해야 돼요. 좋은 계획에
는 객관성이 필수라고요."

"그루네르 씨, 그럼 말해봐요. 당신은 왜 기차가 서지
않는다고 생각하죠?" 공이 묻는다.

조가 조바심을 내며 대답한다.

"폐가 탑승할 승객이 없다고 수신호로 알려주니까."

"우리는 어떤 수신호가 '무정차'인지는 알지만, '정차'
수신호가 뭔지는 모르죠." 공이 말한다.

"그렇군요." 그루네르가 대답하고는 곧 좋은 생각이 났
다는 듯 눈을 반짝거리며 말한다. "그럼 여러분은 반대로
도 시험해봤나요?"

"반대로요?"

"네. 여러분이 아는 '수신호'가 '무정차'라면……" 그
루네르가 말한다. "그 '반대'는……"

"'무신호'겠군요!" 조가 소리친다.

"우리 예상이 맞기를 기도해야겠죠." 그루네르가 말
한다.

"기도해야겠네요." 길이 종이 냅킨으로 눈가를 훔치며
그의 말을 따라 한다.

모든 것이 예상한 대로, 그들이 계획한 대로 이루어진
다. 우선, 새벽이 밝아온다. 피가 부엌문으로 고개를 내밀
고 식구들에게 내려와서 아침을 먹으라고 한다. 각자의

방에 있던 사무원들은 양말을 신고 잠옷 위에 겉옷을 걸친 다음 양말 신은 발에 슬리퍼를 꿴다. 페가 제일 먼저 화장실에 들어간다. 나머지는 도착한 순서대로 앞에서 기다린다. 공, 길, 조, 그리고 그루네르. 그루네르는 자기가 꼴찌라는 것을 알고, 그 틈을 이용해 문 앞에서 기다리고 있는 개에게 밥을 준다. 페는 그들에게 일일이 인사를 건네며 아침식사가 식기 전에 어서 먹으라고 채근한다. 그때 조가 페의 관심을 딴 데로 돌리려고 그녀를 창가로 데려가 들판에 있는 무언가를 손으로 가리킨다. 아마도 그날 점심 아니면 저녁 반찬이 될지도 모를 짐승일 것이다. 그사이 공은 페가 나오는지 보려고 화장실 앞을 지키고 서 있는다. 다음 차례가 공이기 때문에 그가 문 앞에서 기다린다고 해도 하등 이상해 보일 게 없다. 바로 그 순간, 그루네르와 길은 방금 페의 침대 협탁에서 훔친 수면제를 페의 커다란 커피잔에 넣고 스푼으로 젓는다. 모두가 식탁에 둘러앉아 아침식사 기도를 하는 시간, 사무원들은 페의 커피잔만 바라보고 있다. 하지만 페와 피는 그날의 첫 식사에 정신이 팔린 나머지 그들의 수상한 눈빛을 눈치채지 못한다. 그리고 식탁 위에 차려진 맛있는 음식들을 보자 심지어 사무원들도 그 일을 까맣게 잊은 듯 보인다. 식사를 마친 뒤에 길은 식탁을 치우고, 조는 설거지를 한다. 공과 그루네르는 방을 치우고 침대를 정리하러 가겠다고 하고는, 피가 대답 대신 온화한 미소를 짓자 부엌을 나선다.

그들 네명은 첫번째 계획이 성공하면 모이기로 한 그루네르의 방에서 모인다. 사무원들, 정확히 말해 공과 그루네르를 제외한 나머지, 즉 길과 조는 아련한 슬픔에 젖는다. 어쨌거나 길은 피를 친어머니처럼 여겨왔고, 조 또한 페 같은 사람 덕분에 시골에서 많은 것을 배웠다고 생각하기 때문이다. 들판에서 땀 흘리며 함께 일하던 시간과 가족 같은 분위기 속에서 먹던 아침식사는 쉬 잊히지 않을 것이다. 그들이 이런저런 상념에 사로잡혀 있는 사이, 공과 그루네르는 쉴 새 없이 움직인다. 길과 조가 그간 수집한 조약돌을 비롯해 기념이 될 만한 몇가지 물건과 기차 안에서 먹을 사과를 봉지에 담는다.

곧 공의 시계에서 알람이 울린다. 드디어 때가 왔다. 이제 곧 기차가 지나갈 것이다. 매일 이 시간이면 페는 소파에서 아침 독서를 하다 일어나 들판으로 걸어가서는 철로 변에 서서 기관사에게 수신호를 보낸다. 그루네르가 자리에서 일어나고 공도 일어선다. 이제 모든 것은 그들의 손에 달려 있다. 길과 조는 역 구내 벤치에 앉아 기다릴 것이다. 페는 거실 소파에 앉아 자고 있다. 그들은 일부러 억세고 소란스러운 억양으로 떠든다. 갉아먹어! 달그락달그락! 철저히 뒤져봐! 그래도 수면제로 인해 깊은 잠에 빠진 페는 일어나지 않는다. 길이 페의 이마에 입을 맞추자, 조도 그를 따라 한다. 그들의 눈에 이별의 눈물이 그렁그렁 맺힌다. 공은 피가 여느 아침과 마찬가지로 뒷마당에서 화초에 물을 주고 있는지 확인한다. 그렇다. 완벽해! 그들은 서로의 얼굴을 쳐다보며 이렇게 말한 뒤 마침내 집을 나선다. 길과 조는 역으로 가고, 공과 그루네르는 기차가 오는 방향으로 선로를 따라 들판을 향해 터벅터벅 걸어간다. 아직 보이지는 않지만 다가오는 소리가 들리는 기차가 저 멀리 지평선에서 연기를 뿜어내고 있다.

공은 몇발짝 걸어가다 멈춘다. 무신호를 보내는 데는 한 사람으로 족하니 그루네르가 가기로 한다. 공이 그의 등을 토닥여주고, 그루네르는 계속 걸음을 옮긴다. 쉽지는 않을 것 같다. 기차가 다가오는 것을 지켜보면서 오로지 무신호만으로 멈추기를 바라는 꼴이니까. 길의 말마따나, 철로 변에 서서 할 수 있는 것이라곤 오직 기도뿐이다. 어쩌면 그것이 기차를 세우라는 신의 신호이리라.

기차는 드넓은 들판을 가로질러 지평선과 또다른 지평선을 잇는 두 선을 따라 점점 더 가까이 다가오고 있다. 이제 곧 역으로 들어올 것이다. 그루네르는 온 정신을 집중하고, 가능한 한 움직이지 않으려 안간힘을 쓴다. 그의 옆을 지나가는 기차 소리가 전속력으로 달리는 소리인지, 아니면 멈추려고 하는 소리인지 구분하기가 어렵다.
그는 고개를 숙여 철길 위를 굴러가는 바퀴를 본다. 기차
를 앞으로 나아가게 하는 쇠 연결봉의 움직임이 눈에 띄
게 느려지기 시작한다. 그런데 공이 안 보인다. 어디 있는
지는 모르겠지만, 그가 내지르는 환호성이 들린다. 기차
는 그루네르를 지나쳐 역에 완전히 멈춰선다. 그는 플랫
폼이 승객들로 가득 채워지는 모습을 의기양양하게 바라
본다. 한꺼번에 몰려든 사람들로 시끌벅적한 가운데 공
이 자기를 향해 무어라 외치고 있다는 것을 알아차린다.
그루네르는 역에서 멀리 떨어진 곳에 있다. 상당한 거리
다. 그때 출발을 알리는 기적 소리가 울려퍼진다. 그루네
르는 달리기 시작한다.

　역에서 길과 조는 여전히 내리고 있는 승객들을 밀치
면서 기차에 오른다. 역은 온통 사람과 짐으로 가득하다.
플랫폼을 따라 사람들의 말소리가 메아리처럼 울려퍼지
고 있다.

　"영원히 못 내리는 줄 알았어."

　"벌써 몇년째 이 기차를 타고 돌아다녔는데, 드디어 오
늘……"

　"더이상 이 마을이 기억나지 않을 지경이었는데, 이렇
게 갑자기 도착하다니……"

　역 안은 환호하며 소리를 지르는 사람들로 발 디딜 틈

조차 없다. 그때 다시 기적이 울리면서 기차가 절커덩하는 소리와 함께 육중한 몸을 움직이기 시작한다. 이제 거의 다 왔다. 플랫폼 끝에서 초조하게 그를 기다리는 공의 모습이 보인다. 그루네르는 공이 내민 손을 잡고 계단 위로 뛰어오른다. 한 무리의 사람들이 가방에서 악기를 꺼내더니 기차에서 내린 것을 축하하기 위해 즐거운 멜로디를 연주하기 시작한다. 공과 그루네르는 아이들과 남자들과 여자들을 헤치고 앞으로 나아간다. 그러나 첫번째 문에 닿기도 전에 기차는 이미 움직이고 있다. 바로 그 순간, 무사히 기차에서 내려 기뻐하는 승객들 사이로 삐쩍 마른 잿빛 개가 그루네르의 눈에 들어온다.

"그루네르!" 첫번째 문에 도착한 공이 소리친다.

"개를 두고는 못 가." 그루네르가 말한다. 마치 자신의 말에서 용기와 힘을 얻은 것처럼, 그는 개가 있는 곳으로 돌아가 녀석을 꼭 안아든다. 개는 그루네르의 품에 안긴 채 가만히 있다. 그루네르는 겁에 질린 녀석을 안고 기쁨에 들뜬 사람들을 헤치며 앞으로 나아가 간신히 기차의 마지막 칸을 따라잡는다. 길과 조가 차창 너머에서 초조하게 자기를 지켜보고 있다는 것을 안다. 이제 와서 그들을 실망시킬 수는 없다. 그는 기차 꽁무니에 있는 계단을 꽉 붙잡는다. 기차에 가속도가 붙자 그 반작용으로 그루네르의 발이 플랫폼에서 떨어진다. 마치 방금 전

까지 발을 딛고 서 있었지만 이제 아득히 멀어지며 저 들
판으로 사라지는 기억으로부터 벗어나는 듯한 기분이다.
그 순간, 기차의 뒷문이 열리면서 나타난 공이 그루네르
의 손을 잡고 끌어올린다. 길과 조가 개를 받아들면서 그
루네르에게 축하의 말을 건넨다. 이제 넷, 아니 다섯이 모
두 무사하게 한자리에 모였다. 하지만 — 이런 일에는 언
제나 '하지만'이 등장하기 마련이다 — 뒷문에 난 창으로
그들이 머물던 역의 모습이 아직 어렴풋하게나마 보인
다. 행복해하는 사람들과 사무용품들 그리고 아마도 잔
돈으로 넘쳐날 역의 모습이. 한때 그들에게는 슬픔과 두
려움의 장소였으나 이제는 수도의 행복한 문명과 다름없
는 그곳이 작은 얼룩으로 보인다. 그들 모두에게 마지막
으로 든 느낌은 공포다. 목적지에 도착해보면 아무것도
남아 있지 않을 것만 같은 느낌.

올링히리스

1

여섯명이 들어갈 공간이 있었다. 들어가지 못한 한명은 대기실에 남았다. 그녀는 대기실을 이리저리 서성거렸다. 다음 날까지, 아니면 그다음 날까지, 그도 아니면 다시 자기를 부를 때까지 참아야 한다는 사실을 한동안 받아들이지 못했다. 그녀에게 이런 일이 일어난 것은 처음이 아니었다. 안에 들어온 여자들은 하얀 계단을 통해 2층으로 올라갔다. 그들 중 아무도 서로를 특별히 알지 못했다. 어쩌면 한번쯤, 바로 그곳에서 지나가다가 우연히 마주쳤을 수도 있지만 그 이상은 없었다. 그들은 말없이 탈의실로 가서 옷걸이에 가방을 걸고 외투를 벗었다.

그런 다음 차례대로 손을 씻었고, 또 차례대로 거울 앞에 앉아서 긴 머리를 포니테일로 묶거나 앞머리를 뒤로 넘겨 헤어밴드를 착용했다. 이 모든 과정이 말없이 서로에게 미소나 손짓으로 고마움을 표현하는 화기애애한 분위기 속에서 이루어졌다. 그들은 일주일 내내 이 생각만 했다. 일하면서도, 아이들을 돌보면서도, 식사하면서도. 그리고 마침내 이곳에 와 있는 것이다. 이제 곧 안으로 들어가서 시작해야 할 시간이었다.

연구소의 여자 보조원이 문을 열어 그들을 안으로 들여보낸다. 안은 온통 하얀색이다. 벽도, 선반도, 둥글게 말아 차곡차곡 쌓아놓은 손수건도 모두 하얀색이다. 한가운데에는 이동식 침대가 놓여 있고, 그 주위로 의자 여섯개가 있다. 천장에서 조용히 돌아가는 선풍기, 벤치 위에 펼쳐진 하얀 수건에 가지런히 놓인 핀셋 여섯개, 이동식 침대에 엎드려 있는 한 여자가 눈에 들어온다. 여섯 여자는 엎드려 있는 여자의 다리 양옆으로 세개씩 놓인 의자에 나누어 앉는다. 드디어 식탁에 식사가 차려졌는데도 음식에 손을 댈 수 없는 사람들처럼, 그들은 뭘 해야 할지 모른 채 여자의 몸만 바라보며 초조하게 기다린다. 보조원이 의자를 그 여자에게 좀더 가까이 당겨 앉으라고 지시한다. 그런 다음 손수건을 나눠주고 한 사람씩 차례대로 핀셋을 건네준다. 이동식 침대에 엎드린 여자는 꼼짝도 하지 않는다. 벌거벗었지만 허리부터 종아리까지는 하얀 수건을 덮어두었다. 얼굴을 드러내지 않는 편이 바람직하다는 연구소의 판단에 따라, 여자는 두 팔 사이에 얼굴을 묻고 있다. 금발에 마른 몸매를 가진 여성이다. 보조원이 이동식 침대 위 2미터 높이에 달린 형광등을 켜자 불빛이 방과 여자를 환하게 비춘다. 형광등이 완전히 켜지기 전 몇차례 깜빡거리는 사이, 침대의 여자가 자세를 바로잡으려는 듯 팔을 조금 움직인다. 그러자 두 사람이 못마땅한 표정으로 그녀를 바라본다. 보조원이 시작하라는 신호를 주자, 여자들은 손수건을 사등분으로 접어 이동식 침대 위 자기 앞에 놓는다. 의자를 조금 더 당겨 앉는 이가 있는가 하면, 침대에 팔꿈치를 올리거나 마지막으로 머리를 매만지는 이도 있다. 그들은 이제 일하기 시작한다. 여자의 몸 위로 핀셋을 들고 빠르게 털 한가닥을 고른 뒤 과감하게 핀셋을 벌려 그리로 가져간다. 핀셋을 오므려 털을 집은 다음 잡아당긴다. 거무스름한 모근이 깨끗하게 빠져나온다. 뽑은 털을 잠시 꼼꼼하게 관찰한 다음 손수건 위에 올려놓고 다음으로 넘어간다. 마치 바다에서 물고기를 낚아올리는 여섯마리 갈매기의 부리 같은 모습이다. 그들은 핀셋에 집힌 털을 보면서 기뻐한다. 몇몇은 완벽하게 작업을 수행한다. 그들이 온전하게 뽑아낸 털 한가닥이 이제는 매인 데도 쓸모도 없이 핀셋에 매달려 있다. 반면 다른 이들은 몇번의 씨름 끝에 간신히 털을 뽑아낸다. 그래도 기쁨을 감추지 못한다. 보조원은 탁자 주위를 돌면서 모두가 편안하게 일을 하는지, 혹시라도 부족한 것이 없는지 꼼꼼히 살핀다. 털이 뽑히거나 핀셋에 찔릴 때 이따금씩 다리가 움찔한다. 그럴 때면 보조원이 걸음을 멈추고 침대의 여자 쪽으로 시선을 돌린다. 보조원은 여자를 엎드려 있게 한 연구소 규정이 원망스럽다. 여자에게 눈빛으로 주의를 줄 수가 없기 때문이다. 대신 그녀는 작업복 주머니에서 노트를 꺼내 여자의 위반 사항을 신속하게 기록한다. 침대에 엎드려 있는 여자는 샌들의 고무 밑창이 멈추면서 바닥에 끌리는 소리를 듣는다. 이것이 무엇을 의미하는지 여자는 안다. 감점, 가위표, 밑줄. 그것들이 쌓이면 조만간 급여가 깎일 것이다. 여자의 다리는 자그마한 붉은 점들로 뒤덮여 있지만, 이제는 거의 떨리지 않는다. 계속되는 자극으로 감각이 둔해져서 약간 화끈거리는 느낌만 남았기 때문이다.

2

  침대의 여자는 열살 때 엄마와 함께 강변에 살았다. 가끔 강물이 범람하던 곳이었는데, 그럴 때마다 몇미터 위쪽, 나무 기둥 위에 지은 이모 집으로 옮겨야만 했다. 어느 날, 침대의 여자는 이모의 식당에서 숙제를 하다가 문득 창밖을 내다보았다. 한 어부가 다른 집, 즉 엄마의 집 주변을 어슬렁대고 있었다. 그가 타고 온 작은 배는 근처의 나무에 매여 있었다. 거의 무릎까지 오는 장화를 신은 덕분에 그의 다리는 물에 젖지 않았다. 어부는 집 한편으로 사라졌다가 잠시 후 다른 편으로 나타났다. 창문으로 집 안을 엿보기만 할 뿐, 단 한번도 문이나 창문을 두드리지 않았다. 그러던 중 갑자기 문이 열리더니 엄마가 문틈으로 얼굴을 내밀었다. 엄마는 혹시 보는 사람이 없는지 확인한 다음 그를 안으로 들였다. 침대의 여자는 창가에 있는 두 사람을 볼 수 있었다. 엄마는 어부에게 따뜻한 차 한잔을 내주고 함께 식탁에 앉았다. 그리고 잠시 후 두 사람은 부엌을 나갔다. 침대의 여자가 이모 집을 나서 자기 집으로 돌아갔을 때, 어부는 게걸스럽게 저녁을 해치우며 강에서 일하다 겪은 일을 신나게 떠들어대고 있었다. 어부는 그다음 날에 침대의 여자를 데리고 낚시를 하러 가겠다고 했다. 강이 범람하는 시기라 학교 수업도 없던 터라 여자의 엄마도 허락했다. 어부는 강물이 호수로 흘러드는 어귀까지 여자를 데려갔다. 그때부터 배가 거의 흔들림 없이 미끄러지듯 움직이기 시작했고, 그러자 그녀의 마음에서도 두려움이 서서히 빠져나갔다. 막 동이 틀 무렵이었다. 어부는 낚싯대를 준비하고 바늘에 미끼를 꿴 다음 낚시를 시작했다. 춥고 배가 고프다는 생각이 들어, 여자는 어부에게 엄마가 아침식사로 뭘 싸줬는지 물었다. 그러자 어부는 손가락을 입에 대며 조용히 하라는 신호를 보냈다. 그녀는 껴입을 옷이 배에 있는지 물어보았다. 그는 다시 조용히 하라는 듯 쉿 하는 소리를 냈다.

"아저씨가 우리 아빠예요?" 마침내 그녀가 물어보았다.

어부는 그녀를 물끄러미 바라보며 빙긋이 웃어 보였다. 하지만 대답은 이러했다.

"아니란다."

그후로 두 사람은 아무 말도 하지 않았다.

여자의 엄마는 언제나 딸이 공부를 열심히 해서 도시로 떠나기를 원했다. 딸에게 높은 성적을 요구했고, 어릴 적에 열심히 공부하지 않으면 커서 아주 비싼 대가를 치를 거라고 입버릇처럼 말하곤 했다. 침대의 여자는 열심히 공부했다. 엄마가 시킨 일이라면 뭐든 했다. 학교는 집에서 2킬로미터 떨어진 곳에 있어서 그녀는 자전거로 통학했다. 홍수가 나면 선생님들이 전화로 숙제를 불러주었다. 중학교에서는 타자와 영어 그리고 컴퓨터를 배웠다. 그러던 어느날 오후, 집으로 돌아오던 길에 자전거 체인이 끊어지고 말았다. 그 바람에 침대의 여자는 진흙탕에 넘어지고 바구니에 넣어두었던 공책은 엉망진창이 되었다. 마침 그 길을 따라 작은 트럭을 몰고 오던 청년이 그녀를 보고 도와주려고 차에서 내렸다. 그는 정말 친절했다. 공책들을 집어들어 자기 옷소매로 깨끗이 닦아주었을 뿐 아니라 그녀를 집까지 데려다주겠다고 했다. 자전거는 트럭의 짐칸에 실었다. 두 사람은 집으로 가면서 잠깐 이야기를 나누었다. 그녀는 자기가 뭘 공부하는지 이야기했고, 도시로 나갈 준비를 하고 있다고 했다. 청년은 그녀가 무슨 이야기를 하든 관심을 보였다. 그는 작은 십자가가 달린 아주 멋진 금목걸이를 걸고 있었다. 그녀의 눈에는 그것이 아주 예뻐 보였다. 그녀는 하느님을 믿지 않았고 그녀의 엄마도 마찬가지였지만, 왠지 엄마가 이 남자를 마음에 들어할 것 같다는 생각이 들었다. 집에 도착했을 때 그녀는 그에게 저녁식사를 함께하자고 제안했다. 그는 기쁜 빛을 감추지 못했지만 이렇게 대답했다.

"지금 일하러 나가는 길이야. 나는 어부거든." 그가 미소를 지었다. "혹시 내일 와도 될까?"

하지만 그녀는 그를 다시 초대하지 않았고, 그녀의 엄마도 그에 대해 묻지 않았다.

침대의 여자는 스무살이 되던 해에 도시로 나왔다. 나

무 기둥 위에 지은 집들이 눈에 안 보이는 것만으로도 좋았고, 덕분에 홍수나 어부들도 까맣게 잊을 수 있었다. 그녀에게 도시는 열기가 넘치는 곳이었다. 처음 며칠 동안은 현기증이 날 정도였다. 그녀는 일요일마다 엄마에게 전화해 일주일 동안 있었던 일들을 들려주었다. 물론 거짓말을 할 때도 가끔 있었다. 나쁜 의도로 그런 게 아니라, 단지 엄마를 걱정시키고 싶지 않았기 때문이다. 엄마한테는 새로 사귄 친구들과 놀러 나갔다거나, 극장에 갔다거나, 동네 식당에서 정말 맛있는 음식을 먹었다고 했다. 그런 이야기를 들을 때마다 엄마는 무척이나 좋아했고, 어쩔 때는 이모도 들을 수 있도록 수화기를 든 채 큰 소리로 그녀가 한 말을 되풀이하기도 했다.

침대의 여자는 그간 저축해온 돈으로 대학에 등록할 수 있었다. 그러나 식비, 월세, 학비 등이 너무 많이 들어 얼마 지나지 않아 학업을 중단하고 일거리를 찾아야만 했다. 그러던 어느날 오후에 빵을 사려고 하는데, 평소 문제가 있을 때 가끔 이야기를 나눴던 가게 주인아주머니가 적당한 일거리가 있다고 귀띔해주었다. 돈도 많이 벌수 있을뿐더러 공부할 시간도 넉넉할 거라고 했다. 하지만 침대의 여자는 바보가 아니었다. 그런 일은 전혀 달갑지 않거나 너무 위험해서 아무도 안하려는 일일 수 있다는 것을 알았다. 그럼에도 하겠다고 확답을 할 수는 없지만 무슨 일인지 한번 알아보고 싶다고 대답했다.

주인아주머니는 자기 차로 그리 멀지 않은 곳으로 그녀를 데려가, '연구소'라는 간판이 걸린 2층 건물 앞에 차를 세웠다. 건물 안은 온통 여자들로 북적였다. '연구소'라고 쓰인 복숭아색 근무복을 입은 직원이 거기 모여 있던 여자들에게 다시 한줄로 제대로 서라고, 지시에 따르지 않으면 대기 순번에서 빼겠다고 으름장을 놓았다. 여자들은 재빨리 다시 줄을 섰다. 근무복을 입은 다른 직원이 주인아주머니를 보자마자 곧바로 다가왔다. 그러고는 두 사람을 옆에 있는 방으로 데려가 침대의 여자에게 다리털을 볼 수 있도록 바지를 걷어보라고 했다. 침대의 여자는 처음엔 자기가 직원의 말을 잘못 알아들은 줄 알았다. 하지만 직원은 같은 말을 되풀이했다. 그녀는 이건 말도 안된다고, 절대 자기가 할 만한 일이 아니라고 생각했다. 하지만 여자 직원에게 다리털 좀 보여준다고 해서 달리 위험할 것 같지도 않아서, 바지를 걷어올리고 다리를 보여주었다. 직원은 안경을 끼고 주머니에 있던 소형 손전등을 꺼내 비추면서 다리털을 꼼꼼히 살펴보았다. 발목 근처도 살펴보았는데, 그곳의 털은 아직 그리 억세지 않았다. 장딴지도 마찬가지였다. 이 정도면 쓸 만하다는 생각이 들었는지, 직원은 주로 하게 될 일과 전체적인 계약 조건 그리고 급여에 관해 상세히 설명해주었다. 침대의 여자는 무슨 말을 해야 할지 몰라 망설이고 있었다. 사실 일이라고 해야 딱히 어려운 것도 아닌데다, 급여가 그런대로 괜찮은 편이었기 때문이다. 도시에서는 눈 감으면 코 베어 간다는 이야기를 엄마로부터 귀에 못이 박히게 들은 터라, 그녀는 혹시 이 일에 위험한 구석이나 속임수가 있는 건 아닌지 잠시 골똘히 생각해보았다. 하지만 여러모로 상당히 매력적인 제안 같았다. 그래서 그녀는 그 일을 하기로 했다.

3

이제 다리에는 털 하나 없이 울긋불긋한 얼룩만 남아 있다. 침대의 여자는 엎드린 채 꼼짝도 하지 않는다. 여섯 여자는 지쳐 보이지만 만족스러운 표정이다. 그들은 마침내 의자 등받이에 기대 깊은 한숨을 내쉬고 무릎 위에 손을 올려놓는다. 보조원은 여자들이 털을 뽑아놓은 손수건을 하나씩 걷어 간다. 손수건을 집어들기 전에 털이 떨어지지 않도록 두번 접어 조심스럽게 봉지에 넣고, 봉지가 다 차면 두번 매듭을 지어 꽁꽁 묶는다. 그러고 나서는 여자들이 자리에서 일어나 의자를 정리하는 걸 도와주고, 일하는 동안 비뚤어진 그들의 셔츠 칼라와 어깨 패드를 매만져주기도 한다. 이어 봉지가 기울어지지 않도록 조심스레 들고는 문을 열어 여자들을 탈의실로 데려간다. 여자들이 탈의실 안으로 모두 들어가면, 보조원은 복도로 나와 문을 닫는다. 여자들은 이따금 이 교대 근무에 관해 이야기하면서 웃거나 서로 이전 작업에 대해 물어보기도 한다. 보조원은 하얀 계단을 내려가면서 그들의 이야기에 귀를 기울인다. 침대의 여자에게 돌아가기 전에 봉지를 잘 보관해야 한다.

4

보조원은 곡물밭과 포도밭을 일구며 살아가는 어느 시골 가정에서 태어났다. 그녀의 부모는 정원으로 둘러싸인 저택과 농장 외에도 약간의 재산을 가지고 있었다. 보조원은 물고기를 특히 좋아했다. 그녀의 아빠는 집에 거의 붙어 있지 않았지만, 그런 그녀에게 세계 각지의 어류 도감을 보내주었다. 그녀는 물고기의 이름을 외우고 공책에 그것들을 그렸다. 그중에서도 가장 좋아했던 건 '올링히리스'라는 이름의 물고기였다. 작고 납작한 몸통에 긴 튜브 모양 주둥이를 가진 물고기로, 청록색과 노란색 비늘이 멋지게 어우러졌다. 도감에 따르면 올링히리스는 산호충珊瑚蟲만 먹고 살 정도로 까다로울 뿐만 아니라 아무 데서나 발견되지도 않는다. 그녀는 한마리만 키우고 싶다고 했지만, 시골에서는 물고기를 키울 수 없다는 답만 돌아왔다. 엄마 앞에서 도감을 펼쳐 수족관을 만들고 관리하는 법이 나오는 부분을 직접 보여주기까지 했는데, 엄마는 수족관과 알맞은 먹이를 구해다주어도 그 안에 갇힌 물고기는 슬퍼하다가 결국 죽을 거라고 했다. 하지만 아빠는 다를지도 모른다는 생각이 들었다. 아빠에게 사진을 보여주면서 잘 설명하면 이해해줄 것 같았다. 하지만 마침내 아빠가 집에 돌아왔을 때, 그 책은 온데간데없이 사라져버렸다.

보조원은 형제가 많았지만 다들 나이가 많고 아빠와 함께 일했기 때문에 온종일 혼자서 지내야 했다. 일곱살이 되자 그녀는 시골 학교에 다니기 시작했다. 아빠를 위해 일하던 남자 중 한 사람이 7시 30분에 그녀를 태워 8시에 학교 앞에 내려주었고, 12시에 다시 데리러 왔다. 그녀는 새로운 삶의 리듬에 쉽게 적응하지 못했다. 처음에는 성적이 좋지 않았다. 엄마는 가정교사를 고용했고, 그때부터 그녀는 오전에는 학교에서, 오후에는 집에서 공부했다. 가정교사는 그녀가 물고기에 관심이 많다는 사실을 알고 그 주제와 관련된 내용 위주로 공부를 시켰다. 가끔 시도 읽어주었는데, 한번은 구두법 공부를 하다가 그녀에게 시를 써보라고 권했다. 그녀는 처음으로 시를 써보았고, 가정교사는 그 결과에 만족하는 것 같았다. 가정교사는 좋아하는 물고기 이름을 가지고 시를 써보라는 숙제를 내주었다. 보조원은 책상에 하얀 종이와 연필 그리고 지우개만 남겨놓고 다른 것은 모두 치워버렸다. 그러고 나서 물고기에 관해, 다만 상상 속의 물고기에 관해 시를 썼다. 아침에 막 잠에서 깼을 때 가끔 자신이 누구인지, 어디에 있는지 모르겠던 그 느낌에 관해서도 시를 썼다. 자기를 행복하게 해준 것, 자기를 불행하게 만든 것에 관해, 그리고 아빠에 관해서도 썼다.

그러던 어느날 오후, 가정교사가 깜짝 선물이 있다고 하더니 가방에서 포장지로 싸인 파일 크기만 한, 아니 그것보다 조금 더 큰 꾸러미를 하나 꺼냈다. 그녀가 그것을 열어보기 전에 가정교사는 둘이서만 아는 비밀로 하자고, 그러니까 아무한테도 이야기하지 말라고 했다. 그녀는 고개를 끄덕였다. 포장지를 뜯어 안에 든 것을 보는 순간, 평생이 지나도 선생님이 베풀어준 은혜를 다 갚을 수 없겠다는 생각이 들었다. 그것은 감쪽같이 사라졌던 물고기 도감이었다. 물론 그녀가 잃어버린 그 책은 아니었지만 똑같은 새 책이었다.

열두살 때엔 그녀의 학교 성적이 상당히 좋아졌다. 그

래서 그녀의 엄마는 더이상 가정교사의 도움을 받지 않아도 되겠다고 판단했다. 한동안 보조원은 물고기 사이에 있는 선생님의 모습을 그렸다. 올링히리스에 입맞춤하는 선생님과 올링히리스의 새끼를 밴 선생님도 그렸다. 그녀는 선생님에게 보낼 시 몇편을 써서 엄마에게 부쳐달라고 부탁했다. 엄마도 그러겠다고 약속했지만, 답장은 한번도 오지 않았다.

고등학교를 졸업한 뒤 그녀는 아빠 농장의 재무관리를 맡았고 농사일에도 관여하기 시작했다. 더이상 그림을 그리거나 시를 쓰지 않았지만, 올링히리스 사진이 든 액자는 여전히 그녀의 책상 위에 놓여 있었다. 이따금 휴식을 취할 때면, 보조원은 그 사진을 찬찬히 뜯어보며 선생님은 지금 무엇을 하고 있을지, 그리고 올링히리스로 사는 것은 어떤 느낌일지 생각하곤 했다.

그녀는 결혼을 하지 않았고 자식도 없었다. 그녀가 농장을 떠난 건 엄마에게 병증이 처음 나타난 무렵이었다. 설상가상으로 그해에는 가뭄이 들어 포도밭과 곡물밭이 완전히 망가지고 말았다. 가족들이 모여 의논한 끝에 그녀가 엄마를 수도로 모시고 가 몇년 전 아빠가 사놓은 아파트에서 함께 살기로 했다. 그녀는 선생님에게 선물받은 물고기 도감을 가져갔다. 아파트는 그리 크지 않았지만 두 사람이 살기에는 충분했다. 거리 쪽으로 난 창문 하나를 통해 햇빛이 조금 들어왔다. 그들은 소나무로 만든 탁자 하나와 침대 두개를 샀다. 그녀는 물고기 도감에서 몇페이지를 찢어 벽에 그림액자처럼 붙였다. 그녀는 요리하고 침대를 정리하고 빨래하는 법을 배웠다. 세탁소에 일자리도 구했다. 깨끗이 세탁을 마친 옷은 주름이 지지 않도록 조심해서 다림질 기계에 넣어야 했다. 그다음에 덮개를 내리고 잠깐 기다린다. 이 일련의 동작을 옷 한벌마다 반복한다. 그렇게 다려진 옷은 잘 개어 섬유향수를 뿌려줘야 했다. 가끔 잘 지워지지 않는 얼룩이 있는 경우엔 다시 세탁조로 가져가 특수세제를 사용해야 했다. 그런 일이 생길 때마다 그녀는 첫번째 세탁조를 골랐다. 특수세제가 얼룩을 뺄 때까지 십초 정도 기다리는 동안, 거울에 비친 자기 눈을 바라보았다.

엄마가 세상을 떠나자 보조원은 세탁소 일을 그만두었다. 아파트를 정리하다가 엄마의 옷가지 사이에서 물고기 도감 ─ 그녀가 잃어버린 바로 그 책 ─ 을 발견했다. 그녀는 소나무 탁자에 있던 물건을 치우고 같은 책 두권을 나란히 올려놓은 다음 첫장을 펼쳤다. 두 책의 같은 페이지를 연달아, 여러번 읽었다. 어쩌면 두 책 사이에 다른 점이 있을지도 모른다는 생각이 들었기 때문이다. 언뜻 보기엔 똑같은 것 같지만, 그녀는 첫번째 책의 내용을 조금 다르게 기억하고 있었다. 말로 설명하긴 어렵지만 두 책 사이에 분명히 다른 점이 있을 거라고 확신했다. 그러나 그 어떤 차이점도 찾아내지 못했다. 그녀는 책장을 덮고 두 책을 잠시 물끄러미 바라보았다. 이제 더이상 그 책이 필요 없으리라 결론을 내리고 그것들을 침대 밑에 넣어두었다. 엄마도 없고, 직장도 없고, 딱히 무엇을 해야 할지도 모르는 채로 그녀는 며칠 동안 집에서 멍하니 기다리기만 했다. 마침내 먹을 것과 돈이 다 떨어지고 말았다. 그녀는 답답한 마음에 바람이라도 쐬려고 밖으로 나갔다가 '연구소'라는 간판이 달린 건물에 붙은 구인 광고를 보았다. 일도 어렵지 않아 보이고 보수도 좋은 편이었다. 그녀는 곧바로 채용되었다. 첫 몇달 동안 받은 월급으로 아파트에 페인트칠을 다시 하고 새 가구도 살 수 있다. 벽에 붙여놨던 도감의 그림들은 모두 떼어냈다. 매일 아침 그녀는 근무복을 입고 연구소에 출근했다. 사무실 문을 열고, 서류를 작성하고, 여자들을 탈의실로 데려가고, 작업실 문을 열고, 물건들을 정리하고, 침대의 여자가 움직이지 않는지 지켜보고, 털을 모아 봉지에 넣어 단단히 묶고, 봉지를 정해진 곳에 보관하고, 여자들을 배웅하고, 침대의 여자에게 일당을 주고, 전등을 끄고, 문을 열쇠로 잠갔다. 집에 돌아오면 장 본 물건들을 정리하고, 요리를 하고, 텔레비전을 보면서 저녁을 먹고, 설거지를 하고, 양치하고, 이부자리를 정돈하고, 잠자리에 들었다. 가끔 용지가 떨어지면 문구점에 가서 사왔다. 침대의 여자가 움직이면 급여에서 일부를 제했다. 저녁에 당기던 음식을 먹지 못한 날은 평소보다 일찍 잠자리에 들기도 했다.

5

보조원은 접수처의 유리창을 통해 이미 저녁이 다 된 것을 알았다. 카운터 아래 있는 캐비닛을 열어 똑같은 봉지 세개 옆에 들고 온 봉지를 넣고 열쇠로 잠갔다. 다음 날 캐비닛을 열어보면 그 봉지들은 그곳에 없을 것이다. 그녀가 자리를 비우면 담당자가 그것들을 수거해 갈 테니까. 도시에서 조금이라도 부끄러운 일은 죄다 밤에 이루어진다. 옷을 갈아입은 여자들이 계단을 내려와 거리로 나서며 작별 인사를 했다. 침대의 여자만 위에 혼자 남아 준비를 마치고 보조원을 기다려야 했다. 다시 위로 올라가 문을 연 보조원은 침대의 여자가 여전히 발가벗고 있는 걸 보고 깜짝 놀랐다. 그녀는 침대에 웅크리고 앉아서 두 팔로 무릎을 감싸안은 채 그 사이에 얼굴을 파묻고 있었다. 등이 가볍게 떨렸다. 울고 있었던 것이다. 이런 일은 처음이어서, 보조원은 어떻게 해야 할지 난감했다. 일단 나갔다가 몇분 후에 다시 들어올까도 생각했지만, 이내 그녀는 수첩을 꺼내 큰 소리로 다시 계산을 한 다음 침대의 여자에게 돈과 함께 전표를 건네주었다. 그러자 침대의 여자가 처음으로 고개를 들고 보조원을 바라보았다. 보조원은 어떤 충동과 함께 위가 살짝 조여들고 폐가 기계적으로 공기를 들이마시는 사이 입술이 벌어지면서 침대의 여자에게 뭔가를 물어보려는 듯 혀가 입밖으로 나와 기다리고 있는 걸 느꼈다. 뭘 물어보려고? 그런 생각이 들자 입이 다물어졌다. 괜찮냐고? 뭐가 괜찮냐는 거지? 둘 사이의 거리가 적당히 가까운데다 지금 이 건물 안에는 두 사람 말고 아무도 없었지만, 보조원은 침대의 여자에게 어떤 질문도 할 생각이 없었다. 그저 머릿속에서 무언가가 느리게 움직일 뿐이었다. 먼저 입을 연 쪽은 침대의 여자였다.

"괜찮으세요?"

보조원은 기다렸다. 무슨 일이 일어났는지, 앞으로 무슨 일이 일어날지, 또 그녀가 자기에게 물어본 게 정확히 무엇인지 알고 싶었다. 목구멍에서 뭔가 치밀어 올라오는 것 같았다. 따끔한 통증과 함께, 소나무 탁자 위에 나란히 펼쳐놓았던 책 속 올링히리스 두마리의 모습이 떠올랐다. 그녀는 마치 또 한번의 기회라도 얻은 듯이 눈,

비늘, 지느러미, 색에서 다른 점을 필사적으로 찾기 시작
했다.

내 동생 왈테르

    내 남동생 왈테르는 우울증에 빠져 있다. 나는 매일 저녁 퇴근한 뒤에 아내와 함께 동생을 찾아간다. 우리는 먹을 것—동생은 프라이드치킨과 감자튀김을 무척 좋아한다—을 사가지고 9시쯤에 동생네 초인종을 누른다. 그러면 동생은 곧장 문 앞에 와서 묻는다. "누구시죠……?" 아내가 "우리예요!"라고 대답하면, 동생은 "아……" 하면서 우리를 들여보내준다.

    하루에도 여남은명이 왈테르에게 전화를 걸어 기분이 어떤지 물어본다. 왈테르는 마치 바윗덩어리라도 들어올리듯 힘겹게 수화기를 들고는 이렇게 입을 뗀다.

    "네?"

    그러면 사람들은 마치 내 동생이 우둔함을 먹고 사는

양 헛소리를 늘어놓는다. 내가 누구한테 온 전화인지, 그들이 무슨 말을 하는지 물어봐도 동생은 대답하지 못한다. 조금도 관심이 없기 때문이다. 너무나 우울한 나머지 나와 아내가 거기 있든 말든 신경조차 쓰지 않는다. 동생에게는 어차피 아무도 없는 것이나 마찬가지인 셈이다.

토요일에는 어머니와 클라리스 이모가 이따금씩 왈테르를 데리고 공회당에서 열리는 파티에 가기도 한다. 왈테르는 생일을 맞이한 사십대 여자들과 총각파티를 즐기러 온 남자들 그리고 신혼부부들 사이에 끼여 앉아 있는다. 단순하기 짝이 없는 일에서도 불가사의한 면을 찾아내는 클라리스 이모는 왈테르의 기분이 더 침울해질수록 주변 사람들은 더 행복해질 거라고 말한다. 정말 말도 안되는 소리다. 그렇지만 실제로 최근 몇달 사이 우리 가족의 사정은 나날이 나아지고 있다. 여동생은 마침내 갈도스와 결혼했고, 그 피로연 때 어머니는 왈테르와 같은 테이블에 앉아 샴페인을 마시며 눈물이 쏙 빠지도록 웃어젖히던 사람들 사이에서 키토 씨를 만나 지금 같이 살고 있다. 키토 씨는 암 투병 중이지만 활력이 넘치는 사람이다. 매사에 진취적일 뿐만 아니라 어머니한테 늘 자상하다. 클라리스 이모의 소꿉친구이기도 한 키토 씨는 시리얼 회사를 운영하고 있다. 갈도스와 여동생은 최근 도시에서 멀리 떨어진 곳에 농장을 구입했는데, 그 덕분에 우

리 식구는 주말마다 거기 모여 함께 시간을 보낸다. 아내
와 나는 토요일 아침 일찍 왈테르를 데리러 간다. 정오 무
렵이면 모두 농장에 모여 와인을 들고 바비큐가 익기를
기다리면서, 화창한 하늘 아래 맑은 공기를 마시며 엄청
난 행복을 누린다.

지금까지 주말에 모이지 못한 적이 딱 한번 있는데, 왈
테르가 독감에 걸려 차에 타지 않으려고 했기 때문이다.
나는 어쩔 수 없이 가족들에게 전화를 걸어 왈테르가 못
간다고 알렸다. 그러자 가족들은 서로서로 전화를 돌려
왈테르 없이 모여야 할지 말지 의논했다. 그리고 갈도스
가 바비큐를 굽기 시작할 무렵, 우리는 모두 가지 않기로
결정했다.

요즘 클라리스 이모는 농장의 관리인과 사귀고 있으니
왈테르만 빼고 가족 모두 짝을 이룬 셈이다. 농장의 바비
큐 그릴 옆에는 의자가 하나 있는데, 우리가 왈테르를 처
음 데려온 날 왈테르가 찜한 것이다. 동생은 그 의자에 한
번 앉으면 절대 일어나지 않는다. 그 의자가 언제나 그늘
에 있어서 좋아하는지도 모른다. 우리는 왈테르의 기운
을 북돋아주거나 말동무가 되어주려고 웬만하면 그애 주
변에 모여 있으려고 한다. 거기서는 늘 낙천적이고 가벼
운 이야기를 하려고 애를 쓴다. 놀라울 정도로 마음이 잘
맞는 내 여동생과 아내는 한주간의 새로운 소식들에 의

견을 곁들여 들려준다. 함께 모이다보면 언제나 축하할 일이 생기기 마련이다. 우리는 항암치료 결과가 고무적인 키토 씨를 위해, 농장의 수익이 나날이 늘어나는 갈도스를 위해, 또 늘 존경하고 사랑하는 어머니를 위해 잔을 든다. 하지만 시간이 흘러도 왈테르는 여전히 침울하기만 하다. 안 그래도 어두운 표정이 갈수록 슬퍼진다. 이를 보다 못한 갈도스가 유명한 시골 의사를 농장으로 데려온다. 의사는 왈테르를 보자마자 큰 관심을 보인다. 의자를 달라고 하더니 왈테르 앞에 앉는다. 그가 동생과 단둘이 있기를 원해서, 우리는 잠시 자리를 피해 테라스에 앉아 간식을 들고 조용히 이야기를 나누며 기다린다. 마침내 의사가 그늘에서 돌아온다. 어쩐지 자신에 차 있는 모습이다. 나는 그가 나이에 비해 훨씬 젊고 무척 건강해 보인다고 말한다. 그도 나에게 같은 말을 한다. 의사는 시간이 좀 필요하겠지만 왈테르가 결국에는 좋아질 거라고 자신 있게 말한다. 그래서 우리는 모두 그 의사에게 호감을 갖는다. 주중에 한명씩 전화로 그와 상담한 뒤에 그가 참 좋은 사람 같다고 다들 입을 모아 칭찬한다. 그리고 왈테르를 본격적으로 치료하기 위해 그를 더 자주 농장에 초대한다. 그는 치료비를 한푼도 받지 않는다. 그의 아내도 같이 농장으로 와서 내 여동생과 아내와 이야기를 나누고, 주중에 시내에서 만나 함께 영화나 연극을 보러 가기로 약속한다. 한편 시골 의사, 키토, 갈도스는 왈테르 주변에 둘러앉아 담배를 피우고 담소를 나누면서 이따금 왈테르의 기분을 조금이나마 북돋아주려고 실없는 농담을 던진다. 그러다 그들의 대화는 사업 구상 이야기로 장시간 이어져, 세 사람은 갈도스의 농장에서 원료를 공급해 키토 씨의 회사에서 새로운 시리얼 제품을 생산하기로 한다. 그후 몇주에 걸쳐 의사가 건강에 보다 좋은 시리얼 제조법을 성공리에 개발하여 본격적인 생산에 들어간다. 나도 그 프로젝트에 가담해서 이제는 거의 매일 농장으로 출근해야 한다. 그러던 중 아내가 아이를 가져서, 우리 부부는 왈테르와 함께 아예 농장으로 이사한다. 이처럼 모든 환경이 갑작스럽게 변했지만, 왈테르는 이에 대해 별다른 말을 하지 않는다. 동생이 함께 있으니 우리는 한결 마음이 놓인다. 동생이 자기 의자에 앉아 있는 것을 볼 수 있어서, 언제나 우리 곁에 있다는 것을 알 수 있어서 안심이 된다.

새로 나온 시리얼은 아주 잘 팔린다. 농장은 늘어난 직원과 도매업자 들로 북적인다. 다들 친절하다. 우리가 일을 처리하는 방식과 우리가 매기는 가격에 충분히 만족하는 듯 보인다. 그들은 우리의 프로젝트를 신뢰한다. 우리를 움직이는 원동력은 한주 내내 농장에서 뿜어져나오는 낙관적인 에너지다. 그러한 에너지는 주말에 가장 빛나는 순간을 맞이하는데, 점점 더 붐비는 갈도스의 바비큐 파티에서 고기가 노릇노릇하게 구워지는 동안, 우리는 손에 와인잔을 든 채 군침을 흘리며 기다린다. 우리는 모든 걸 잘해나가고 있다. 농장에 일하는 이들이 너무 많아, 이제 왈테르는 혼자 있는 시간이 거의 없다. 의사가 왈테르 앞 그늘에 놓아둔 의자를 서로 차지하려고 다툴 뿐만 아니라, 왈테르에게 기쁜 소식을 알려주고, 마음만 먹으면 누구든 얼마나 행복해질 수 있는지를 보여주고 싶어하며, 그의 기운을 북돋아주려 애쓰는 사람들이 늘 곁에 있어서 한결 마음이 놓인다.

사업은 날로 번창하고 있다. 키토의 암도 마침내 완치되고, 내 아들은 이제 두살이 되었다. 왈테르의 품에 안겨주면 아들 녀석은 살며시 미소를 짓다가 박수를 치며 말한다. "좋아, 너무 좋아!" 클라리스 이모는 농장 관리인과 함께 여행을 다닌다. 두달 동안 유럽 지중해 지역을 돌며 즐거운 시간을 보내고 돌아온 그들은 이제 막 멕시코 해안에서 돌아온 내 여동생과 갈도스와 한층 더 가까워진 듯하다. 그들 넷은 여행하면서 찍은 사진을 돌려보면서 함께 오후를 보낸다. 어떤 날 밤에는 한데 어울려 카지노에 가기도 하는데, 갈 때마다 많은 돈을 딴다. 우리가 하는 모든 일이 이런 식으로 풀린다. 그들은 지금까지 번 돈으로 시장市長의 조언을 받아 회사를 설립하고, 경쟁 시리

얼 업체도 사들인다. 새해를 맞이해 회사는 농장 주변의
거의 모든 주민—그들 대부분이 이 회사에서 일하고 있
기 때문이다—과 도매업자 그리고 친구와 이웃까지 전
부 초대한다. 바비큐 파티는 저녁에 열린다. 미리 모든 것
을 준비해두었기 때문에 손님들은 아무것도 가져올 필요
가 없다. 밴드가 1930년대에 유행하던 재즈를 라이브로
연주하면 앉아 있는 이들마저 어깨를 들썩이며 춤을 춘
다. 아이들은 뭐가 그리 재미있는지 까르르 웃으며 의자
와 테이블에 트리 장식줄을 감으면서 논다.

파티가 이어지는 동안 나는 틈틈이 왈테르를 한편으로
데리고 가거나 주변이 잠잠해질 때를 기다렸다가 무슨
일이 있는지 물어본다. 입을 굳게 다물고 있는 건 여느 때
와 다르지 않지만, 동생은 은연중에 내 눈을 피한다. 당장
답을 듣기는 힘들 것 같다. 12시 정각이 되면서 건배와 불
꽃놀이가 시작되었기 때문이다. 어두운 밤하늘이 대낮처
럼 밝아지자 사람들은 박수갈채를 보내는가 하면 더 쏘
라고 아우성을 친다. 그 순간, 자기 의자에 앉아 있는 왈
테르가, 아니 왈테르의 등이 눈에 들어온다. 장식줄을 질
질 끌며 왈테르의 앞을 지나쳐 쪼르르 달려가는 내 아이
의 모습도 보인다. 그러다 아이가 놓친 장식줄이 바닥에
떨어진다. 이를 알아차린 아이는 놓친 장식줄을 찾으러
되돌아간다. 바로 그때, 낯선 일이 일어난다. 왈테르가 몸

을 숙이더니 떨어진 장식줄을 집어든 것이다. 그런데 동생의 움직임이 너무나 이상하게 느껴져서, 나는 몸을 움직일 수도 말을 할 수도 없다. 왈테르가 장식줄을 물끄러미 바라본다. 지나칠 정도로 꼼꼼하게 뜯어보는 것 같다. 잠시 모든 것이 혼란스러워 보인다. 세상이 온통 잿빛이다. 온몸이 마비된 듯하다. 그 순간은 눈 깜짝할 사이에 지나간다. 아이가 곧바로 왈테르의 손에서 장식줄을 가져가 엄마에게 달려갔기 때문이다. 안도감이 들지만, 다리는 여전히 후들거린다. 우리가, 우리 모두가 어떤 이유로든 죽을 수 있다는 생각이 불현듯 떠오른다. 대체 왈테르에게 무슨 일이 일어나고 있는지, 또 그것이 얼마나 끔찍하고 무서울 수 있는지 생각하는 것을 멈출 수가 없다.

인어 남자

내가 부두에서 나를 바라보는 인어 남자를 발견한 건, 항구의 바에 앉아 다니엘을 기다리고 있을 때다. 인어는 해변에서 50미터 정도 떨어진, 부두의 첫번째 콘크리트 기둥 위에 앉아 있다. 그것을 알아보고 그것이 정확히 무엇인지 이해하기까지 시간이 좀 걸린다. 허리 위는 분명 사람인데, 그 아래로는 물고기의 모습이다. 인어는 잠시 한쪽 옆을 바라보고 이어서 차분하게 반대쪽을 바라보더니 마침내 다시 내 쪽으로 시선을 돌린다. 나는 일어서고 싶은 충동을 느낀다. 하지만 바의 주인이자 다니엘의 친구인 타노*가 스탠드 뒤에서 나를 지켜보고 있다는

* El Tano. 이탈리아계 사람이라는 뜻의 별명이다.

156

것을 안다. 나는 테이블 위에 있는 이런저런 물건을 뒤적거리며 계산서를 찾는 척한다. 타노가 내게 별일이 없는지 보러 다가와서는, 다니엘이 곧 올 테니 앉아서 기다리라고 한다. 전 괜찮으니까 신경 쓰지 마세요. 곧 돌아올게요. 나는 그렇게 말하고 테이블 위에 5페소를 올려놓은 다음 핸드백을 들고서 밖으로 나간다. 저 인어 남자를 만나 어떻게 하겠다는 계획도 없이, 무작정 바를 나서 그가 있는 곳으로 걸어가기 시작한다. 사람들이 흔히 상상하는 인어의 모습 — 아름다운 외모에 구릿빛 피부를 가진 여자 — 과는 반대로, 저 인어는 남자일 뿐만 아니라 피부가 무척이나 창백하다. 하지만 몸은 단단한 근육질이다. 그는 나를 보자 팔짱을 끼고 — 양손을 겨드랑이에 낀 채 엄지손가락을 치켜들고 있다 — 미소 짓는다. 인어치고는 태도가 지나치게 거만한 것 같다. 그와 이야기를 나누고 싶은 마음에 자신 있게 여기까지 걸어온 것이 후회된다. 바보가 된 기분이다. 하지만 걸음을 되돌리기에는 이미 늦었다. 그는 내가 가까이 다가올 때까지 기다리다가 말을 건다.

"안녕."

나는 멈춰선다.

"너처럼 귀여운 아가씨가 부두에서 혼자 뭘 하는 거지?"

"그러니까, 혹시……" 나는 무슨 말을 해야 할지 몰라 머뭇거린다. 그러다 핸드백이 어깨에서 흘러내리는 바람에 양손으로 끈을 붙잡는다. 핸드백이 내 무릎 앞에서 대롱거린다. "혹시 뭐 필요하신 게 있나 싶어서요. 그러니까 당신이……"

"말을 놓지 그래, 예쁜 아가씨." 그가 내게 손을 뻗으며 올라오라는 눈짓을 한다.

나는 그의 다리, 아니 콘크리트 기둥 위에 늘어진 반짝이는 꼬리를 본다. 그에게 핸드백을 건네준다. 그는 핸드백을 받아 옆에 놓는다. 나는 한 발을 기둥에 디디고 그가 다시 내미는 손을 잡는다. 그의 손은 얼음장처럼 차갑다. 냉동실에서 방금 꺼낸 생선을 만지는 느낌이다. 하지만 해는 머리 꼭대기에서 쨍하게 내리쬐고, 하늘은 눈이 시리게 새파랗고, 바람에선 상큼한 향기가 난다. 옆에 자리를 잡고 앉자 그의 몸에서 뿜어져나오는 시원한 기운이 생명의 기쁨으로 나를 가득 채우는 것만 같다. 갑자기 부끄러워져서 그의 손을 놓는다. 손을 어디에 두어야 할지 모르겠다. 그저 멋쩍게 웃고 만다. 그는 머리카락을 매만지며—미국 남자처럼 긴 앞머리를 뒤로 넘긴다—담배 가진 게 있는지 묻는다. 나는 담배를 피우지 않는다고 대답한다. 온몸에 털 한올 나지 않은 그의 피부는 비단결처럼 부드럽고, 거의 보이지 않을 정도로 미세한 하얀 가루로 뒤덮여 있다. 어쩌면 바닷물이 증발하면서 남은 소금 결정인지도 모른다. 내가 자기 몸을 보고 있다는 것을 알아차리자 그가 팔에 붙은 하얀 가루를 살짝 털어낸다. 복근이 아주 선명하다. 여태껏 그런 배는 본 적이 없다.

"한번 만져볼래?" 그가 자기 배를 쓰다듬으면서 말한다. "시내에는 이런 배를 가진 남자 없지?"

내가 수줍게 손을 내밀자, 그는 내 손을 낚아채 자기 배에 갖다댄다. 배도 얼음장처럼 차갑다. 잠시 그렇게 내 손을 잡고 있다가 그가 말한다.

"네 이야기 좀 해봐." 그러고는 내 손을 살짝 놓는다. "어떻게 살고 있지?"

"엄마가 많이 편찮으셔. 의사들이 그러는데, 오래 못 버티실 것 같대."

우리는 함께 바다를 바라본다.

"저런, 안됐구나……" 그가 말한다.

"하지만 문제는 그게 아니야." 내가 말한다. "정말 걱정스러운 건 다니엘 오빠지. 꼴이 말이 아니라니까. 속수무책이야."

"어머니의 상태를 받아들이지 못하는 거구나."

나는 고개를 끄덕인다.

"너하고 오빠, 둘뿐이니?"

"응."

"그러면 적어도 무슨 일이든 둘이서 나눌 수 있잖아. 나는 외아들인데, 어머니가 굉장히 강압적이라서 힘들어."

"둘이긴 해도 사실상 오빠가 거의 모든 일을 다 하는 셈이야. 나는 요양이 필요하거든. 격한 감정을 견디지 못해. 여기, 마음에 문제가 있어서. 아무래도 심장 때문에 그런 것 같아. 그래서 나는 세상과 거리를 두고 살고 있어. 내 건강을 위해서……"

"지금 다니엘은 어디 있지?"

"오빠는 항상 늦어. 온종일 여기저기 쫓아다니느라 바빠. 내가 보기에는 시간 관리가 전혀 안되는 것 같아."

"네 오빠 별자리가 뭐지? 혹시 물고기자리니?"

"아니, 황소자리야."

"아이고! 힘든 별자리네."

"나 박하사탕 있는데 먹을래?" 내가 묻는다.

그는 먹겠다고 대답하고 자기 옆에 있던 핸드백을 내게 건네준다.

"다니엘은 하루 종일 돈 생각밖에 안해. 여기서 돈을 빌려 저길 메꾸고, 또 저기서 돈을 구해 여길 메꾸고…… 그리고 맨날 내가 뭘 하는지, 어디에 가는지, 누구랑 있는지 알고 싶어한다니까."

"오빠는 어머니랑 같이 사니?"

"아냐. 엄마는 나랑 비슷해. 우린 독립심이 아주 강해서 자기만의 공간이 필요하다고. 그런데 오빠는 내가 혼자 나가서 사는 걸 위험하다고 생각해. 그래서 나만 보면 맨날 잔소리를 한다니까. '너 같은 여자애가 혼자 사는 게 얼마나 위험한지 알아?' 심지어 어떤 여자한테 돈을 주고 하루 종일 내 뒤를 따라다니게 하려고 했다니까. 물론 내가 죽어도 안된다고 했지."

나는 그에게 사탕을 건네고 나도 한알 먹는다.

"넌 이 근처에 사니?"

"오빠가 여기서 몇 블록 떨어진 곳에 작은 셋집을 구해줬어. 이 동네가 훨씬 더 안전하다고 생각하나봐. 여기서 친구들도 사귀고, 이웃들이나 타노하고도 스스럼없이 이야기를 나누더라고. 아무튼 모든 걸 다 알고 자기 마음대로 해야 직성이 풀리는 성격이야. 정말이지 같이 있으면 숨이 막힐 정도라니까."

"우리 아버지도 그랬는데."

"그래, 하지만 다니엘은 내 아빠가 아니잖아. 아빠는 이미 돌아가셨는데, 내가 왜 아빠처럼 구는 오빠를 참고 견뎌야 하지?"

"음, 너를 잘 보살피려고 그러는 걸 수도 있지."

쓴웃음이 나온다. 아닌 게 아니라, 그 한마디에 기분이 거의 곤두박질친다. 그도 내 기분을 눈치챈 것 같다.

"아냐, 그런 게 아니야. 나를 보살피는 문제가 아니라고. 네가 생각하는 것보다 훨씬 더 복잡해."

그는 나를 바라본다. 하늘빛을 띤 그의 눈동자는 유난히 맑다.

"말해줘."

"싫어. 들을 가치도 없고. 그나저나 날씨가 정말 좋다, 그치?"

"제발 부탁이야."

그는 두 손을 꼭 맞잡고 우스꽝스러운 표정을 지으며 애원하듯 말한다. 금세 울음을 터뜨릴 것 같은 천사의 얼굴을 하고서. 그가 말을 할 때 이따금씩 은빛 꼬리지느러미가 살랑이면서 내 발목을 스친다. 조금 가칠하지만 아프지는 않다. 오히려 좋은 느낌이다. 내가 아무 말도 하지 않자 꼬리지느러미가 점점 가까이 다가온다.

"말해줘……"

"그러니까 엄마는…… 단순히 몸만 편찮으신 게 아니야. 솔직히 말해서, 불쌍한 우리 엄마는 완전히 미쳤어……"

나는 한숨을 내쉬고 하늘을 올려다본다. 완전히 쪽빛으로 물든 하늘이다. 잠시 후, 우리는 서로 얼굴을 마주본다. 나는 처음으로 그의 입술을 본다. 저 입술도 차가울까? 그가 내 손을 잡더니 거기에 입을 맞추고 말한다.

"우리 밖에서 만날 수 있을까? 조만간 너하고 나 단둘이서…… 함께 저녁을 먹거나 영화를 보러 갈 수도 있을 거야. 참, 나는 영화를 정말 좋아하거든."

나는 그에게 키스를 한다. 마치 한여름에 차디찬 음료수를 벌컥벌컥 들이켤 때처럼, 그의 차가운 입술이 내 몸의 세포를 모두 깨우는 듯한 느낌이 든다. 실제로 그것은 단순한 감각이 아니라, 일종의 계시와도 같은 경험이다. 그 이후로 세상 모든 것이 이전과 다르게 느껴지기 때문이다. 나는 그를 사랑한다고 말할 수 없다. 아직은 아니다. 시간이 좀더 지나고, 단계를 하나하나 밟아나가야 한다. 우선 그가 영화관에 가고, 그다음에는 내가 저 깊은 바닷속으로 내려갈 것이다. 하지만 이미 결정되었기 때문에 이젠 돌이킬 수 없다. 평생 한 사람만을 사랑하며 살겠다고 다짐했던 나는 마침내 이 바닷가 부두에서 운명의 짝을 찾은 것이다. 이제 그는 스스럼없이 내 손을 잡고서 투명하리만큼 맑은 눈동자로 나를 바라보며 말한다.

"더이상 괴로워하지 마, 귀여운 아가씨. 이제 아무도 너에게 상처 주지 못할 테니까."

저 멀리 거리에서 자동차 경적 소리가 들린다. 나는 그 소리를 금방 알아듣는다. 다니엘의 차다. 나는 나의 인어 남자 어깨 너머로 고개를 내밀어 그쪽을 살핀다. 다니엘이 황급히 차에서 내리더니 곧장 바로 간다. 나를 본 것 같지는 않다.

"금방 돌아올게." 내가 말한다.

그는 나를 부드럽게 안고서 다시 내게 입을 맞춘다. "기다릴게." 그러고는 내가 더 편하게 내려갈 수 있도록 자기 팔을 밧줄처럼 내주고 핸드백을 건네준다.

나는 바까지 뛰어간다. 다니엘은 타노와 이야기를 나누다가 나를 본다.

"여태 어디 있다 온 거야? 너희 집에서 만나기로 했잖아, 바가 아니라."

그건 사실이 아니지만, 나는 아무 대꾸도 하지 않는다. 지금 그런 건 중요하지 않다.

"오빠한테 할 얘기가 있어." 내가 말한다.

"그럼 차로 가자. 차에서 얘기해."

오빠가 살며시 내 팔을 잡는데도, 아버지처럼 구는 태도에 나는 짜증이 난다. 우리는 밖으로 나간다. 오빠의 차는 바에서 몇미터 떨어진 곳에 있다. 하지만 나는 갑자기 걸음을 멈춘다.

"이거 봐."

오빠는 내 팔을 놓고 계속 차로 걸어가 문을 연다.

"자, 가자. 너무 늦었어. 의사가 우리를 죽이려 들 거야."

"다니엘, 나 아무 데도 안 가."

다니엘이 우뚝 멈춘다.

"여기서 살 거야. 인어 남자랑 같이."

오빠는 잠시 멍하니 나를 바라본다. 나는 바다 쪽으로 몸을 돌린다. 아름답고 온몸이 은빛으로 반짝이는 그가 부두에서 손을 흔들며 우리에게 인사한다. 그런데도 오빠는 아무 말 없이 차에 타더니 조수석 문을 열어준다. 그 순간 내 머릿속이 새하얘지고, 머릿속이 새하얘지는 순간 이 세상은 나 같은 사람이 살기에 너무 끔찍한 곳이라는 생각이 들면서 서글퍼진다. 그래서 나는 차에 타 마음을 진정하려 애쓰며 속으로 중얼거린다. 그냥 인어일 뿐이야. 그냥 인어일 뿐이야. 내일도 저 자리에 있을 거야. 나를 기다리면서.

역병의 대유행

히스몬디는 여느 때처럼 아이들과 강아지들이 자기를 맞으러 뛰어나오지 않자 이상한 느낌이 들었다. 그는 다음 날 다시 자기를 태우러 올 자동차가 멀어져가는 벌판을 불안한 눈으로 바라보았다. 그는 오랜 세월 동안 국경지대의 가난한 마을을 일일이 찾아다니며 인구조사를 실시하고 그 보답으로 식량을 나눠주는 일을 해왔다. 그런데 계곡 깊숙이 자리한 이 작은 마을 입구에 서자, 히스몬디는 처음으로 완전한 적막을 느꼈다. 집들도 몇채 없었다. 사람들이라봐야 서너명 정도가 꼼짝도 않고 있었고, 개들은 땅바닥에 늘어져 있었다. 그는 한낮의 태양이 내리쬐는 가운데 마을 안으로 걸어들어갔다. 어깨에 걸친 커다란 가방 두개가 자꾸 흘러내리면서 팔이 쏠리는 바

람에 수시로 걸음을 멈출 수밖에 없었다. 개 한마리가 자리에서 일어나지도 않은 채 고개만 살짝 들고 신기한 듯 그를 쳐다보았다. 진흙과 벽돌 그리고 함석판을 기이하게 뒤섞어 지은 건물들이 길 양편에 뒤죽박죽으로 들어서 있었다. 텅 빈 거리는 마을 중심으로 이어졌다. 얼핏 아무도 살지 않는 듯 보였지만, 창문과 문 뒤에 마을 사람들이 있다는 것을 직감할 수 있었다. 그들은 움직이지도, 그렇다고 밖을 엿보지도 않았다. 그저 거기에 꼼짝 않고 있을 뿐이었다. 문 옆에 앉아 있는 한 사람, 기둥에 기대서 있는 남자아이의 등, 집 문밖으로 살짝 삐져나온 개의 꼬리가 보였다. 한낮의 열기에 현기증이 인 히스몬디는 가방을 바닥에 내려놓고 손으로 이마의 땀을 닦았다. 서서 건물들을 살펴보았지만 이야기할 사람이 아무도 없었다. 하는 수 없이 대문이 없는 집을 골라 양해를 구하며 안을 살짝 들여다보았다. 집 안에서는 한 남자 노인이 함석지붕에 난 구멍으로 하늘을 올려다보고 있었다.

"실례합니다." 히스몬디가 인사를 건넸다.

전실의 맞은편에는 두 여자가 식탁에 마주 보고 앉아 있고, 그 뒤로 두 남자아이와 강아지 한마리가 낡은 간이 침대에서 서로 몸을 기댄 채 꾸벅꾸벅 졸고 있었다.

"실례합니다······" 그는 재차 인사했다.

하지만 노인은 여전히 움직이지 않았다. 눈이 어둠에

익을 무렵, 히스몬디는 두 여자 중 젊은 쪽이 자기를 쳐다 보고 있다는 것을 알아차렸다.

"안녕하세요." 그는 다시 기운을 차리고 말했다. "저는 정부기관에서 일하고 있는데요…… 어느 분하고 말씀을 나누면 될까요?" 그러면서 몸을 약간 앞으로 숙였다.

여자는 아무 대답도 하지 않았다. 아예 무관심한 표정 이었다. 히스몬디는 갑자기 현기증이 나서 문짝 없이 뻥 뚫려 있는 문틀에 몸을 기댔다.

"혹시 아시는 분이 있을까요…… 이 동네 대표라든지. 어떤 분하고 이야기를 나누면 될지요?"

"이야기를 나눈다고요?" 여자가 메마르고 피곤한 목소 리로 말했다.

히스몬디는 아무 대답도 하지 않았다. 그 여자가 실제 로 한마디도 하지 않았는데 자신이 더위를 먹어 환청을 들었을지도 모른다는 생각에 두려웠다. 여자는 흥미를 잃었는지 더이상 그를 쳐다보지도 않았다. 히스몬디는 이 마을의 인구를 대충 어림잡아서 재량껏 기록할 수도 있지 않을까 생각했다. 이런 곳이라면 누구도 굳이 찾아 와서 기록을 검증하지 않을 테니 말이다. 하지만 어쨌든 간에 그를 태워 갈 자동차는 다음 날까지 돌아오지 않을 터였다. 그래서 그는 아이들에게 다가갔다. 아이들이라면 뭐라도 대답해줄 것 같았다. 한 아이의 다리에 주둥이를 엎고 있는 개는 꿈쩍도 하지 않았다. 히스몬디는 아이들에게 인사를 건넸다. 그러자 한 아이만 천천히 입술을 달싹거리면서 입가에 희미한 미소를 지었다. 그 아이의 발, 맨발이지만 마치 한번도 땅을 밟지 않은 것처럼 깨끗한 발이 간이침대 끝에서 대롱거렸다. 히스몬디는 웅크리고 앉아 손으로 아이의 발을 가볍게 어루만졌다. 왜 그랬는지 모르겠지만, 아마 그 아이가 움직일 수 있는지, 살아 있는지 확인하고 싶었던 것 같다. 아이는 겁에 질린 얼굴로 그를 쳐다보았다. 히스몬디는 자리에서 일어섰다. 히스몬디 또한 방 한가운데 선 채 겁먹은 표정으로 아이를 바라보았다. 하지만 그가 두려워한 것은 아이의 얼굴도, 정적이나 무기력한 분위기도 아니었다. 선반과 텅 빈 조리대 위에 하얗게 앉은 가루가 눈에 들어왔다. 그는 눈에 띄는 유일한 저장용기로 다가가 그것을 거꾸로 들고 내용물을 탁자 위에 쏟아부었다. 그러고는 그 자리에 잠시 멍하니 서 있었다. 잠시 후, 그는 자기 눈앞에 있는 것이 뭔지 여전히 모르는 채, 쏟아부은 가루를 손가락으로 쓸어보았다. 서랍과 선반을 뒤져 나온 깡통, 상자, 병을 죄다 열어 내용물을 확인했다. 아무것도 없었다. 먹을 것은커녕 마실 것도 없었다. 당장은 아무 쓸모도 없는 조리도구들뿐이었다. 항아리에는 한때 무언가가 담겨 있던 자국만 남아 있었다. 그는 아이들을 쳐다보지도 않은 채 혼잣말하듯 배고프지 않은지 물었다. 아무도 대답하지 않았다.

"목마르니?" 전율이 일면서 그의 목소리가 떨렸다.

아이들은 그의 말을 듣고 있지만 무슨 말인지 전혀 이해하지 못하는 것 같았다. 히스몬디는 그 방을 나와 거리로 뛰쳐나갔다. 길거리에 놓아둔 가방을 짊어지고 다시 방으로 돌아왔다. 그는 가쁜 숨을 몰아쉬며 아이들 앞으로 가서 섰다. 그러고는 가방에 들어 있던 물건을 탁자 위에 모조리 쏟아부었다. 손에 잡히는 대로 아무 봉지나 집어 이로 뜯은 다음 손바닥 위에 설탕을 한움큼 부었다. 아이들은 바로 옆에 웅크리고 앉아 손에 든 무언가를 자기들에게 나눠주려는 그를 멀뚱히 지켜보았다. 하지만 아무도 자리에서 움직이지 않았다. 바로 그 순간, 히스몬디는 누군가의 존재를, 아니 계곡 마을에 들어선 이후 처음으로 산들바람 같은 어떤 움직임을 느꼈다. 그는 자리에서 일어나 주변을 둘러보았다. 그 바람에 설탕 가루가 조금 바닥으로 떨어져내렸다. 아까 그 여자가 일어나 문턱에서 그를 지켜보고 있었다. 하지만 지금까지와는 전혀 다른 눈빛으로, 어떤 장면이나 풍경이 아니라 그를 똑바로 쳐다보고 있었다.

"원하는 게 뭐죠?" 여자가 물었다.

아까와 마찬가지로 나른한 목소리였지만 놀라울 정도

로 강한 권위가 담겨 있었다. 한 아이가 침대에서 일어나 히스몬디의 손바닥에 있는 설탕을 들여다보았다. 여자는 탁자 위에 마구 흩어져 있는 꾸러미들을 보더니 화가 난 듯 그를 향해 휙 돌아섰다. 개가 자리에서 일어나 불안한 듯 탁자 주위를 맴돌았다. 바깥에 남자들과 여자들이 모여들어 문과 창문으로 안을 들여다보기 시작했다. 사람들의 머리가 점점 더 늘어나면서 소란이 일었다. 동네 개들도 하나둘씩 몰려들고 있었다. 히스몬디는 손바닥에 있는 설탕을 내려다보았다. 이번에는, 마침내, 거기 모인 모든 이들이 히스몬디 한 사람에게 집중하고 있었다. 그는 간신히 아이에게로 시선을 돌렸다. 자그마한 손, 설탕을 쓸어보는 축축한 손가락, 매료된 눈빛, 달콤한 맛을 떠올리는 듯 오물거리는 입술. 아이가 손가락을 입에 갖다 대는 순간, 거기 모인 모든 이들이 그대로 얼어붙었다. 히스몬디는 재빨리 손을 숨겼다. 자기를 쳐다보는 사람들의 얼굴을 그는 처음엔 도저히 이해할 수 없었다. 그때 배속 깊은 곳에서 찌르는 듯한 통증이 느껴졌다. 그는 무릎을 꿇고 쓰러졌다. 그 바람에 손에 쥐고 있던 설탕이 쏟아지면서, 굶주림의 기억이 창궐하는 역병과 더불어 계곡 전체로 퍼져나갔다.

아스팔트에 머리 찧기

　어떤 사람의 머리를 아스팔트에 세게 찧으면 ─ 그가
제정신을 차리도록 그렇게 한다고 할지라도 ─ 결국에는
큰 부상을 입힐 가능성이 높다. 이는 어린 시절 내가 프레
도의 머리를 학교 운동장 아스팔트 바닥에 찧은 날 어머
니가 해준 말이다. 하지만 어린 시절 내가 폭력적이지 않
았다는 점을 여기서 분명하게 밝히고 싶다. 나는 필요한
말 외에는 거의 하지 않았기 때문에, 친한 친구도 없었지
만 서로 으르렁거리는 적도 없었다. 내가 쉬는 시간에 한
유일한 일은 시끄러운 운동장을 피해 교실에 혼자 남아
다음 수업이 시작되기를 기다리는 것이었다. 기다리면서
그림을 그렸다. 그림을 그리면 시간도 빨리 가지만, 무엇
보다 세상으로부터 거리를 둘 수 있었다. 나는 특히 닫힌

상자와 퍼즐 조각처럼 맞출 수 있는 물고기를 주로 그렸다. 프레도는 학교 축구팀 주장이었는데, 우리 학년에서는 모든 일이 그 아이가 바라는 대로 이루어졌다. 가령 세실리아의 삼촌이 돌아가셨을 때도, 프레도는 세실리아를 불러 자기가 그애 삼촌을 죽였다고 믿게 만들었다.

어느날, 평소처럼 쉬는 시간에 그림을 그리고 있는데 프레도가 들어와 내 그림을 낚아채 달아나버렸다. 그 그림은 두마리의 퍼즐 조각 물고기로, 상자마다 한마리씩 들어 있고 그 두 상자는 또다른 상자 속에 들어 있었다. 상자 속의 상자라는 아이디어는 엄마가 좋아하던 어떤 화가로부터 얻은 것이다. 그 그림을 본 선생님들은 모두 기뻐했고 "훌륭한 시적 장치"라며 칭찬을 아끼지 않았다. 운동장에서 프레도는 그 그림을 반으로 찢고, 또 반으로 찢고, 또 반으로 찢었다. 프레도와 어울리는 무리가 녀석을 둘러싼 채 환호하고 있었다. 더이상 찢을 수 없을 정도로 잘게 찢은 조각들을 녀석은 전부 허공으로 던져버렸다. 내가 가장 먼저 느낀 감정은 슬픔이었다. 그냥 하는 말이 아니다. 나는 언제나 어떤 일이 일어나는 바로 그 순간에 어떤 느낌이 드는지 생각한다. 내가 다른 아이들에 비해 더 느리고 산만해진 것도 바로 그 때문인지 모른다. 나는 프레도에게 달려들어 바닥에 쓰러뜨리고 녀석의 머리카락을 움켜잡았다. 그러곤 프레도의 머리를 바닥에 내리쬧기 시작했다. 그걸 본 여자 선생님이 비명을 지르자, 다른 반 남자 선생님이 달려나와 간신히 우리 둘을 떼어놓았다. 이 이야기에서 프레도와 관련된 다른 일은 일어나지 않았다. 굳이 이 이야기를 꺼낸 것은 그 사건이 모든 일의 시작이었던 것 같기 때문이다. 엄마도 무언가 알아내고 싶은 게 있을 때면 "처음부터, 제발 처음부터 시작해!"라고 입버릇처럼 말했으니까.

고등학교 때 또다른 '일화'가 생겼다. 나는 계속 그림을 그렸지만, 다행히 아무도 내 그림을 건드리지 않았다. 내가 선과 악 같은 것을 굳게 믿으며, 또 사람들이 보통 쉽게 빠져드는 악과 관련된 모든 것으로 인해 고통 받고 있다는 사실을 다들 알고 있었기 때문이다. 프레도와 싸운 일 덕분에 반 아이들은 나를 우러러봤을 뿐 아니라, 더이상 시비를 걸어오지도 않았다. 그런데 바로 그해에 우리 반으로 전학 온 남자애가 있었다. 자기가 굉장히 똑똑한 줄 알던 그애는 세실리아가 몸이 불편하다는 것을 대번에 알아봤다. 녀석은 쉬는 시간에 몰래 교실에 들어와 세실리아의 필통에 빨간 물감을 잔뜩 짜놓고 달아났다. 나는 책상에 앉아 그림을 그리는 척하면서 녀석이 하는 짓을 모두 지켜봤다. 그다음 수업 시간에 세실리아는 필통을 뒤적거리며 무언가를 찾다가 결국 손가락과 옷에 빨간 얼룩을 묻히고 말았다. 그러자 그 녀석은 세실리아가 창녀라고, 세실리아의 엄마와 이 세상 모든 여자들—물론 거기에는 우리 엄마 역시 포함되었다—처럼 창녀라고 소리를 지르기 시작했다. 나는 세실리아를 좋아하지 않았지만, 그렇다고 그냥 보고 있을 수만은 없었다. 녀석의 머리채를 잡고 피가 철철 날 때까지 바닥에 내리찧었다. 선생님은 우리 둘을 떼어놓기 위해 도움을 요청했다. 더이상 엉키지 못하도록 사람들이 나와 녀석을 붙들고 있는 동안, 나는 녀석에게 이제 골이 좀 비었는지 물었다. 내 생각에는 최고로 절묘한 표현이었는데, 그 말에 웃은 사람은 나뿐이었다. 학교는 내 생활기록부에 징계 사항을 빼곡히 적었고, 결국 이틀간 정학 처분을 내렸다. 그 일로 엄마는 내게 불같이 화를 냈지만, 나는 우연히 엄마가 전화로 이렇게 말하는 걸 들었다. "우리 애가 원래 불의를 보면 못 참는 성격이에요. 그저 가엾은 그 여자애를 지켜주려던 것뿐이라고요."

그때부터 세실리아는 내 친구가 되려고 온갖 노력을 다했다. 언제나 내 곁에 딱 붙어 앉아 나를 빤히 쳐다보고 있어서 정말 짜증스러웠다. 우정과 사랑에 관해 편지를 써서 내 물건들 사이에 숨겨놓기도 했다. 나는 계속 그림을 그렸다. 엄마는 학교에서 금요일마다 열리는 소묘 및 회화 수업에 나를 등록시켜주었다. 담당 선생님은 우리에게 내가 평소에 사용하는 것보다 훨씬 큰 A3 도화지 그리고 물감과 붓을 사오라고 했다. 그리고 학생들에게 내 그림을 보여주면서 내가 왜 "그토록 창의적"인지, 어떻게 창의적인 세계를 만들어냈는지, "붓질을 할 때마다 무엇을 전하려고" 하는지를 설명했다. 그 수업에서 나는 퍼즐 조각들의 가장자리를 3D로 만드는 법을 배우고, "사실주의에 반해 추상적인 느낌을 주는" 스푸마토 기법*으로 배경을 처리하는 법을 배우고, 특출한 작품을 잘 보존하고 "색의 강렬함"을 잃지 않도록 보존제를 뿌리는 법도 배웠다.

그 당시 내게 가장 중요한 것은 그림을 그리는 일이었다. 물론 그림 그리는 일 외에 텔레비전 보기나 아무 일도 하지 않고 빈둥거리기나 잠자기 같은 일도 좋아했다. 그렇지만 그림 그리는 게 가장 좋았다. 3학년 때 학교에서 미술대회가 열렸다. 수상작은 학교 현관홀에 전시하기로 되어 있었다. 심사위원은 미술 선생님, 교장 선생님, 교장 선생님의 비서였다. 세 심사위원은 "만장일치로" 내 작품을 "대상작"으로 선정하고 현관홀에 걸어두었다. 그 무렵 세실리아는 내가 "오래전부터" 자기를 사랑해왔다고 말하고 다녔다. 내가 그 무렵 퍼즐 조각들 사이에 그리기 시

---

* 회화에서 색과 색 사이의 경계를 명확하게 구분하지 않고 부드럽게 처리하는 기법으로, 레오나르도 다빈치가 처음 사용한 것으로 알려졌다.

작한 빨간 물고기와 파란 물고기도 "우리 관계를 낭만적으로 추상화한 이미지"라는 것이었다. 그뿐 아니라 한 물고기의 퍼즐 조각이 다른 조각과 꼭 맞물리는 것도 "너무 잘 어울리는" 우리 관계를 나타낸다고 했다. 그러던 어느 날 쉬는 시간에 나는 현관홀에 걸린 내 수상작에 낙서가 되어 있는 것을 발견했다. 누군가가 각 물고기에 나와 세실리아의 이름을 써놓은 것이다. 게다가 교실 칠판에는 우리 이름과 함께 화살이 꽂힌 커다란 하트가 그려져 있었다. 내 그림에 해놓은 낙서와 필체가 동일했다. 모든 아이들이 그 낙서를 보았고, 자기들끼리 쳐다보며 기분 나쁜 웃음을 흘렸다. 세실리아는 얼굴을 붉히며 미소 지었다. 그 순간, 나는 또다시 억누를 수 없는 욕구를 느꼈다. 그런데 아직 무슨 일이 일어나기도 전에, 그 아이의 머리가 바닥에 부딪치는 장면, 울퉁불퉁한 바닥에 머리의 살갗이 부딪치고 또 부딪치다 결국 머리가 깨지면서 뿜어져나온 피로 머리카락이 엉겨붙는 장면이 눈앞에 떠올랐다. 이어 내 몸이 세실리아를 향해 난폭하게 달려들다가 어째서인지 이내 흥분을 억누르고 멈추는 것이 느껴졌다. 그것은 일종의 "깨달음"이었다 — 이런 일을 잘 아는 사람들이 나중에 내게 설명하기로는 그렇다. 아무튼 그 '깨달음'은 직전에 내가 떠올린 장면이 현실화되는 것을 막았을 뿐 아니라, 이후 놀라운 결과로 이어지게 될 엄청난 자극을 주었다. 나는 곧장 미술실로 뛰어가 — 몇몇 아이들이 나를 쫓아왔고 그중에는 세실리아도 있었다 — 사물함에서 종이와 물감을 꺼내 그림을 그리기 시작했다. 방금 떠오른 장면을 전부 그렸다. 세실리아의 한쪽 눈에 비친 공포를 극도로 확대한 모습, 여드름으로 가득하고 땀으로 번들거리는 이마를 오려낸 모습, 그 아래로 보이는 울퉁불퉁한 바닥, 프레임에는 거의 보이지 않지만 세실리아의 머리카락에 뒤엉켜 있는 나의 억센 손끝, 그리고 순수한 빨강, 모든 것을 붉게 물들이는 빨강.

학교에서 뭘 배웠는지 내게 묻는다면, 나는 그림 그리는 법을 배웠다고밖에 대답할 수 없다. 그밖에 다른 지식들은 한 귀로 듣고 한 귀로 흘려서 지금은 아무것도 남아 있지 않다. 고등학교를 졸업한 뒤로는 학업을 관두었다. 나는 머리를 바닥에 찧는 그림을 그려 많은 돈을 번다. 그 돈으로 시내 한복판의 로프트*에 살고 있다. 위층에는 방과 화장실이, 아래층에는 주방이 있고, 나머지 공간은 모두 작업실 혹은 — 아니발이 즐겨 사용하는 표현을 빌리자면 — '아틀리에'다. 어떤 이들은 나를 찾아와 자기 머리를 그려달라고 한다. 그들 대부분이 커다란 정사각 캔

* 하나의 공간을 두 층으로 나누어 사용하는 주택 양식.

버스를 원하기 때문에, 나는 최대 가로세로 2미터짜리 그림을 그려준다. 다들 돈은 내가 달라는 대로 준다. 나중에 드넓고 텅 빈 그들의 거실 벽에 걸린 내 그림을 보면 그들이야말로 내 손에 의해 자기 머리가 바닥에 세게 부딪치는 그림을 볼 자격이 있다는 생각이 든다. 그들은 그림 앞에 서서 만족스러운 표정을 짓는다. 지금 내가 어떤 종류의 그림에 대해 말하는 건지 알려면 우선 그 그림을 봐야 한다. 정말이지, 최고의 그림들이다.

나는 여자친구를 사귀고 싶은 마음이 없다. 가끔 여자와 데이트를 했지만 잘된 적이 한번도 없었다. 몇번 만나다보면 여자들은 더 오래 같이 있어달라거나 내가 하고 싶지 않은 말을 해달라고 졸라대기 일쑤다. 한번은 내가 느낀 대로 말했다가 본전도 못 찾았다. 또 내가 아무 말도 안했더니 길길이 미쳐 날뛰던 여자도 있었다. 아마 내가 자기를 전혀 사랑하지 않는다고, 또 앞으로도 사랑하지 않을 거라고 생각했던 모양이다. 그녀는 내 손에 제 머리채를 쥐여주고는 스스로 벽에 머리를 찧기 시작했다. 그런 관계는 아무래도 건강하지 않은 것 같다. 나의 대리인이자 내가 그린 그림을 갤러리에 전시하고 각 작품의 가격을 결정하는 아니발에 따르면, 여자 문제는 우리와 전혀 어울리지 않는다. 또한 남성적 에너지는 분산되지 않으며 "단일 주제적"인 것이기 때문에 더 우월하다. '단일

주제적'이란 오로지 한가지만 생각한다는 뜻이다. 하지만 아니발은 그 한가지 생각이 뭔지는 절대 말하지 않는다. 그는 여자들이 처음——"여자들이 정말로 괜찮을 때"——과 마지막에만 괜찮다고 한다. 자기 아버지가 어머니의 품에 안겨 돌아가시는 모습을 봤는데, 그게 가장 이상적인 죽음의 방식이라고 생각한단다. 하지만 그 사이에 있는 모든 것은 말 그대로 "지옥"이다. 그는 내가 할 줄 아는 것에 집중해야 한다고 말한다. 입 닥치고 오로지 그림만 그리라는 것이다. 아니발은 대머리에 뚱뚱하고, 무슨 일에 관해서든 쉴 새 없이 떠들어대며, 십초마다 한번씩 코를 킁킁거린다. 아니발도 전에는 그림을 그리는 화가였다. 하지만 그에 관한 이야기는 일절 하지 않는다. 내가 집 안에만 틀어박혀 지내고 그가 우리 엄마한테도 나를 방해하지 말라고 당부한 이후로, 아니발은 언제나 정오쯤 먹을 것을 가지고 와서 내가 하고 있는 작업을 훑어본다. 그는 청바지 앞주머니에 엄지손가락을 찌른 채 그림 앞에 서서 늘 같은 말만 한다. "빨간색을 조금 더 써봐. 빨간색이 부족한 것 같아" 혹은 "더 크게 그려. 길 건너편에서도 보여야 하니까". 집을 나서기 전에 이 말을 하는 것도 잊지 않는다. "자네는 엄청난 천재라고. 엄-청-난-천-재." 피곤하거나 울적해서 컨디션이 좋지 않을 때면 나는 화장실 거울에 비친 내 모습을 바라보면서 청바지

앞주머니에 엄지손가락을 찌른 채 중얼거리곤 한다. "넌 엄청난 천재야. 엄-청-난-천-재." 그러고 나면 가끔 기운이 날 때도 있다.

지금부터가 이 이야기의 가장 중요한 대목이다. 내 상악골, 오른쪽 끝 두 어금니 사이에는 엄청난 구멍이 하나 있었는데, 언젠가부터 뭘 먹는 족족 음식물이 그 구멍에 끼기 시작했다. 그러다 결국 충치가 생겨 견딜 수 없을 정도로 통증이 심해졌다. 하지만 아니발은 아무리 아파도 아무 치과나 가지 말라고 내게 단단히 일렀다. 여자 다음으로 나쁜 게 치과의사라고 했다. 그는 내게 명함을 건네며 말했다. "한국인이긴 한데, 치료를 잘하더라고." 그러고는 내친김에 그날 오후로 예약을 잡아줬다. 존 손은 젊어 보이는 게 내 동년배일 것 같다는 생각이 들었지만, 한국인들은 나이를 가늠하기가 어렵다. 그는 마취제를 놓고 내 어금니 두개에 구멍을 뚫은 다음 아말감으로 메웠다. 치료하는 내내 완벽한 미소를 유지한 채, 단 한번도 나를 아프게 하지 않았다. 나는 그가 마음에 들어서 아스팔트에 머리를 찧는 그림에 관해 말해주었다. 존 손은 잠시 아무 말도 하지 않았다. 나중에 알고 보니 그 간극은 내 '깨달음'의 순간과 비슷한 것이었고, 그로써 우리 둘이 중요한 공통점을 지녔다는 생각을 하게 되었다. 잠시 후, 그가 천천히 입을 열었다. "제가 여태껏 찾고 있던 게 바로 그거예요." 그는 진짜 한국 식당에 가서 저녁식사를 하자고 내게 제안했다. 관광객들을 대상으로 하는 식당이 아니라, 어디로 이어지는지 알 수 없는 좁은 문으로 들어가면 또 하나의 한국이 나타나는 그런 곳 말이다. 커다란 원탁들——앉을 사람은 두명뿐이지만——과 한국어 메뉴판, 한국인 웨이터들과 한국인 손님들. 존 손은 나를 위해 한국의 전통 요리를 고른 다음 웨이터에게 조리 시 주의할 점을 세세히 알려주었다. 그는 안 그래도 병원 대기실에 걸 커다란 그림을 그려줄 사람을 찾고 있었다고 했다. 그림에서 치아가 돋보이는 것이 가장 중요하다고 했다. 그는 나와 거래를 하고 싶어했다. 내가 그림을 그려주면 내 이를 모두 치료해주겠다는 것이다. 이어서 자기가 왜 그림을 원하는지, 그 그림이 손님들에게 어떤 영향을 미치게 될지, 또 한국 문화에서 홍보가 얼마나 중요한지 자세히 설명했다. 그는 식사하는 내내 아니발처럼 쉴 새 없이 떠들었다. 하지만 나는 함께 있는 동안 내내 혼자서 떠드는 사람을 좋아한다. 식사를 마친 뒤 존 손은 옆 테이블에 있던 한국인 손님들을 내게 소개해주었다. 우리는 그들과 함께 커피를 마셨다. 나는 한국어를 모르기 때문에 그들이 무슨 말을 하는지 하나도 알아들을 수가 없었다. 하지만 그들끼리 이야기 나누는 모습을 보면서, 내게 치과의사 친구가 생겼으며 내가 그 치과의사 친구와 중요한 계약을 맺었다는 사실을 깨닫고 무척 뿌듯해졌다.

나는 여러날 동안 존의 그림을 그렸다. 그러던 어느 아침, 작업실 소파에서 잠이 깨어 눈을 비비고 캔버스를 쳐다보는 순간 가슴속에서 차오르는 감사를 느꼈다. 그와의 우정 덕분에 훨씬 더 좋은 그림을 그릴 수 있었기 때문이다. 병원으로 전화를 걸어 이 얘기를 들려주자 존은 뛸 듯이 기뻐했다. 그의 표정을 보지 않아도 알 수 있었다. 존은 신나는 일이 있으면 말이 빨라지고, 가끔은 한국어가 튀어나오기도 하니까. 존이 점심식사를 하러 여기로 오겠다고 했다. 친구가 내 작업실을 찾아오는 것은 처음이었다. 나는 여기저기 어지럽게 널려 있는 그림들을 정리하면서 가장 좋은 작품들을 눈에 잘 띄는 곳에 놓았다. 아무 데나 벗어둔 옷가지를 모아 2층 침실 구석에 처박아두고 더러운 컵과 접시는 주방에 갖다놓았다. 그런 뒤 냉장고에서 먹을거리를 꺼내 쟁반에 보기 좋게 담았다. 존은 우리 집에 도착하자마자 자기 그림을 찾아 사방을 두리번거렸다. 나는 아직 "때"가 아니라고 말했다. 그는 내 의사를 존중해주었다. 그게 아니더라도, 한국인들은 타인의 의견을 존중할 줄 안다고 입버릇처럼 말해왔기 때문에 내 말을 따를 수밖에 없었을 것이다. 그래서 우리는 식탁에 앉아 점심을 먹기 시작했다. 나는 그에게 소금을 더 쳐야 할지, 음식을 더 데워야 할지, 탄산음료를

더 따라줄지 물었다. 하지만 그는 다 괜찮다고 했다. 문득
그가 밤에도 종종 이렇게 놀러 와 함께 영화를 보거나 이
런저런 이야기를 나눌 수도 있지 않을까 하는 생각이 들
었다. 그리고 흔히 '자기 사람들'과 하는 것처럼 집 어딘
가에 걸어둘 사진을 같이 찍을 수도 있을 것 같았다. 하지
만 아직은 그 어떤 말도 꺼내지 않았다. 존은 음식을 먹
고 말을 했다. 그 두가지를 동시에 했다. 하지만 나는 그
의 그런 행동이 전혀 불쾌하지 않았다. 왜냐하면 그건 친
밀감의 표시이자, 친구 사이에서 얼마든지 있을 수 있는
일이기 때문이다. 어쩌다가 그 주제가 나왔는지 모르겠
지만, 어느새 존은 "한국의 아이들"과 조국의 교육 현실
에 대해 이야기하고 있었다. 한국 아이들은 새벽 6시에
학교에 가서 그다음 날 밤 12시가 넘어 나온다고 했다. 그
러니까 아이들은 꼬박 하루하고도 반나절을 학교에서 보
내고, 남은 다섯시간은 집에 가서 잠깐 눈을 붙이는 데 쓰
는 것이다. 존에 따르면, 바로 이런 점으로 인해 한국인들
은 아르헨티나인들, 나아가 세계의 모든 사람들과 다를
수밖에 없다. 나는 그의 말이 조금 거슬렸지만, 아무리 친
구라도 모든 면이 다 마음에 들 수는 없는 법이라고 이해
했다. 이때까지만 해도—방금 들은 말만 빼면—우리
관계는 괜찮았던 것 같다. 나는 미소를 지었다. "이제 그
림을 볼까?" 내 제안에 우리는 작업실 한가운데로 걸어

184

갔다. 존은 감상에 필요한 거리를 계산하면서 몇발짝 뒤로 물러섰다. 때가 되었다고 느꼈을 때, 나는 그림을 덮어둔 천을 벗겼다. 존은 손이 여자처럼 작고 고왔는데, 자기가 생각한 바를 설명할 때면 그 손을 쉴 새 없이 움직이곤 했다. 하지만 이 순간 그의 손은 마치 죽은 것처럼 팔에 매달린 채 꼼짝도 하지 않았다. 나는 왜 그러냐고 물었다. 그는 반드시 치아를 그린 그림이어야 된다고 했다. 자기가 원한 것은 병원 대기실에 걸어둘 커다란 그림, 치아 그림이었다고. 그는 그 말을 여러차례 반복했다. 우리는 나란히 서서 그림을 바라보았다. 존의 병원과 비슷한 병원 대기실의 흑백 타일 바닥에 머리를 찧는 어느 한국 남자의 얼굴이었다. 다만 전작들과 다른 점이 있다면, 내 손이 남자의 머리를 찧는 것이 아니라 머리가 저 혼자서 바닥에 부딪친다는 것이다. 그리고 반짝거리는 타일에 가장 먼저 부딪치는 것, 충돌의 충격을 가장 심하게 받는 것은 바로 한국인의 치아 한개다. 그 이는 금방이라도 둘로 쪼개질 듯 수직으로 금이 가 있다. 사실 나는 어떤 점이 존의 마음에 안 드는지 이해할 수가 없었다. 그 그림은 완벽했다. 나로서는 어떤 것도 바꿀 생각이 없었다. 존은 이미 엎질러진 물이라고 하더니, 다시 한국의 교육 이야기를 하기 시작했다. 그는 아르헨티나 사람들이 게을러서 탈이라고 했다. 아르헨티나 사람들은 일하기를 너무 싫

아스팔트에 머리 찧기   **185**

어해서 나라가 이 모양 이 꼴이라고도 했다. 사람들이 예
나 지금이나 조금도 달라진 것이 없기 때문에 나라 사정
도 절대 바뀌지 않을 거라는 말을 마지막으로 남긴 채, 그
는 나가버렸다.

　그의 말이 거슬렸다. 그것도 많이 거슬렸다. 왜냐하면
우리 엄마와 아니발은 아르헨티나 사람인데 일을 열심히
하기 때문이다. 나는 자기가 무슨 말을 하는지도 모르고
떠들어대는 사람을 보면 기분이 언짢아진다. 하지만 존
은 내 친구라고 마음을 다스리면서 치미는 분노를 꾹 참
았다. 그런 나 자신이 무척이나 자랑스러웠다. 그다음 날,
나는 존에게 이메일을 써서 원하는 대로 그림을 고쳐주
겠다고 했다. 물론 "미적으로" 공감하기는 어렵지만, 그
의 입장에서 좀더 "홍보적"인 요소가 필요할 수도 있다
는 점을 충분히 이해한다고 했다. 며칠을 기다렸지만 답
장은 오지 않았다. 나는 다시 이메일을 썼다. 그가 무언가
로 인해 기분이 상했을지도 모른다는 생각이 든다고, 만
약 그렇다면 정확한 이유를 알고 싶다고, 이유를 모르면
사과도 할 수 없지 않겠냐고 적었다. 하지만 존은 이번에
도 답장을 하지 않았다. 엄마는 아니발에게 전화를 걸어,
내가 "매우 예민한" 성격인데다 아직 "좌절"에 대한 마음
의 준비가 충분히 되어 있지 않기 때문에 이런 일이 벌어
진 거라고 설명했다. 하지만 이번 일은 그런 것과는 전혀

관계가 없었다. 아무 소식도 없이 일주일이 지나자, 나는 존의 병원에 연락하기로 결심했다. 그의 비서가 전화를 받았다. "안녕하세요, 선생님. 아니에요, 선생님. 박사님은 지금 안 계세요. 아니에요, 선생님. 박사님은 선생님께 연락을 드릴 수가 없습니다." 나는 이게 다 무슨 일인지, 존이 나한테 왜 그러는지, 존이 왜 나를 만나지 않으려고 하는지 물었다. 비서는 잠시 뜸을 들이다가 대답했다. "박사님이 며칠간 휴가를 내셨거든요, 선생님." 그리고는 전화를 끊었다. 그 주말에 나는 한국인들이 아스팔트 바닥에 머리를 찧는 그림을 여섯점 더 그렸다. 아니발은 그 작품들을 보고 흥분을 감추지 못했다. "한국인들의 특성" 덕분에 연작에 새로운 분위기가 더해졌다고 칭찬을 아끼지 않았다. 하지만 나는 가슴속에서 분노가 부글부글 끓어오르면서도 여전히 울적했다. 이를 보다 못한 아니발은 "새로운 영감의 파도"를 내팽개치지 않는다는 조건으로 내게 존의 집 전화번호와 주소를 알려주었다. 나는 당장 그 번호로 전화를 걸었다. 어떤 여자가 한국어로 전화를 받았다. 나는 존과 통화하고 싶다고 하면서 그의 이름을 여러번 반복했다. 여자는 내가 알아들을 수 없는 말로 짧고 빠르게 뭐라고 하더니 같은 말을 되풀이했다. 잠시후, 어떤 남자가 전화를 넘겨받았다. 한국인 같은데 존은 아니었다. 그 남자 역시 뭐라고 했지만, 나는 무슨 말인지

도무지 알아들을 수 없었다.

그래서 나는 중대한 결정을 내렸다. 그림을 천으로 감싼 다음 최대한 조심해서 거리로 들고 나가 택시를 기다렸다. 한참을 기다리고 기다린 끝에 그 그림이 뒷좌석에 들어가는 대형 택시를 잡을 수 있었다. 나는 택시 기사에게 존의 주소를 알려주었다. 존은 우리 동네에서 쉰 블록 떨어진 한인촌에 살고 있었다. 그곳은 한국어 간판과 한국인으로 가득한 또 하나의 한국이었다. 택시 기사는 내게 이 주소가 정확한지, 자기가 문 앞에서 대기하고 있을지 물어보았다. 나는 그럴 필요 없다고 대답하고 요금을 냈다. 기사가 차에서 내려 그림을 내리는 걸 도와주었다. 존의 집은 낡고 큰 주택이었다. 나는 그림을 철문에 기대어놓은 다음 초인종을 누르고 기다렸다. 이 세상에는 나를 불안하게 만드는 것이 많다. 그중에서도 최악인 하나는 무언가를 이해하지 못하는 것이고, 다른 하나는 기다리는 것이다. 그래도 나는 계속 기다렸다. 친구를 위해서라면 그 정도는 참아야 된다고 생각한다. 그 며칠 전에 나는 엄마와 이야기를 나누었다. 엄마는 존과 나의 우정이 — 다른 원인도 있겠지만 — 무엇보다 "문화적 차이" 로 인해 더 복잡하게 꼬인 거라고 했다. 나는 그런 문화적 차이 정도는 존과 내가 충분히 맞서 싸울 수 있는 것이라고 엄마에게 말했다. 내게 필요한 건 단지 그와 이야기를 나누고 그가 무슨 일로 그렇게 화가 났는지 이해하는 것뿐이었다.

거실 커튼이 살짝 움직였다. 누군가가 커튼 뒤에서 밖을 잠깐 내다보았다. 대문 인터폰에서 "누구세요?"라는 여자 목소리가 흘러나왔다. 나는 존을 만나고 싶다고 했다. "존, 없어요." 여자가 말했다. "없어요." 그녀는 한국어로 뭐라고 더 말했지만, 갑자기 인터폰 스피커에서 지지직거리는 소리가 나더니 이내 먹통이 되고 말았다. 나는 다시 초인종을 눌렀다. 다시 기다렸다. 다시 초인종을 눌렀다. 그러자 대문의 걸쇠 풀리는 소리가 들리더니, 존보다 나이가 많은 한국 남자가 문을 빠끔 열고 나를 쳐다보았다. "존, 없어요." 남자는 미간을 찌푸리며 화난 목소리로 말하면서도 내 눈을 똑바로 쳐다보지 않은 채 곧장 안으로 들어가버렸다. 갑자기 나는 이상한 기분에 휩싸였다. 무언가 잘못되고 있었다. 오래전에 그랬던 것처럼 내 안의 무언가가 제자리를 벗어나고 있는 느낌이었다. 나는 다시 초인종을 눌렀다. "존!" 하고 큰 소리로 친구를 부르고 또 불렀다. 건너편 길을 지나가던 어떤 한국 남자가 멈춰서서 나를 쳐다보았다. 나는 인터폰에 대고 다시 그의 이름을 외쳤다. 그저 존과 이야기하고 싶을 뿐이었다. 또다시 그의 이름을 외쳤다. 존은 내 친구니까. "문화적 차이"는 우리의 우정과 아무 관계도 없으니까. 존과

나, 우리 둘, 친구란 원래 그런 거니까. 그래서 나는 다시 초인종을 눌렀다. 아예 초인종 버튼을 계속 누르고 있었다. 얼마나 세게 눌렀는지 손가락이 다 얼얼할 지경이었다. 길 건너편에서 나를 지켜보던 남자가 마침내 자기 나라 말로 뭐라고 소리쳤다. 나는 그가 무슨 말을 하는지 알아듣지 못했지만, 동작으로 보아 내게 뭔가를 설명하려는 것 같았다. "죈! 죈!" 마치 무서운 일이라도 닥친 것처럼 나는 다시 그의 이름을 큰 소리로 외쳤다. 한국 남자가 다가오면서 나를 진정시키려는 손짓을 했다. 나는 손가락을 바꿔 초인종을 누르면서 계속 소리를 질렀다. 이웃집에서 덧창을 내리는 소리가 들렸다. 점점 숨이 가빠지기 시작했다. 내 몸에서 무언가가 빠져나가는 듯했다. 바로 그때, 한국 남자가 내 어깨를 만졌다. 그의 손가락이 내 셔츠에 닿았다. 엄청난 통증이 느껴졌다. 문화적 차이라는 통증이었다. 갑자기 몸이 부들부들 떨리기 시작했다. 온몸이 걷잡을 수 없이 떨렸다. 처음에 그랬던 것처럼, 그리고 지금껏 숱하게 그래왔던 것처럼, 내 몸은 더이상 아무것도 인식하지 못했다. 나는 그림을 놓고─그 바람에 그림이 보도 위로 풀썩 엎어졌다─대신 한국인의 머리채를 움켜잡았다. 키가 작고, 삐쩍 마르고, 남의 일에 참견하기 좋아하는 한국인. 십오년 동안 새벽 5시에 일어났던 그 망할 한국인은 이제 매일 열여덟시간씩 문화적 차이를 벌리느라 애쓰고 있다. 그의 머리를 얼마나 세게 움켜잡았는지 손톱이 손바닥을 파고들었다. 내가 세번째로 누군가의 머리를 아스팔트 바닥에 찧은 순간이었다.

"캔버스 뒷면에다 한국인의 머리를 내리찧은 것에 무슨 미학적인 의도가 숨겨져 있는지" 누가 물으면, 나는 위를 올려다보며 생각하는 척한다. 그건 다른 예술가들이 텔레비전에 나와 말하는 것을 보면서 배운 일종의 기술이다. 내가 질문의 의도를 이해하지 못하는 게 아니라, 그런 문제에 아예 관심이 없다는 뜻을 나타내는 것이다. 현재 나는 법적인 문제, 그것도 아주 많은 문제에 휘말려 있다. 내가 한국인과 일본인을, 일본인과 중국인을 구별하지 못하는 터라, 길을 가다 그 비슷한 이를 만나는 족족 머리채를 움켜잡고 아스팔트에 내리찧기 때문이다. 아니 발이 내게 좋은 변호사를 구해주었는데, 그는 법정에서 내 "심신미약"을 주장하고 있다. '심신미약'은 범행 당시 피고의 의사결정능력이 미약해진 상태를 의미하는 용어로, 이것이 인정되면 법률적 관점에서 유리한 판결을 받을 수 있다. 사람들은 인종차별주의자, "극악무도한 인간"이라며 나를 손가락질하지만, 내가 그린 그림은 지금도 수백만 페소에 팔려나간다. 요즘 나는 엄마가 입버릇처럼 하시던 말씀에 대해 곰곰이 생각하고 있다. "오늘날

세계가 마주한 가장 큰 문제는 사랑의 심각한 위기야. 매우 예민한 사람들이 살기에는 그다지 좋지 못한 시대지."

사물의 크기

내가 엔리케 두벨에 관해 알고 있는 사실은 그가 부유한 가문 출신이라는 것과 가끔 여자와 다니는 모습이 목격되기도 하지만 아직도 어머니와 단둘이 살고 있다는 것 정도였다. 그는 일요일마다 자신의 컨버터블 승용차를 타고 광장 주변을 돌아다니곤 했는데, 누군가를 쳐다보지도, 이웃에게 인사를 건네지도 않은 채 오로지 자기 세계에만 빠져 있었다. 그러다 다음 주말이 올 때까지 전혀 모습을 드러내지 않았다. 나는 아버지로부터 물려받은 장난감 가게를 운영하고 있었다. 어느날, 두벨이 거리에 서서 우리 가게의 쇼윈도를 호기심 어린 눈으로 들여다보고 있는 모습을 본 나는 깜짝 놀랐다. 이 얘기를 아내인 미르타에게 했더니, 미르타는 내가 사람을 잘못 봤을 거라면서 대수롭지 않게 여겼다. 하지만 그러고 나서 얼마 뒤에 미르타도 두벨을 직접 봤다. 그는 오후에 가끔 장난감 가게 앞에 서서 한동안 쇼윈도를 들여다보곤 했다. 그러다 처음 우리 가게 안으로 들어왔던 날, 그는 수줍은 듯이, 아니면 자기가 찾는 게 뭔지 잘 모르는 듯이 머뭇거렸다. 그가 계산대로 다가와 내 등 뒤에 있는 진열대를 살펴보았다. 나는 그가 입을 열기를 기다렸다. 잠시 자동차 열쇠를 만지작거리던 그는 마침내 모형 비행기 조립 키트를 하나 달라고 했다. 선물 포장을 원하는지 물었지만, 그는 필요 없다고 했다.

두벨은 며칠 뒤에 다시 가게에 왔다. 한참 동안 쇼윈도를 들여다보더니, 자신이 구입했던 시리즈의 다음 모델을 달라고 했다. 그에게 수집가인지 물어봤지만, 그는 아니라고 했다.

그후로 두벨은 가게에 자주 들렀고, 그때마다 자동차, 선박, 기차를 샀다. 거의 매주 찾아와서 매번 한가지씩 사 가지고 갔다. 그러던 어느날 밤 가게 셔터를 닫으려고 밖으로 나갔을 때, 쇼윈도 앞에 혼자 서 있는 그를 보았다. 9시쯤이었고, 거리에는 사람이 거의 없었다. 얼굴이 벌겋게 되어 눈물을 흘리며 벌벌 떨고 있는 그 남자가 엔리케 두벨이라는 사실을 깨닫기까지는 조금 시간이 걸렸다. 그는 잔뜩 겁먹은 표정이었다. 주변에 차가 보이지 않기에 그가 강도를 당했을지 모른다는 생각이 들었다.

"두벨? 괜찮아요?"

그는 나를 보며 혼란스러운 표정을 지었다.

"여기서 지내면 더 좋을 것 같아요." 그가 말했다.

"여기요? 그럼 어머니는요?" 말을 뱉자마자 아차 싶었다. 괜한 말을 해서 그의 기분을 상하게 했을지도 모른다는 생각이 들었기 때문이다.

"어머니가 열쇠를 전부 가지고 집 안에서 문을 잠가버렸어요. 다시는 저를 보고 싶지 않으시대요."

우리는 무슨 말을 해야 할지 몰라 서로 얼굴만 멀뚱히 쳐다보았다.

"여기서 지내면 더 좋을 것 같아요." 그가 조금 전에 했던 말을 되풀이했다.

아무리 생각해도 미르타가 절대 찬성하지 않을 것 같았다. 하지만 최근 들어 엔리케 두벨이 우리 가게 월 매출의 20퍼센트 정도를 책임지고 있는 마당이라 차마 거절할 수가 없었다.

"그렇지만 두벨, 여기는…… 여기는 잘 만한 곳이 마땅히 없어요."

"숙박비를 낼게요." 그는 주머니를 뒤졌다. "당장은 가진 돈이 없네요…… 하지만 대신 일을 할 수 있어요. 찾아보면 제가 할 수 있는 일이 분명 있을 거예요."

좋은 생각이 아니라는 것은 알았지만 일단 그를 가게 안으로 들였다. 우리는 어둠속으로 들어갔다. 전등을 켜자 쇼윈도 조명이 반사되어 그의 눈이 반짝거렸다. 밤새 잠을 이루지 못할 게 뻔한 그를 여기 혼자 내버려두자니 마음에 걸렸다. 그때, 미처 정리하지 못하고 수북이 쌓아둔 장난감 상자 더미가 눈에 띄었다. 나는 세련된 부잣집 도련님 두벨이 ─ 미르타의 친구들이 가끔 그에 관해 수다를 떨곤 했다 ─ 밤새 텅 빈 진열대에 저 상자들 속 물건을 채워넣는 모습을 상상했다. 괜히 그런 일을 맡겼다가 문제가 생길 수도 있겠지만, 적어도 그는 바쁘게 시간을 보낼 터였다.

"그럼 저 상자들을 정리해줄 수 있겠어요?" 내가 물었다.

그는 고개를 끄덕였다.

"자세한 건 내일 아침에 알려주겠지만, 종류별로 물건을 진열해놓기만 하면 돼요." 나는 물건이 있는 쪽으로 다가갔다. "예를 들어 퍼즐은 퍼즐끼리, 이런 식으로 말이죠. 어떤 물건이 어디 있는지 눈여겨봐두었다가, 저기 진열대에 한데 모아두면 되는 거예요. 그리고 만약……"

"무슨 말씀인지 잘 알겠어요." 두벨이 내 말을 자르며 대답했다.

그는 바닥에 시선을 고정한 채 검지로 미묘한 동작을 반복하면서 안쪽으로 걸어들어갔다. 마치 누군가를 조용히 시키고 싶은데 무안한 마음에 차마 그러지 못하는 사람 같았다. 나는 창고에 잠을 잘 만한 낡은 안락의자가 있다는 것과 변기 줄을 내릴 때 주의할 점 등을 알려주고 싶었지만, 더이상 그를 귀찮게 하고 싶지 않았다. 그래서 그를 내버려둔 채 작별 인사도 없이 가게를 나왔다.

다음 날, 나는 평소보다 몇분 일찍 가게에 도착했다. 가게의 셔터가 올라가 있고, 불이 모두 켜져 있는 것을 보자 마음이 놓였다. 하지만 가게 안으로 들어서는 순간, 두벨을 혼자 내버려둔 것이 엄청난 실수였음을 깨달았다. 제자리에 있는 물건이 하나도 없었다. 만약 그때 손님이 들어와 어느 슈퍼히어로 피규어를 달라고 했다면, 오전 내내 그걸 찾느라 헤맸을 것이다. 미르타가 생각났다. 아내에게 이 사실을 어떻게 설명하면 좋을지 막막했다. 또 이 물건들을 모두 다시 정리하려면 시간이 얼마나 걸릴지 가늠하니 갑자기 온몸에 힘이 쭉 빠졌다. 잠시 후 나는 또다른 사실도 알아차렸다. 너무 어이가 없어서 한동안 내 눈을 의심할 정도였다. 밤새 두벨이 장난감 가게 안의 모든 상품을 색깔별로 정리해둔 것이다. 공작용 점토, 트럼프 카드, 기어다니는 아기 인형, 페달이 달린 장난감 자동차 따위가 전부 한데 뒤섞여 있었다. 진열창에서 통로를 거쳐 선반으로, 가게의 이쪽 끝에서 저쪽 끝까지 무지갯

빛이 펼쳐져 있었다. 모든 재앙의 시작에 불과했던 그 장면이 지금도 생생하다. 내보내야겠어, 나는 생각했다. 지금 당장 저 친구를 장난감 가게에서 내보내야 해. 가게 안에 펼쳐진 커다란 무지개를 배경으로, 두벨이 심각한 얼굴로 나를 바라보고 있었다. 어떻게 말하는 것이 좋을지 곰곰 궁리하는 사이, 그의 시선이 다른 곳으로 향했다. 나는 그의 시선을 따라 몸을 돌려 거리를 내다보았다. 어떤 어머니와 두 아들이 쇼윈도 앞에 서서 가게 안을 들여다보고 있었다. 그들은 손을 햇빛 가리개처럼 유리창에 딱 붙인 채, 마치 무언가 놀라운 것이 진열대 사이를 돌아다니고 있기라도 한 듯 신나게 이야기를 늘어놓았다. 곧 학교 수업이 시작될 시간이었다. 가게 앞 거리는 아이들과 학부모들로 북적거렸다. 그런데 무엇이 사람들의 시선을 붙잡았는지, 쇼윈도 앞에서 구경하는 이들이 점점 더 불어났다. 정오가 다가올 무렵에는 가게 안이 손님들로 발 디딜 틈이 없었다. 장난감 가게를 시작한 이후로 그날 오전만큼 장사가 잘된 적은 없었다. 처음에는 손님들이 원하는 물건을 찾기가 어려웠지만, 금세 새로운 사실을 알게 되었다. 내가 물건 이름만 대면 두벨이 고개를 한번 끄덕하고 물건을 찾으러 달려갔다. 그가 너무나 쉽고 효율적으로 물건을 찾아와 나는 당황하지 않을 수 없었다.

"이제부터 저를 이름으로 불러주세요." 기나긴 하루를

보낸 다음 두벨이 내게 말했다. "괜찮으시다면요……"

색상별로 배열하자 예전에는 눈에 잘 띄지 않았던 상품들도 금세 찾을 수 있었다. 예를 들어, 초록색 물갈퀴는 청록색 계열 진열대의 마지막 줄에 있는 삑삑이 개구리 장난감 바로 옆에 있었다. 빙하 사진 퍼즐의 ─풍경 아래쪽의 흙바닥은 갈색이었다─ 눈 덮인 봉우리들은 양옆의 흰사자 봉제 인형과 배구공 사이를 연결하며 커다란 무지개의 원을 완성했다.

그날뿐 아니라 그후로 한동안 장난감 가게는 시에스타 시간에도 문을 닫지 않았다. 폐점 시간도 조금씩 늦어졌다. 엔리케 또한 첫날뿐만 아니라 이어지는 많은 날 동안 가게에서 잠을 잤다. 미르타와 나는 창고에 그가 잘 수 있는 공간을 마련해주기로 했다. 처음 며칠 그는 바닥에 깔린 매트리스에 만족해야 했지만, 얼마 지나지 않아 우리가 침대를 구해주었다. 엔리케는 밤시간을 이용해 일주일에 한두번씩 가게 내부의 배치를 새롭게 바꿨다. 가령 커다란 블록을 활용해서 어떤 장면을 연출하기도 하고, 쇼윈도 앞에 쌓아둔 장난감의 위치를 옮겨 가게 내부의 조명을 조정하기도 하고, 진열대를 따라 이어지는 성을 만들기도 했다. 월급을 준다고 했지만 소용없었다. 엔리케는 애초부터 돈에는 전혀 관심이 없었다.

"여기서 지내면 더 좋을 것 같아요." 그저 그렇게 말할 뿐이었다. "월급을 받는 것보다 그게 더 좋아요." 엔리케가 가게 밖으로 나가는 일은 일절 없었다. 적어도 나는 그가 나가는 것을 본 적이 없었다. 그는 미르타가 밤마다 전해주는 도시락으로 끼니를 때웠다. 처음에는 기껏해야 차가운 햄을 곁들인 빵 몇조각이 다였지만, 나중에는 정성을 들여 만든 요리 두끼를 가져다주었다.

엔리케는 예전에 그렇게 좋아하던 모형 조립 키트를 거들떠보지도 않았다. 모형 키트 상자는 아예 가장 높은 선반에 올려놓았다. 그것들은 줄곧 그 자리를 지켰는데, 우리 가게에서 한번도 자리가 바뀌지 않은 제품은 그것밖에 없었다. 그는 이제 퍼즐과 보드게임을 더 좋아했다. 아침에 조금 일찍 가게에 나가면, 엔리케가 혼자 탁자에 앉아 우유를 마시며 다이아몬드 게임을 하거나 가을 풍경 퍼즐의 마지막 조각을 맞추는 모습을 볼 수 있었다. 갈수록 말수가 적어지긴 했지만 그는 여전히 손님들에게 정성을 다했다. 아침에 일어나면 잠자리를 정돈하고, 식사를 마친 뒤에는 탁자를 치우고 바닥 청소를 하는 습관도 들였다. 정리가 끝나면 나나 미르타 — 일손이 부족해 미르타도 가게에 나와 계산대에서 일하기 시작했다 — 에게 다가와 "잠자리를 정돈했어요"라든지, "방금 바닥을 다 쓸었어요"라든지, 아니면 "제가 해야 할 일을 모두 마쳤어요"라고 보고하곤 했다. 엔리케가 걱정스러워지기 시작한 것도 그런 그의 태도—미르타에 따르면 지나치게 고분고분한—때문이었다.

어느날 아침, 가게에 나가보니 엔리케가 피규어와 농장 동물 인형 그리고 레고블록을 이용해 탁자 위에 작은 동물원을 만들어놓았다. 그는 우유를 마시면서 우리의 문을 열더니 말을 하나씩 밖으로 끄집어내 검은색 스웨터—산맥의 역할을 했다—를 향해 질주시키듯 움직였다. 나는 그에게 아침 인사를 건넨 뒤 계산대로 가 일하기 시작했다. 그는 쑥스러워하는 기색으로 내게 다가왔다.

"잠자리 정돈 다 했어요." 그가 말했다. "그리고 제가 해야 할 일도 다 마쳤고요……"

"괜찮아요." 내가 말했다. "그러니까 내 말은, 그런 것까지 일일이 나한테 얘기할 필요 없다는 뜻이에요. 당신 방이니까요, 엔리케."

나는 그가 내 말을 알아들었으리라 생각했지만, 그는 바닥을 내려다보며 조금 전보다 훨씬 더 쑥스러워하면서 말했다.

"죄송해요, 다시는 그러지 않도록 주의할게요. 감사합니다."

엔리케는 더이상 보드게임의 위치를 바꾸지 않았다. 퍼즐과 보드게임 상자를 가장 높은 선반에 모형 키트와 나란히 올려놓았고, 손님들이 콕 집어서 그 물건을 달라고 할 때만 내려주었다.

"엔리케랑 얘기 좀 해봐야겠어." 미르타가 말했다. "계속 이러다가는 사람들이 우리 가게에 퍼즐이 없는 줄 알 거야. 엔리케가 이제 퍼즐이랑 보드게임을 안한다고 해서 팔지도 않는 건 아닌데."

하지만 나는 그에게 아무 말도 하지 않았다. 장사가 계속 잘되는데다, 괜한 말로 그에게 상처를 주고 싶지 않았기 때문이다.

시간이 흐르면서 그는 몇몇 음식을 거부하기 시작했다. 그는 고기와 으깬 감자 그리고 간단한 소스를 곁들인 파스타만 먹었다. 다른 음식을 주면 입에도 대지 않았다. 그래서 미르타는 그가 좋아하는 음식만 만들기 시작했다.

손님들은 가끔 그에게 팁으로 동전을 주었다. 돈이 충분히 모이자, 그는 우리 가게에서 파란색 플라스틱 찻잔—앞면에 컨버터블 승용차가 양각陽刻으로 새겨져 있었다—을 샀다. 그러고는 아침을 먹을 때 그 찻잔을 이용했을 뿐만 아니라, 아침에 자기 침대와 방의 상태를 보고할 때마다 이렇게 덧붙이기 시작했다.

"그리고 제 찻잔도 씻었어요."

언젠가 미르타가 걱정스러운 표정으로 내게 말했다. 어느날 오후에 엔리케가 어떤 아이와 노는 걸 보고 있었는데, 엔리케가 갑자기 슈퍼히어로 피규어를 움켜쥐더니 아이가 만지지도 못하게 했다는 것이다. 아이가 울음을 터뜨리자, 엔리케는 씩씩거리면서 창고에 들어가 한동안 나오지 않았다.

"내가 엔리케를 얼마나 아끼는지 당신도 잘 알잖아." 그날 밤 미르타는 말했다. "하지만 이런 일만큼은 그냥 넘어갈 수 없어."

상품을 정리하고 진열하는 일에서만큼은 여전히 재기를 발휘했지만, 엔리케는 이내 피규어와 레고블록을 가지고 노는 일에도 싫증을 내 그것들마저 퍼즐과 보드게임, 모형 키트와 함께 진열대 제일 위 칸에 처박아두었다. 가장 높은 선반은 이미 물건들로 꽉 들어차 있었다. 그가 여전히 손님들의 손이 닿는 곳에 진열해두는 장난감들의 범위는 너무 적고 단순해져서 더이상 어린아이들의 관심을 끌지 못했다.

"엔리케, 저 물건들을 왜 저렇게 높은 곳에 올려놓는 거죠?"

자신에게도 이미 너무 높은 곳이 되어버린 듯, 그는 낙심한 표정으로 그 선반을 올려다보았다. 하지만 아무런 대답도 하지 않았다. 그는 갈수록 말수가 줄어들었다.

판매량도 다시 조금씩 줄어들었다. 엔리케가 만든 무지개도, 쇼윈도도, 성도, 모든 장난감을 망라해 가게의 분위기를 완전히 바꾸어놓았던 초기의 화려함을 완전히 잃어버렸다. 이제는 모든 일이 무릎 아래에서 이루어지고 있었다. 날이 갈수록 양이 줄어들고 개성이 사라지는 장난감 더미들 앞에서 엔리케는 거의 늘 웅크리거나 무릎을 꿇고 일해야 했다. 가게에 손님들의 발길이 뜸해지기 시작했다. 미르타의 도움도 더이상 필요 없어져서, 가게에는 그와 나, 둘만 남게 되었다.

엔리케를 마지막으로 봤던 그날 오후가 지금도 또렷이 기억난다. 그는 점심도 거른 채 진열대 사이를 서성이고 있었다. 그날따라 슬프고 외로워 보였다. 그사이 많은 일이 있었지만, 여전히 나는 미르타와 내가 그에게 큰 빚을 지고 있다고 생각했다. 그의 기운을 북돋아주고 싶은 마음에 이동사다리 — 그가 가게 일을 도와주면서부터는 쓸 기회가 없었다 — 를 타고 진열대 제일 위 칸에 놓인 수입산 증기기관차 모형을 꺼냈다. 그것은 우리 가게에 있는 모형 중 단연 최고의 제품으로 가격도 만만치 않았다. 하지만 엔리케는 그것을 받을 만한 자격이 충분했고, 나 또한 그에게 그것을 주고 싶었다. 나는 선물을 들고 사다리를 내려와 계산대로 가서 그를 불렀다. 구석의 진열대에서 일하던 그가 다가왔다. 오른손에 보라색 동물 인형 — 토끼였던 걸로 기억한다 — 을 든 채, 고개를 숙이고 멈춰서서 나를 슬쩍 올려다보았다. 진열대 사이에 선 그의 모습이 그날따라 유난히 왜소해 보였다. 나는 그에게 조금 더 가까이 오라고 했다. 하지만 그는 깜짝 놀란 듯 갑자기 제자리에 쭈그리고 앉더니 꼼짝도 하지 않았다. 나로서는 그의 낯선 행동을 도무지 이해할 수 없었다. 무슨 일인지 보기 위해 상자를 내려놓고 천천히 그에게 다가갔다.

그는 두 팔로 다리를 안은 채 울고 있었다. 토끼 인형은 그의 옆 바닥에 널브러져 있었다.

"엔리케, 당신에게 꼭 주고……"

"더이상 아무도 나를 때리지 않았으면 좋겠어요." 그가 말했다.

내가 모르는 사이에 그에게 무슨 일이 있었던 걸까? 혹시 손님과 말다툼을 벌였나? 아니면 또 어떤 꼬마와 싸웠나?

"하지만 엔리케, 아무도……"

나는 그의 곁에 무릎을 꿇고 앉았다. 기차 상자를 가지고 올걸 하는 생각이 들었다. 아무튼 그것은 그에게 특별한 선물이 될 게 틀림없었다. 그가 그토록 슬퍼하는 모습을 보니 마음이 아팠다. 만약 미르타가 있었더라면 이런 상황에서 어떻게 해야 그를 진정시킬 수 있을지 알았을 텐데. 바로 그 순간, 가게 문이 열렸다. 아니, 누가 발로 차고 들어오기라도 한 것처럼 문이 쾅 하고 젖혀졌다. 우리 둘은 그 자리에 얼어붙었다. 바닥에 쭈그리고 앉은 채, 진열대 아래로 하이힐 한쌍이 통로를 따라 또각또각 걸어 가는 모습을 보았다.

"엔리케……!" 크고 권위적인 목소리였다.

하이힐이 마침내 멈춰섰다. 엔리케는 겁먹은 눈으로 나를 바라보았다. 내게 무언가 말하고 싶은 듯, 내 팔을 꽉 붙잡았다.

"엔리케!"

하이힐이 다시 움직이기 시작했다. 이번에는 곧장 우리를 향해 다가오고 있었다. 목소리의 주인공이 진열대를 돌아 우리 앞에 모습을 드러냈다. 여자였다.

"엔리케!" 여자가 화를 내며 다가왔다. "너를 찾느라 얼마나 애를 먹었는지 알아!" 여자는 고함을 지르고 엔리케 앞에 멈춰섰다. "여태 어디 처박혀 있었던 거야?"

말이 끝나기 무섭게 여자가 엔리케의 뺨을 철썩 후려 쳤다. 얼마나 세게 때렸는지 엔리케의 몸이 순간적으로 휘청했다. 여자는 엔리케의 손을 잡고 단숨에 일으켜세 웠다. 그러곤 내게 욕설을 퍼붓고 토끼 인형을 발로 차더 니 엔리케를 질질 끌다시피 데려갔다. 나는 그들을 따라 몇걸음 걸어갔다. 그들은 계산대를 지나 문으로 향했다. 문 앞에 거의 다다랐을 때, 엔리케가 발을 헛디뎌 바닥에 쓰러지고 말았다. 그는 무릎을 꿇은 채 고개를 돌려 나를 쳐다보았다. 그의 얼굴이 금방이라도 울음을 터뜨릴 것처럼 일그러졌다. 여자는 다시 그를 일으켜세우려고 손을 잡아끌며 고함을 질렀다.

"엔리케, 어서 일어나지 못해!"

나는 꼼짝도 못하고 선 채 속수무책으로 그 모습을 바라보고만 있었다. 문이 닫히기 직전에 그가 보여준 마지막 몸짓, 어머니가 화를 내며 그를 일으켜세우려고 몸을 숙일 때 어떻게든 그 손아귀에서 빠져나가려고 꿈틀거리던 그의 작은 손가락이 아직도 생생히 기억난다.

땅속

좀 쉬고 뭐라도 마시며 정신을 차려야 했다. 어두운 길을 아직 몇시간이나 더 운전해 가야 했다. 어둠속에서 불빛이 보였다. 수킬로미터를 달려오는 동안 처음 본 휴게소였다. 실내의 전등 불빛이 따뜻한 분위기를 자아냈고, 커다란 창문 앞에는 자동차 두어대가 주차되어 있었다. 안으로 들어가니 젊은 커플이 햄버거를 먹고 있었다. 더 안쪽에는 내게 등을 돌리고 있는 남자 하나와 바에 앉은 노인 하나가 보였다. 나는 노인의 옆에 자리를 잡고 앉았다. 여행이 너무 길어지거나 오랫동안 아무와도 이야기를 나누지 못하다보면 그게 마련이다. 나는 맥주 한잔을 주문했다. 바텐더는 뚱뚱하고 몸놀림이 둔했다.

"5페소입니다." 바텐더가 말했다.

돈을 내자 바텐더가 맥주를 가져다주었다. 나는 이 맥주를 마실 생각만 하면서 몇시간이나 차를 몰았다. 맛이기가 막혔다. 옆에 앉은 노인은 빈 맥주잔의 바닥을, 아니면 잔 안에 비치는 무언가를 물끄러미 내려다보고 있었다.

"저분에게 맥주 한잔 사드리면 이야기를 들려주실 거예요." 뚱뚱한 바텐더가 노인을 가리키며 말했다.

노인은 그제야 옆에 누가 있다는 것을 알아차린 듯 내게로 고개를 돌렸다. 그의 눈은 밝은 회색이었다. 아마 백내장 같은 병의 초기인 듯했다. 아무튼 앞이 잘 보이지 않는 것은 분명했다. 내 생각에는 노인이 이야기의 일부만 감질나게 들려주다 말거나, 아니면 자기소개 정도나 할 것 같았다. 그러나 노인은 무언가를 보긴 했지만 딱히 할 일은 없다고 생각하는 눈먼 개처럼 가만히 있었다.

"이봐요, 친구." 뚱보 바텐더가 내게 한쪽 눈을 찡끗해 보였다. "저 할아버지한테 맥주 한잔만 사주면 돼요."

나는 좋다고 했다. 노인은 살며시 미소 지었다. 내가 뚱보 바텐더에게 5페소를 건네주자, 일분도 채 지나지 않아 노인의 잔이 다시 맥주로 가득 채워졌다. 노인은 그것을 두어모금 들이켜더니 곧장 내 쪽으로 몸을 돌렸다. 아마 수백번도 더 했을 얘기를 하려는 모양이었다. 나는 잠시 노인의 옆에 앉은 것을 후회했다.

"이건 저 안쪽에서 일어난 일이라오." 노인은 식기건조대, 아니면 내 눈에는 보이지 않는 상상 속의 지평선을 가리키며 말했다. "저기 저 벌판, 깊숙한 곳에서 말이오. 예전에 거기 마을이 하나 있었다오. 작은 광산촌이었지. 알겠소? 광산이 막 개발되기 시작하던 시기였는데, 그래도 있을 건 다 있었지. 광장도 있고, 교회도 있고, 광산까지는 아스팔트길로 이어져 있었다오. 광부들은 모두 젊은이들이었지. 그들이 아내와 함께 온 덕분에 몇년이 지나자 마을에는 아이들이 많아졌다오. 무슨 소린지 알겠소?"

나는 고개를 끄덕였다. 그러고는 눈으로 뚱보 바텐더를 찾았다. 그 이야기라면 귀에 못이 박히도록 들었을 바텐더는 바 한쪽에 병을 정리해놓느라 여념이 없었다.

"아이들은 하루 온종일 길거리에서 살다시피 했다오. 이 집 저 집 뛰어다니면서 놀기 바빴지. 그러던 어느날, 한 아이가 벌판에서 놀다가 이상한 것을 발견했다오. 한쪽 땅이 조금 부풀어올라 있었는데, 거기서는 드문 일도 아니라 아무도 신경 쓰지 않았을 거요. 하지만 꼬마들 눈에는 너무 이상해 보였던 게지. 거기 있던 아이들, 그중에서도 그것을 발견한 몇 안되는 아이들은 그리로 천천히 다가가 주변을 빙 둘러싼 채 한참을 서 있었다오. 그러다 한 아이가 갑자기 무릎을 꿇고 앉더니 손으로 흙을 파기 시작했지. 그러자 나머지 아이들도 따라 했다오. 아이들은 곧 장난감 양동이며 삽으로 쓸 만한 다른 물건을 구해다가 땅을 파기 시작했지. 오후가 되면서 아이들이 점점 늘어났지. 새로 도착한 아이들은 이미 그 구멍 소식을 전해들은 것처럼 아무것도 물어보지 않고 다른 아이들과 함께 땅을 팠다오. 처음부터 땅을 파던 아이들이 지쳐서 나가떨어지자 새로 온 아이들이 그 자리를 대신했다오. 하지만 지친 아이들도 자리를 뜨지 않고 근처에 남아, 다른 아이들이 일하는 모습을 계속 지켜보았지. 다음 날, 꼬마들은 준비를 더 단단히 하고 그곳에 모여들었다오. 양동이, 국자, 모종삽, 그리고 부모님을 졸라 얻어낸 오만 물건을 다 갖고 나왔지. 구멍은 어느새 구덩이가 되었다오. 그러자 아이들 대여섯명이 그 안에 들어갔지. 아이들의 머리가 간신히 땅 위로 나올 정도의 깊이였지. 거기 들어간 아이들은 양동이에 흙을 모아 위에 있는 아이들에게 올려주었다오. 그러면 밖에 있던 아이들은 근처에 그 흙을 쏟아부었고. 시간이 흐르면서 흙더미는 점점 더 커졌지. 알겠소?"

나는 고개를 끄덕이고는, 노인의 이야기가 잠시 중단된 틈을 이용해 뚱보 바텐더에게 맥주를 더 달라고 했다. 물론 노인의 것도 한잔 더 주문했다. 노인은 고맙다는 표시로 고개를 까딱했지만, 이야기가 끊겨 기분이 상한 듯 얼굴을 찌푸렸다. 잠시 아무 말도 하지 않던 노인은 바텐더가 우리 앞에 새 맥주잔을 놓자 그제야 천천히 입을 열어 하던 이야기를 이어갔다.

"그때부터 아이들은 다른 것엔 눈길도 주지 않고 그 구덩이에만 관심을 가지기 시작했다오. 구덩이로 가서 땅을 파지 못할 때는 자기들끼리 모여 구덩이를 놓고 이러쿵저러쿵 이야기를 나눴다오. 하지만 옆에 어른이 있으면 아무 말도 하지 않았지. 부모들이 뭐라고 하든 대꾸하지 않고 그저 '네' '아니요' '괜찮아요'라고만 대답했지. 아무튼 아이들은 계속 땅을 팠다오. 교대 시간 간격을 줄이면서 보다 효율적이고 조직적으로 일했지. 구덩이가 점점 깊어지자, 아이들은 양동이에 밧줄을 매달아 위로 올렸다오. 날이 어둑해지기 시작하면, 서로 도와 땅위로 올라와서 구덩이 입구를 판자로 덮었고. 구덩이 이야기를 전해들은 일부 부모들은 오히려 기뻐했다오. 아이들이 싸우지 않고 함께 놀 수 있으니까 좋지 않냐고 말이지. 물론 별 관심을 보이지 않은 부모들도 많았고, 구덩이에 관해 아무것도 모른 부모들도 분명 있었을 테지. 그 이야기를 전해듣고 흥미가 당긴 어른이라면 밤에 아이들이 잠든 사이 몰래 구덩이에 가서 판자를 들춰보았을 거요. 하지만 꼬마 녀석들이 파놓은 텅 빈 구덩이에서 뭘 봤겠소? 그것도 어두컴컴한 밤에 말이오. 아무것도 못 봤겠지. 그저 아이들끼리 하는 놀이인가보다, 마을 어른들은 그렇게 생각했을 거요. 그 마지막 날 전까지는."

그러고 노인은 더이상 아무 말도 하지 않았다. 그의 이야기가 끝난 건지 아닌지 몰라 나는 계속 기다렸다. 하고 싶은 말이 몇가지 떠올랐지만 입 다물고 있는 편이 나을 것 같았다. 바텐더가 어디 있는지 둘러보니, 그는 젊은 커플이 앉아 있던 테이블을 치우고 있었다. 나는 지갑에서 5페소짜리 지폐를 꺼내 노인과 나 사이에 놓았다. 노인이 돈을 자기 주머니에 집어넣었다.

"그날 밤, 그들은 결국 자기 자식을 잃어버리고 말았다오. 날이 어두워지기 시작했지. 평소 같았으면 아이들이 하나둘씩 집으로 돌아올 시간인데 그날따라 다들 코빼기도 보이지 않았다오. 걱정이 된 부모들은 아이를 찾으러 나갔지만, 거리에는 마찬가지로 자기 아이를 찾으러 나온 부모들밖에 없었지. 아이들한테 무슨 사고가 생겼는지도 모른다는 생각이 들기 시작할 즈음엔 거의 모든 부모가 길거리에 나와 있었다오. 그들은 닥치는 대로 돌아다니면서 아이들을 찾기 시작했소. 학교는 물론 예전에 아이들이 자주 놀러 다니던 집도 다 찾아보았다오. 어떤 부모는 광산까지 나가 주변을 샅샅이 훑고 아이들이 혼자 갈 수 없는 곳도 모두 뒤져보았다오. 그렇게 몇시간에 걸쳐 온 동네를 뒤졌지만 한명의 아이도 찾지 못한 거요. 그 부모들 모두 언젠가 자기 자식에게 불길한 일이 생길

지 모른다고 생각해본 적이 있을 거요. 가령 담을 잘 타넘는 아이는 땅에 떨어지면서 순식간에 머리가 깨질 수 있지. 또 저수지에서 서로 물에 빠뜨리며 장난치는 아이들은 언젠가 익사할 수도 있고. 하물며 체리 씨나 돌멩이 같은 것이 목에 걸려 죽을 수도 있지 않겠소? 하지만 청천벽력도 유분수지, 멀쩡하던 아이들이 어떻게 흔적도 없이 한꺼번에 사라질 수 있단 말이오? 답답해진 부모들은 자기들끼리 말다툼을 벌이고 몸싸움까지 했다오. 그러다 어쩌면 작은 실마리라도 찾을 수 있을지 모른다는 희망으로 구덩이 주변에 모여 판자를 들어올린 거요. 그러곤 아마 다들 영문을 모른 채 어리둥절한 표정으로 서로를 쳐다봤겠지. 거기에는 그 어떤 구덩이도 없었거든. 판자 밑에는 돌출된 땅, 그러니까 흙을 돋우거나 죽은 사람을 매장한 흔적 같은 작은 둔덕밖에 없었다오. 물론 구덩이가 무너져내리면서 저절로 덮였거나, 아이들이 구멍을 다시 메웠다고 생각할 수도 있겠지. 하지만 아이들이 그동안 파낸 흙은 그대로 있었다오. 어른들이 있던 곳에서도 높게 쌓인 흙더미가 잘 보였지. 그들은 삽을 가져와 아이들이 파던 곳을 다시 파기 시작했소. 그러다 한 엄마가 당장 숨이 끊어질 듯 소리를 질렀지.

'멈춰요, 제발. 천천히, 천천히……' 그녀는 계속 소리를 질렀다오. '잘못하면 삽으로 아이들의 머리를 내리칠

수도 있다고요.'

여러명이 달려들어 그녀를 진정시켜야 했지.

그렇게 처음엔 조심스럽게 파기 시작했지만, 나중에는 다급하고 거칠어졌지. 하지만 흙 밑에는 흙뿐이었다오. 몇몇 부모들은 혼란 속에 체념한 채 집으로 돌아갔고, 나머지는 녹초가 되도록 무작정 밤새 땅을 팠지. 그러나 그들도 결국은 그 어느 때보다 쓸쓸하게 집으로 돌아갈 수밖에 없었다오.

결국 주지사가 그 마을까지 찾아왔다오. 구덩이를 조사하기 위해 전문가로 추정되는 사람들을 데리고 말이오. 부모들은 그들에게 같은 이야기를 여러번 되풀이해야 했지.

'그 구덩이가 정확히 어디 있었죠?' 주지사가 물었지.

'여기요. 정확히 바로 이 자립니다.'

'그런데 이건 당신들이 판 구덩이 아닙니까?'

주지사가 데려온 사람들은 마을을 돌아다니며 집 몇곳을 둘러보고 가더니 다시는 오지 않았다오. 이어 온 마을에 광기가 퍼지기 시작했지. 어떤 여자가 집에서 이상한 소리를 들었다는 거요. 그 소리는 바닥에서 났는데, 마치 쥐나 두더지가 그 아래를 파고 있는 것 같았다지. 여자가 가구를 이리저리 옮기고 카펫을 들어내는가 하면 주먹으로 바닥을 내리치면서 아들의 이름을 부르짖는 것을 그 남편이 발견했다더군. 그런데 곧 다른 부모들도 비슷한 소리를 듣기 시작했다오. 그들은 가구를 죄다 구석으로 몰아놓고 바닥의 널을 뜯어내기까지 했지. 그것도 모자라 지하실 벽을 망치로 허물고 마당을 파헤치는가 하면, 연못의 물까지 모두 뺐다오. 흙길에 군데군데 구멍을 뚫어 그 속에 음식이며 외투며 장난감 같은 것들을 쑤셔 넣은 뒤 다시 메우기도 했고. 그들은 더이상 쓰레기를 땅에 묻지 않았고, 몇구 되지 않는 시신을 묘지에서 파내기도 했다오. 들리는 말로는, 어떤 부모들은 벌판에 나가 밤낮 가리지 않고 계속 땅을 팠다더군. 극도의 피로와 광기로 인해 몸을 제대로 가눌 수 없을 때까지 쉬지 않고 말이오."

노인이 빈 잔을 물끄러미 내려다보았고, 나는 곧장 그에게 5페소짜리 지폐를 건넸다. 하지만 그게 끝이었다. 노인은 돈을 사양했다.

"가는 거요?" 노인이 내게 물었다.

왠지 그가 내게 처음으로 말을 건 듯한 느낌이 들었다. 마치 지금까지 그가 한 이야기는 돈을 받고 들려주는 이야기 그 이상도 그 이하도 아니었던 것처럼. 그러면서 노인은 잘 보이지 않는 회색 눈을 들어 처음으로 나를 똑바로 바라보았다. 나는 그렇다고 대답했다. 뚱보 바텐더에게 손을 흔들자, 바텐더는 싱크대에 서서 고개를 끄덕였다. 우리는 밖으로 나갔다. 문을 열고 나서자 다시 추위가 느껴졌다. 나는 노인에게 어디로 가든 태워줄 테니 같이 가겠냐고 물었다.

"아니오. 고맙지만 괜찮소." 그가 말했다.

"담배 태우시겠습니까?"

그는 멈춰섰다. 나는 담배를 꺼내 그에게 건넸다. 이어 외투 주머니에서 라이터를 찾았다. 라이터 불빛에 그의 손이 훤히 드러났다. 거무죽죽한 그의 손은 곤봉처럼 두껍고 단단해 보였다. 그의 손톱이 선사시대 인간의 손톱과 비슷할지도 모른다는 생각이 들었다. 그는 내게 라이터를 돌려주고 벌판을 향해 걸어가기 시작했다. 나는 영문을 몰라 얼떨떨한 표정으로 멀어져가는 노인의 모습을 지켜보았다.

"어디로 가시는 거죠?" 내가 물었다. "정말 안 타실 거예요?"

그가 걸음을 멈추었다.

"여기 사세요?"

"나는 일을 하고 있다오. 저 너머에서." 그는 벌판 깊숙한 곳을 손으로 가리켰다.

"무슨 일을 하시죠?"

그는 잠시 머뭇거리다가 벌판을 보고 나서 말했다.

"우리는 광부라오."

놀랍게도 갑자기 추위가 더이상 느껴지지 않았다. 나는 제자리에 서서 점점 멀어져가는 노인의 모습을 지켜보았다. 무언가를 분명하게 드러내줄 한가닥 실마리라도 찾고 싶은 마음에 눈을 가늘게 뜬 채. 짙은 어둠속으로 그의 형체가 완전히 사라지고 나서야, 나는 차로 돌아가 라디오를 켜고 전속력으로 달렸다.

느려지는 몸

테고는 스크램블드에그를 만들었다. 하지만 식탁에 앉아 접시를 보았을 때 그것을 먹을 수 없다는 사실을 알게 되었다.

"왜 그래?" 나는 그에게 물었다.

그의 시선은 달걀 위에 한참을 머물렀다.

"걱정이 돼서." 그가 말했다. "요즘 들어 몸이 점점 느려지고 있는 것 같아."

그는 짜증스럽게 팔을 천천히 좌우로 움직였다. 겉으로 보기에는 일부러 그러는 것 같았다. 이어 그는 마치 판결이라도 기다리는 것처럼 내 얼굴을 빤히 쳐다보았다.

"무슨 말인지 전혀 모르겠어." 내가 말했다. "내가 아직 잠이 덜 깼나봐."

"내가 전화 받는 데 얼마나 오래 걸리는지 못 봤어? 그 뿐 아니라 문까지 걸어가는 데도, 물 한잔 마시는 데도, 또 양치질하는 데도 시간이 얼마나 걸리는지…… 고역이 따로 없다니까."

테고가 시속 40킬로미터로 날아다니던 때도 있었다. 서커스 텐트가 그의 하늘이었다. 나는 대포를 무대 한복판으로 끌고 갔다. 일부러 조명을 꺼서 관객의 시야를 가리면 객석에서 아우성이 일었다. 그때 벨벳 커튼이 열리고, 은색 헬멧을 쓴 테고가 모습을 드러냈다. 그는 두 팔을 들어 관객의 박수를 끌어냈다. 그의 빨간색 의상이 모래 위에서 반짝거렸다. 그가 준비를 하고 호리호리한 몸으로 포신 속에 들어가는 동안, 나는 대포에 화약을 재었다. 오케스트라의 드럼 소리에 객석이 조용해지면 이제 모든 것은 내 손에 달려 있었다. 그 순간에는 부스럭거리는 팝콘 봉지 소리와 기침 소리만 이따금씩 들릴 뿐이었다. 나는 주머니에서 성냥이 든 은갑을 꺼냈다. 지금도 가지고 있는 그 상자는 작지만 워낙 반짝거려서 관객석 가장 꼭대기에서도 보일 정도였다. 나는 상자를 열고 성냥을 꺼내서는 상자 바닥에 있는 마찰면으로 가져갔다. 사람들의 시선이 일제히 내게로 쏠리는 순간이었다. 성냥을 빠르게 그으면 그 즉시 불길이 일었다. 그것으로 심지에 불을 붙였다. 심지가 지지직 타들어가는 소리가 사방으로 퍼져나갔다. 나는 이제 곧 엄청난 일이 일어나리라는 인상을 풍기기 위해 배우처럼 과장된 동작을 취하며 몇걸음 뒤로 물러났다. 관객들은 타들어가는 심지만 뚫어지게 보고 있었다. 잠시 후, 쾅 하는 소리와 함께 테고가 반짝이는 빨간색 화살처럼 전속력으로 허공을 가르며 날았다.

테고는 스크램블드에그를 옆으로 밀어놓고 힘겹게 의자에서 일어났다. 이제 그는 뚱뚱한 노인이 되었다. 숨을 쉴 때마다 목에서 그르렁거리는 소리가 심하게 났다. 의사의 말로는 척추가 폐의 일부분 — 정확히 어디인지는 모르겠지만 — 을 누르고 있어서 그렇다고 했다. 그는 의자와 식탁을 짚고 부엌을 돌아다니다가 이따끔씩 걸음을 멈추고 쉬거나 생각에 잠겼다. 어떤 때는 멈춰서서 한숨을 내쉰 뒤 다시 계속 걸어가기도 했다. 그렇게 말없이 걷다가 부엌문에서 멈춰섰다.

"갈수록 몸이 느려지는 것 같아." 그는 접시에 그대로 남은 스크램블드에그를 바라보았다.

"이러다 곧 죽을 것 같다고."

나는 그 접시를 내 쪽으로 끌어다놓았다. 그를 골려줄 생각이었다.

"가장 잘하던 일이 더이상 잘 안될 때 그렇게 되는 거야." 그가 말했다. "그러면 그런 생각이 드는 거지. 아, 갈 때가 되었구나."

나는 스크램블드에그를 한입 떠먹었지만 이미 차갑게
식어 있었다. 그것이 우리가 나눈 마지막 대화였다. 말을
마친 그는 비틀거리며 거실을 향해 세걸음을 내딛더니
바닥에 픽 쓰러져 죽었다.

그로부터 며칠 후, 지역 일간지의 기자가 인터뷰를 하
겠다며 나를 찾아온다. 나는 기사에 실릴 사진에 서명을
한다. 테고와 내가 대포 옆에 서 있는 사진이다. 사진에서
테고는 빨간색 의상에 헬멧을 쓰고 있고, 나는 파란색 의
상에 손에는 성냥갑을 들고 있다. 기자는 그 사진이 무척
마음에 드는 눈치다. 그리고 테고에 관해 더 많은 것을 알
고 싶어한다. 그녀가 그의 죽음에 관해 특별히 하고 싶은
말이 있는지 내게 묻는다. 하지만 나는 그의 죽음에 관해
서 더이상 말하고 싶지 않을뿐더러 생각나는 말도 없다.
기자는 여간해서 자리를 뜰 기미를 보이지 않는다. 그녀
에게 마실 거라도 내놓는 게 좋을 것 같다.

"커피 줘요?" 내가 묻는다.

"네, 좋아요!" 그녀가 대답한다.

그녀는 언제까지라도 기다려서 내 이야기를 들을 생각
인 듯하다. 하지만 몇번이고 은갑 바닥에 대고 성냥을 그
어봐도, 이제는 아무 일도 일어나지 않는다.

스텝 지대에서

스텝 지대*에서 살기란 쉽지 않다. 어느 곳이든 몇시간이나 떨어져 있는데다, 사방을 둘러봐도 바싹 말라붙은 거대한 관목 덤불 외에는 아무것도 보이지 않는다. 우리 집은 마을에서 수킬로미터 떨어진 곳에 있지만 그래도 사정이 나은 편이다. 아늑하고 필요한 것은 모두 있으니까. 폴은 일주일에 세번씩 마을에 가서 곤충과 살충제에 관해 쓴 기사를 농업 잡지사에 보내고, 내가 적어준 목록대로 장을 봐온다. 그가 마을에 가고 없는 동안, 나는 혼자 하고 싶은 일을 하나씩 한다. 내가 뭘 하는지 폴이 안

* 일반적으로는 전세계 중위도 지역에 광범위하게 분포하는 건조기후대를 이르며, 아르헨티나에서는 '파타고니아 스텝'이라고 불리는 냉대·건조 기후의 척박한 초원지대를 가리킨다.

다면 그다지 좋아하지 않을 것 같다. 하지만 절망감에 빠져 허우적거리거나 우리처럼 한계에 도달했을 땐 가장 간단한 해결책, 가령 촛불이나 향, 아니면 잡지 상담 코너의 조언 같은 것들도 더없이 합리적인 선택으로 여겨지기 마련이다.

임신이 잘되게 하는 방법은 여러가지지만 모두 믿을 만한 것은 아니다. 그래서 나는 그중 가장 그럴싸한 것을 골라 그 방법만 엄격하게 따른다. 그리고 관련 사항은 물론, 폴과 내게 일어난 아주 작은 변화라도 공책에 모두 적어둔다.

스텝 지대에서는 날이 늦게 저물기 때문에 우리에게 주어지는 시간이 얼마 되지 않는다. 그래서 손전등이나 그물 등 필요한 모든 것을 미리 준비해두어야 한다. 내가 때가 되기를 기다리는 동안 폴은 집안 곳곳을 청소한다. 조금 있으면 다시 뽀얗게 앉을 먼지를 굳이 닦아내다보면 일종의 의식儀式을 행하는 느낌이 들기도 한다. 그 일을 시작하기 전에 고칠 수 있는 세부 사항, 그리고 우리를 그것들에게, 아니면 적어도 하나, 즉 우리 것에게 데려다줄 더 나은 방법이 있다면 무엇이든 찾아내기 위해 최근의 방식을 철저하게 검토하고 동시에 앞으로 어떻게 하면 더 잘할 수 있을지 진지하게 고민하는 의식 말이다.

준비가 다 되면 폴은 내게 외투와 목도리를 건네주고,

나는 그가 장갑을 끼는 것을 거들어준다. 그러고 나면 우리는 각자 배낭을 어깨에 메고 뒷문으로 나가 벌판으로 걸어간다. 밤이 되면 춥지만 다행히 바람은 잔잔하다. 앞장서 걸어가는 폴이 손전등으로 바닥을 비춘다. 더 안으로 들어가면 벌판은 약간 내리막을 이루다가 긴 언덕으로 이어진다. 우리는 언덕으로 향한다. 거기에 있는 관목들은 우리 몸을 다 가리지도 못할 만큼 작고 나직하다. 폴은 바로 그 때문에 매일 밤 우리의 계획이 실패로 돌아간다고 생각한다. 하지만 우리는 이미 녹초가 된 새벽녘에 몇번이나 그것들을 보았다고 생각하기 때문에, 지금도 포기하지 않고 계속 시도하는 중이다. 그 무렵이면 나는 대개 관목 뒤에 몸을 숨긴 채 내 그물을 꽉 잡고 꾸벅꾸벅 졸면서 번식력이 좋아 보이는 것들에 대한 꿈을 꾼다. 반면 폴은 일종의 포식동물로 변한다. 나는 그가 몸을 잔뜩 숙인 채 관목 사이를 빠져나가는 모습을 지켜본다. 물론 그는 관목 뒤에 웅크린 채 꼼짝 않고서 오랜 시간 동안 버틸 수도 있다.

그것들이 실제로 어떨지 나는 늘 궁금했다. 우리는 그 주제를 놓고 가끔 이야기를 나누었다. 내 생각에 그것들은 좀더 거칠고 사나울 뿐 도시에 있는 것들과 크게 다르지는 않을 것 같다. 반면 폴은 전혀 다를 거라고 생각한다. 폴도 나만큼이나 기대에 차 있어서, 밤에 아무리 춥고 지쳐도 다음 날 다시 와서 찾자고 한 적은 단 한번도 없다. 하지만 관목들 사이에 숨어 있을 때면, 그는 야수가 언제든 자기를 덮칠 수 있다는 듯 주위를 경계하면서 움직인다.

지금 나는 혼자서 부엌 창문으로 길을 내다보고 있다. 오늘 아침에 늦게 일어나는 바람에 우리는 점심부터 먹었다. 식사를 마친 뒤 폴은 쇼핑 목록과 잡지사에 부칠 원고를 가지고 마을로 떠났다. 그런데 오늘따라 이상하게 늦는다. 도착할 시간이 한참 지났는데도 아직 돌아올 기미가 안 보인다. 그때 마침내 그의 픽업트럭이 도착한다. 폴은 집 앞에 차를 세우고 차창 밖으로 손을 흔들어 나를 부른다. 나는 그를 도와 사온 물건들을 안으로 옮긴다. 그는 내게 이렇게 말하며 인사를 대신한다.

"내 말 못 믿을걸."

"뭔데?"

폴은 빙긋이 미소 짓는다. 우리는 짐을 현관에 내려놓고 소파에 앉는다.

"있잖아," 폴이 손을 문지르며 말한다. "어떤 부부를 만났는데, 아주 멋진 사람들이더라고."

"어디서 만났는데?"

내가 계속 말해보라고 하자 그는 정말 놀라운 이야기

를 들려준다. 그동안은 전혀 생각지도 못한 일이지만, 그로 인해 모든 것이 바뀌리라는 예감이 든다.

"그 부부도 우리와 같은 이유로 이곳에 왔대." 그는 눈을 빛내더니, 내가 뒷이야기를 어서 듣고 싶어한다는 것을 알고 곧장 말을 잇는다. "그들이 하나를 손에 넣었대. 한달쯤 됐나보더라고."

"하나를 손에 넣었다고? 하나를 손에 넣다니! 믿을 수가 없네……"

폴은 연신 고개를 끄덕이며 두 손을 비빈다.

"그 부부가 우리를 저녁식사에 초대했어. 오늘 저녁 말이야."

그가 좋아하는 모습을 보니 나도 기쁘다. 너무 기쁜 나머지 마치 우리가 그걸 해낸 듯한 착각마저 든다. 우리는 포옹을 하고 입을 맞춘 뒤 곧바로 외출 준비를 시작한다.

나는 디저트를 만들고, 폴은 분위기에 어울릴 만한 와인과 최고급 시가를 고른다. 함께 샤워를 하고 옷을 입는 동안 그는 자기가 아는 것을 모두 들려준다. 아르놀과 나벨은 여기서 20킬로미터쯤 떨어진 곳에 살고 있는데, 집도 우리 집과 아주 비슷하다고 한다. 그는 이미 그 집을 보았다. 집으로 돌아올 때 폴이 그들의 차를 뒤따라왔는데, 어느 지점에서 아르놀이 자기들은 거기서 꺾어 들어간다는 것을 알리기 위해 경적을 울리고 나벨은 손가락으로 자신들의 집을 가리켰다고 한다. 정말 좋은 사람들이야. 폴은 그 말을 여러번 되풀이한다. 폴이 그들 부부에 관해 너무 많이 알고 있는 것 같아서 약간 질투가 난다.

"그리고? 그건 어떤 것 같아? 직접 봤어?"

"늘 집에 둔다고 하더라고."

"어떻게 집에 둘 수가 있지? 혼자 말이야?"

폴은 어깨를 으쓱한다. 폴이 그런 것을 이상하게 여기지 않는다니 그저 놀라울 따름이다. 어쨌든 나는 디저트를 준비하는 동안 더 자세히 이야기해달라고 그를 조른다.

우리는 한동안 집에 돌아오지 않을 것처럼 문을 잠근 다음, 외투를 여미고 차로 향한다. 차를 타고 가는 동안 나는 애플파이가 한쪽으로 기울어지지 않도록 무릎 위에 잘 올려놓는다. 그리고 거기 가서 무슨 말을 할지, 또 나벨에게 뭘 물어볼지 생각한다. 폴이 아르놀에게 시가를 권해 함께 집 밖으로 나가면 아마 나와 나벨만 남을 테고, 그때 그녀와 좀더 개인적인 이야기를 나눌 수 있을 것이다. 어쩌면 나벨도 촛불을 이용하거나 이따금씩 다산多産하는 것들에 대한 꿈을 꾸는지도 모른다. 그들은 이제 하나를 찾아냈으니 우리가 앞으로 어떻게 하면 좋을지 정확하게 말해줄 수 있을 것이다.

그 집 앞에 도착해서 경적을 울리자 그들이 곧장 나와 우리를 맞아준다. 아르놀은 엄청난 거구에 청바지와 빨간색 체크무늬 셔츠를 입었다. 그는 폴을 보자 와락 껴안으며 인사를 나눈다. 누가 봤으면 둘이 오랜만에 만난 친구 사이인 줄 알았을 것이다. 나벨은 아르놀의 뒤에서 나와 내게 미소를 지어 보인다. 앞으로 사이좋게 지낼 수 있을 것 같은 예감이 든다. 그녀도 아르놀만큼이나 키가 크지만 마른 편이고, 남편과 같은 옷을 입었다. 나만 옷을 쫙 빼입고 온 것이 후회스럽기만 하다. 안으로 들어가자 오래된 산장 같은 분위기가 풍긴다. 나무로 된 벽과 천장, 거실에 있는 커다란 벽난로, 바닥과 소파에 깔린 모피. 집 안은 환하고 난방도 잘되어 있다. 실내장식은 내 취향과 전혀 다르지만, 그래도 괜찮은 편이다. 나벨의 웃음에 화답하는 뜻에서 나도 미소를 짓는다. 맛있는 소스와 고기 굽는 냄새가 콧속으로 스며든다. 요리는 아르놀 담당인 모양이다. 그는 양념이 묻은 그릇을 들고 부엌을 분주하게 돌아다닌다. 그가 나벨에게 우리를 거실로 안내하라고 말한다. 우리는 소파에 앉는다. 나벨은 잔에 와인을 따라준 다음 안줏거리가 담긴 쟁반을 들고 온다. 잠시후, 아르놀도 소파로 와서 앉는다. 나는 그들에게 어서 물어보고 싶다. 그것을 어떻게 잡았는지, 지금은 어떤지, 뭐라고 부르는지, 잘 먹는지, 의사에게 데려가봤는지, 도시의 것처럼 예쁘게 생겼는지 등등. 하지만 다들 중요한 문제는 제쳐두고 쓸데없는 이야기만 늘어놓고 있다. 아르

놀이 폴에게 살충제에 관해 물어보는가 하면, 폴은 아르
놀의 사업에 깊은 관심을 보인다. 그러곤 트럭이 어떤지,
장을 어디서 보는지 하는 이야기가 이어진다. 그러다 두
사람 모두 같은 남자와 시비가 붙어서 실랑이를 벌인 적
이 있다는 사실을 알게 된다. 주유소에서 일하는 남자인
데, 두 사람은 그가 정말 형편없는 인간이라고 입을 모은
다. 아르놀은 음식 간을 봐야 한다면서 양해를 구하고 잠
시 자리를 뜬다. 폴이 자기도 도와주겠다면서 두 팔을 걷
어붙이고 따라 나선다. 나는 나벨의 맞은편 소파에 자리
를 잡고 앉는다. 궁금한 점을 묻기 전에 우선 친근한 말부
터 건네는 것이 좋을 듯하다. 나는 그녀의 집을 칭찬한 다
음 이렇게 묻는다.

"귀여운가요?"

그녀는 얼굴을 붉히면서 살며시 웃는다. 그러고는 부
끄러워하는 표정으로 나를 쳐다본다. 그 모습을 보자 갑
자기 속이 울렁거린다. 너무 기뻐서 춤이라도 덩실덩실
추고 싶은 기분이다. 나는 속으로 생각한다. '그들한테 있
어, 분명히 있다고. 게다가 예쁜가봐.'

"한번 보고 싶네요." 내가 말한다.

'지금 당장 보고 싶어요.' 이렇게 생각하면서 나는 자
리에서 일어난다. 나벨이 "이리 오세요"라고 말하기를 기
다리며 복도를 쳐다본다. 이제 드디어 그것을 만나서 안

아볼 기회가 온 것이다.

그때 아르놀이 음식을 가지고 돌아오면서 모두 식탁으로 오라고 부른다.

"하루 종일 자나요?" 나는 그렇게 묻고는 마치 농담이라는 듯 웃어 보인다.

"아니는 그걸 보고 싶다고 난리예요." 폴이 내 머리를 쓰다듬으며 말한다.

아르놀은 웃는다. 하지만 우리 말에 대답하는 대신, 음식을 담은 큰 접시를 식탁 위에 올려놓고는 누가 설익힌 고기를 좋아하는지, 또 누가 완전히 익힌 고기를 좋아하는지 묻는다. 우리는 곧장 음식을 먹기 시작한다. 식사를 하는 동안에는 나벨도 말이 많아진다. 폴과 아르놀이 둘이서 이야기를 나누는 동안, 우리는 서로 비슷한 삶을 살고 있다는 사실을 발견한다. 나벨은 식물에 관해 내게 조언을 구하고, 나는 부끄러움을 무릅쓰고 다산 요리법에 관해 이야기한다. 갑자기 떠오른 우스갯소리라고 둘러대지만, 의외로 나벨이 정색을 하며 내 말에 관심을 보인다. 나는 그녀도 나와 비슷한 방법을 사용하고 있다는 것을 알아차린다.

"그럼 외출은요? 야간 사냥은요?" 나는 웃으면서 묻는다. "장갑과 배낭은요?"

나벨은 놀란 듯 잠시 아무 말이 없다가 마침내 나와 함께 웃기 시작한다.

"손전등은 어떻고요!" 그녀는 배를 잡고 웃으며 말을 잇는다. "그 망할 놈의 배터리는 오분도 안 간다니까요!"

나는 웃다가 눈물까지 질금질금 흘린다.

"그물은 어떻고요! 폴의 그물을 보셔야 하는데!"

"아르놀의 그물은 또 어떻고요!" 그녀가 말한다. "말로 설명할 수도 없다니까요!"

남자들의 대화가 끊긴다. 아르놀은 나벨을 보고 굉장히 놀란 듯하다. 하지만 그녀는 아직 그걸 알아차리지 못했다. 그녀는 자지러지게 웃어대며 손바닥으로 식탁을 두번이나 친다. 무언가를 말하려고 입을 씰룩거리지만, 말은커녕 숨도 제대로 못 쉬는 지경이다. 나는 재미있다는 표정으로 그녀를 바라보다가 폴을 힐끗 쳐다본다. 그도 역시 즐거운 시간을 보내고 있는지 확인하고 싶다. 그때 나벨이 심호흡을 하더니, 다시 눈물이 쏙 빠지도록 웃으며 말한다.

"그리고 엽총." 그녀는 다시 식탁을 치기 시작한다. "하느님 맙소사, 아르놀! 그때 당신이 총만 안 쐈어도! 그러면 그걸 훨씬 더 빨리 찾아낼 수 있었을걸……"

아르놀은 나벨을 쳐다본다. 그는 화가 난 듯 순간적으로 얼굴을 일그러뜨렸다가 이내 마음에도 없는 웃음을 —일부러 큰 소리로 —터뜨린다. 폴은 이제 웃지 않는다. 아르놀은 단념한 듯 어깨를 으쓱이더니 공모의 눈빛으로 폴을 찾는다. 그러고는 엽총을 조준하고 발사하는 시늉을 한다. 나벨도 그를 따라 한다. 둘은 서로에게 총구를 겨누고 다시 한번 발사하는 흉내를 낸다. 이제는 흥분이 다소 가라앉은 모습이다. 마침내 웃음이 멈춘다.

"오…… 맙소사……" 아르놀이 고기가 담긴 접시를 돌리며 말한다. "드디어 이 모든 사실을 털어놓고 얘기할 수 있는 분들이 나타났군요…… 음식 더 필요한 분?"

"그런데 그건 지금 어디 있죠? 꼭 보고 싶어서요." 마침내 폴이 말한다.

"곧 보게 될 겁니다."

"잠을 엄청나게 많이 자거든요." 나벨이 말한다.

"하루 온종일요."

"그럼 잠든 사이에 살짝 보면 되겠네요!" 폴이 말한다.

"아, 그건 안돼요." 아르놀이 말한다. "우선 아나가 만든 애플파이를 먹은 다음 맛있는 커피를 듭시다. 그리고 나벨이 몇가지 보드게임을 준비했답니다. 폴, 혹시 전략게임 좋아해요?"

"하지만 우리는 잠든 모습이라도 보고 싶은데요."

"그건 안됩니다." 아르놀이 말한다. "그러니까 내 말은, 그런 식으로 봐야 아무 의미도 없다는 거예요. 굳이 그렇게라도 보시겠다면 며칠 후에 오도록 하시죠."

폴은 잠시 나를 보더니 말한다.

"좋아요. 그럼 디저트를 먹죠."

나는 나벨을 도와 식탁에 있는 접시를 부엌으로 가져간다. 그러고는 아르놀이 냉장고에 넣어둔 애플파이를 꺼내 식탁으로 들고 가서 접시에 담는다. 그사이 나벨은 부엌에서 커피를 준비하느라 바쁘다.

"화장실이 어디죠?" 폴이 묻는다.

"아, 화장실요……" 아르놀은 부엌으로 고개를 돌린다. 나벨을 찾는 눈치다. "사실은 고장이 좀 났거든요. 그래서……"

폴은 그래도 괜찮다는 제스처를 해 보인다.

"어디죠?"

아르놀은 자기도 모르게 복도 쪽을 쳐다본다. 폴은 자리에서 일어나 그리로 걸어가기 시작한다. 아르놀도 따라 일어선다.

"같이 가시죠."

"괜찮아요. 굳이 그러실 필요 없어요." 이미 복도에 들어선 폴이 말한다.

아르놀은 몇걸음 뒤에서 그를 따라간다.

"오른쪽이에요." 그가 말한다. "화장실은 오른쪽에 있어요."

나는 폴이 화장실에 들어갈 때까지 계속 그를 눈으로

좇는다. 아르놀은 나에게 등을 돌리고 선 채 복도를 쳐다보고 있다.

"아르놀." 내가 그의 이름을 부르는 것은 이번이 처음이다. "애플파이 드실 거죠?"

"물론이죠." 그가 대답한다. 그는 잠시 나를 보더니 이내 복도 쪽으로 눈길을 돌린다.

"준비됐어요." 나는 파이 접시를 그의 자리 앞에 밀어놓는다. "너무 신경 쓰지 마세요. 저 사람은 화장실에 한번 들어가면 한참 걸리거든요."

내가 미소를 지어 보이지만, 그는 아무 반응도 없다. 그는 식탁으로 돌아와 복도를 등진 채 자기 자리에 앉는다. 왠지 불편해 보인다. 마침내 그가 포크로 파이를 크게 한 조각 잘라 입에 넣는다. 나는 약간 놀란 표정으로 그를 보다가 그의 접시에 파이를 더 덜어준다. 부엌에 있는 나벨이 어떤 커피를 좋아하는지 묻는다. 뭐라고 대답하려는 순간, 폴이 조용히 화장실에서 나오더니 복도를 가로질러 어떤 방으로 들어가는 모습이 보인다. 아르놀은 나를 보면서 대답을 기다린다. 나는 커피를 워낙 좋아해서 어떤 것이든 괜찮다고 대답한다. 복도 안쪽에 있는 방의 불이 켜진다. 잠시 침묵이 흐른다. 그때 어디선가 이상한 소리가 들려온다. 카펫 위에 무거운 물건이 떨어진 것처럼 둔탁한 소리다. 아르놀이 복도 쪽으로 고개를 돌리려는 순간, 내가 그의 이름을 부른다.

"아르놀."

그는 나를 힐끗 쳐다보더니 천천히 일어난다.

그 순간, 다른 소리가 들린다. 곧 폴이 비명을 지르고, 무언가—아마 의자인 듯하다—가 바닥에 쓰러진다. 무거운 가구를 끄는 소리, 뭔가 깨지는 소리가 이어진다. 아르놀이 벽에 걸려 있던 엽총을 낚아채 복도로 달려간다. 나도 일어나 그를 뒤쫓는다. 폴은 방 안쪽에서 시선을 떼지 않은 채 뒷걸음치며 나오고 있다. 아르놀은 곧장 그를 향해 다가간다. 하지만 폴이 먼저 아르놀에게 덤벼든다. 그는 엽총을 쳐내고 그를 옆으로 밀치면서 내게 달려온다. 나는 무슨 영문인지도 모른 채 그의 손에 이끌려 밖으로 뛰쳐나간다. 등 뒤에서 문이 삐걱이는 소리를 내며 천천히 닫힌다. 그러다 잠시 후 쿵 하는 소리와 함께 문이 다시 열린다. 나벨이 소리를 지른다. 폴은 곧장 트럭에 올라타 시동을 건다. 나도 재빨리 그의 옆자리에 앉는다. 차가 후진으로 나가는 사이, 헤드라이트 불빛 속에 우리를 향해 달려오는 아르놀의 모습이 잠시 드러난다.

트럭이 도로 위를 달리는 동안 우리는 말없이 놀란 가슴을 진정한다. 폴의 셔츠는 여기저기 찢어져 너덜너덜하고, 오른쪽 소매는 거의 떨어져나간 상태다. 게다가 무언가에 할퀴였는지 팔에 깊게 난 상처에서 피가 흐르고 있다. 우리는 전속력으로 달려 금세 집 근처에 다다른다. 하지만 폴이 그대로 차를 몰아 집을 그냥 지나쳐버린다. 나는 차를 멈추라는 뜻으로 그의 어깨를 어루만진다. 폴은 여전히 거친 숨을 몰아쉬는 중이다. 운전대를 잡은 손이 팽팽히 긴장되어 있다. 그는 양옆으로 펼쳐진 검은 벌판을 보고, 백미러를 통해 뒤를 살핀다. 속도를 줄여야 한다. 만약 갑자기 어디선가 동물이라도 튀어나오면 우린 끝장이다. 그때, 어쩌면 그것들 중 하나가―우리 것일 수도 있다―갑자기 튀어나올 수도 있다는 생각이 스친다. 하지만 폴은 점점 더 속도를 낸다. 그 멍한 눈동자에 어린 공포로 보건대, 정확히 그 가능성을 염두에 둔 듯하다.

엄청난 노력

  그와 아버지는 한마리의 동물, 거울 속 자신의 모습을 바라보고 있는 노란 동물이었다. 꿈은 반복되었다. 그는 괴로움에 몸부림치며 깨어났고, 그럴 때마다 다시 잠들기가 너무 힘들었다. 낮 동안에는 몸이 평소보다 훨씬 더 뻣뻣하고 구부정한 느낌이었다. 한번은 아내가 그에게 어디 이상한 건 아닌지 물어보기도 했다. 그는 뭐라고 설명하려 했지만, 정작 아내는 별로 알고 싶지도 않은 눈치였다. 그 무렵, 어떤 이가 그에게 린 부인의 이름과 주소를 알려주었다. 그는 그 부인이든 누구든 아무 여자라도 찾아가고 싶은 심정이었다. 어느 동네에나 꼭 하나씩 있는 그런 여자 말이다. 정말 중요한 건 말이야, 친구가 쪽지에 그 여자의 전화번호를 적으면서 말했다, 자기 자신

을 소홀히 하지 않는 거라고.

결국 그는 린 부인을 찾아갔다. 그후로 일주일에 한번 씩 그녀를 찾았다. 매번 치료가 끝나면 몸과 마음이 가벼워지면서 불쾌감의 정체를 명확히 파악할 수 있었다. 신경과민 증상이 사라졌고, 마치 목구멍을 위장 쪽으로 잡아당기는 것 같은 불안감도 자취를 감추었다. 구름 위를 걷는 듯한 충만감은 하루 종일 지속되었다. 그 덕분에 그다음 며칠도 평온한 마음으로 보낼 수 있었다. 그렇지만 결국에는 예의 뻣뻣한 상태로 다시 돌아오곤 했다.

다섯번째 치료를 받을 때 그가 꿈 이야기를 꺼내자, 린 부인은 라벤더 오일을 발라준 뒤 문을 활짝 열었다. 그는 린 부인이 치료하는 동안 마사지 베드 위쪽에 나 있는 커다란 구멍에 얼굴을 묻은 채 가만히 있었다. 부인에게는 양손, 양 팔꿈치, 양 무릎이 진정한 힘의 원천이었다. 오로지 그것들을 통해서만 그녀의 에너지가 그의 몸속으로 전달될 수 있었다. 여섯번째 치료를 받을 때 그는 아버지에 관해서, 아버지가 처음 집을 나갔던 일에 관해서, 또 식구들에게 전화해 소식을 알렸던 여자 경찰관에 관해서 이야기했다. 어떤 운전자가 고속도로변을 혼자 걷고 있던 아버지를 발견하고 비상전화로 신고했다는 것이었다. 그는 그 전화를 받은 어머니와 나무라는 듯한 여자 경찰관의 목소리를 지금도 또렷이 기억하고 있다. "남편분 혼자서 고속도로를 걷고 있었다고요. 이게 모두에게 얼마나 위험한 일인지 잘 아시죠? 지금 당장 경찰서로 와서 그분을 데려가세요."

어머니는 잠옷 위에 카디건을 걸치고 나갈 준비를 했다. 그와 누이는 거실에 앉아 마냥 기다릴 수밖에 없었다. 어머니가 말했다. "만일 의자에서 엉덩이를 떼면, 영영 아버지를 못 볼 줄 알아."

치료가 끝나자 린 부인이 말했다. "천천히 눈을 뜨세요." 창문으로 들어오는 부드러운 햇살을 보는 것만으로도 기분이 좋아졌다. 그녀가 정확히 언제 커튼을 걷었는지 모르겠지만, 그것 때문에 크게 당황하지는 않았다. 여덟번째 치료를 받을 때에는 아버지가 다시 식구를 버리고 떠나려 했던 일을 이야기했다. 그의 어머니가 장 볼 거리를 쪽지에 적는 사이, 아버지는 부엌의 노란색 타일을 꼼꼼히 뜯어보고 있었다.

"이상하다는 거 알아요." 그는 린 부인에게 분명하게 이야기했다. "그렇지만 그때 아버지는 틀림없이 노란색 타일만 바라보고 있었어요. 내 꿈에 나타난 그 노란색을 말이죠."

환자들이 너무 많다보니 린 부인이 세세한 내용을 잊어버리진 않을지 걱정스러웠다. 어쩌면 가장 중요한 핵심이 바로 거기, 그 노란색에 있을지도 모르는데. 린 부인의 손가락이 빠르게 그의 등을 타고 올라가는 순간, 이런 종류의 이야기라면 그녀도 이골이 났을 거라는 깨달음이 찾아왔다. 그러니 자신 역시 자잘한 설명은 생략한 채 이야기를 이어가도 될 터였다.

"아버지가 벌떡 일어나더니 부엌에서 나가더라고요." 그가 말을 이었다. "아버지는 늘 그런 식이었죠. 그런데 그날따라 몸이 평소보다 뻣뻣해 보였어요. 그 모습을 보자 갑자기 두려운 생각이 들더군요. '어디 가는 거야?' 어머니가 아버지에게 물었죠. '이걸 가져가야 장을 볼 것 아냐.' 우체통 입구에 너무 큰 편지를 욱여넣듯이 어머니는 아버지의 손에 거칠게 쪽지를 쥐여주었어요. 하지만 어머니로서는 그렇게 할 수밖에 없었죠. 그걸 쥐여줘야 아버지가 장을 봐서 집에 돌아올 테니까요."

"숨을 깊이 들이마셨다가 천천히 내쉬세요." 린 부인이 그에게 상기시켰다. "눈은 감아도 돼요."

그는 뭔가를 자세히 설명하거나 린 부인의 눈치를 살피려고 가끔씩 마사지 베드 구멍에서 고개를 들었다. 그럴 때마다 그녀는 팔꿈치로 몸의 혈을 꽉 눌러 그를 다시 원래 자세로 되돌려놓았다. 그녀의 양 팔꿈치, 양 주먹, 양 무릎은 언제나 반질반질 윤이 나고 촉촉했으며, 내내 바쁘게 움직였다. 그녀는 로션 튜브를 흔든 다음 뚜껑을 열어 로션을 짜냈다. 로션이 처음 살갗에 닿을 때 차갑게 느껴지는 건 피부에 자극을 주고 근육을 활성화하는 과정이라 괜찮다고 했다.

"무서워요." 그는 아홉번째 치료를 받으면서 말했다. "많은 것이 두려워요."

하지만 말이 끝나기가 무섭게 부끄러운 기분이 들었다. 아무 생각 없이 그냥 내뱉은 말이었다. 아마 마사지 베드에 살을 맞대고 있다보니 자기도 모르게 긴장이 풀렸던 모양이다.

"팔에 힘을 좀 빼보세요." 린 부인이 말했다.

그런데 몸속 무언가에 필요 이상으로 힘이 풀렸는지 몸이 더이상 마음대로 움직이지 않았다.

"주먹을 펴보세요."

린 부인은 손에 오일을 듬뿍 따르더니, 스트레칭을 하는 것처럼 자기 손가락을 여러번 잡아당겼다.

자신이 평소보다 더 온순해진 것 같다는 생각이 들면서 금방이라도 울음이 터질 것만 같았다. 하지만 창피해서 깊게 숨을 들이쉬고 다시 마음을 단단히 먹었다.

그의 아버지는 거의 열두시간이 지난 자정 무렵에야 폭우를 뚫고 집에 돌아왔다. 비에 젖은 커다란 봉지 두개에 장 본 물건들이 담겨 있었다. 초등학교 고학년 무렵, 기회만 되면 집을 나가려는 아버지 때문에 그는 날이 갈수록 마음고생이 심해졌다. 하지만 그를 그토록 괴롭힌

건 그저 버림받았다는 생각만은 아니었다. 그건 바로 분노였다. 차라리 영영 떠나지도 못하는, 나약하고 어리석은 아버지가 그의 가슴에 불을 지핀 분노. 이는 그가 언제나 입을 굳게 닫은 채 가슴속에 품고 다니던 고통스러운 공기 덩어리 같은 것이었다. 만약 아버지가 어떻게든 집을 떠난다면 그 공기 덩어리가 아버지에 관해서 간직하게 될 전부일 터라, 그 또한 그 덩어리를 마음에서 쉽게 떠나보낼 수 없었다.

아홉번째 치료를 받는 동안 린 부인은 다시 꿈에 관해서 물어보았다. 치료를 받으면서 증상이 다소 가벼워지긴 했지만 꿈은 여전히 반복되었다. 그와 아버지는 한마리의 동물, 거울 속 자신의 모습을 바라보고 있는 노란 동물이었다.

열두번째 치료를 받으면서, 그는 뭔가를 다시 확실히 설명해야 할 필요성을 느꼈다. 따지고 보면 그의 부모님은 그다지 사이가 나쁘지 않았으며, 그가 기억하기에 그런 문제는 아니었던 것 같다고. 그렇다고 경제적으로 어려웠던 것도 아니라고. 그런 설명은 대부분 자기 자신에게 하는 것이었지만, 린 부인도 들을 수 있도록 큰 소리로 말했다. 마사지 베드에서 어떤 일이 일어나든, 그것은 그와 린 부인 사이의 공동 작업이었다. 그는 하고 싶은 말을 했고, 그 보답으로 린 부인은 팔꿈치로 견갑골 양쪽을 강하게 짓눌렀다. 이처럼 두 사람은 서로의 안팎을 찔러댔고, 서로를 인정하며 서로의 마음속으로 스며들었다. 한번인가 두번은 너무 지친 탓에 치료를 받는 동안 아버지에 관해 아무 말도 하지 않았다. 린 부인은 아무런 감정없이 허리 부분을 몇번 꼬집으며 더 부드럽게 그를 주물러주었다.

그의 아버지는 그가 고등학교에 들어간 지 몇달 만에 다시 집을 나갔다. 어느날 오후, 아버지는 기어이 집에 돌아오지 않았다. 그는 아버지를 찾았다는 경찰의 연락이 오기를 기다리면서 한동안 애를 태웠다. 아버지 수중에 주소가 적힌 무슨 증명서라도 있을까? 그의 어머니는 남편 없이 사는 데 금방 익숙해졌다. 그렇게 삼년이 다 되어가던 어느날, 전화벨이 울렸다. 아버지였다. "너무 외롭구나." 수화기로 아버지의 목소리가 흘러나왔다. "아빠, 거기 어디야? 내가 찾으러 갈게." 그가 말했다. 잠시 침묵이 흐르자, 그는 급한 마음에 생각나는 대로 말했다. "서쪽에 있어? 아니면 고속도로로 가면 돼? 여기서 가까운 데 있어, 아니면 먼 데 있어?" 그는 대답을 기다렸지만, 아버지는 이미 전화를 끊은 뒤였다.

"혹시 여기 아파요?" 가끔 린 부인은 이렇게 물어보면서 손으로 통증이 있는 부위를 더듬었다. 하지만 정말 아픈 곳에 관해서는 거의 물어보지 않았다. 그로서는 차라리 그편이 나았을지도 모른다.

시간이 흘러 그의 누이가 집을 떠났다. 몇년 후에는 그 자신도 집을 떠났다. 그가 집을 떠난 날은 토요일이었다. 요일까지 기억하는 건, 아버지가 그다음 주 수요일에 집에 돌아왔기 때문이다. 그는 거의 칠년 동안이나 아버지를 기다리다가 결국 어느날 여행가방을 싸서 집을 떠났고, 아버지는 그로부터 나흘 뒤에 집으로 돌아와 초인종을 눌렀다. 어머니에 따르면, 초인종 소리를 듣고 밖을 내다봤더니 아버지가 대문 앞에 서서 손을 흔들고 있었다. 며칠 동안 아버지를 어떻게 해야 할지 몰라 난감했지만, 결국 각방을 쓰기로 했다. 아버지와 어머니는 그렇게 사는 데 금세 익숙해졌다. 그러다가 그의 아들이 태어나면서 과거는 그들 가족 모두에게 요원한 것이 되었다. 일요일이면 온 가족이 모여 저녁식사를 했는데, 그는 아버지가 다정한 손길로 손자의 머리를 어루만지는 모습을 보면서, 그동안 자신이 아버지로 인한 고통을 너무 부풀렸던 게 아닌지 생각하기도 했다. 결국 그 모든 것이 사춘기 때문에 비롯된 감정일 수도 있지 않을까? 공연히 집을 떠나고 싶은 마음에 아버지를 용서할 수 없는 핑곗거리를 몇가지 꾸며낸 것일지도 몰랐다. 그렇게 식구들 간의 관계는 크게 달라진 것 없이 유지되었다.

몇주일 전, 그는 약속도 없이 린 부인을 만나러 갔었다.

그의 자동차 조수석에는 아버지가 앉아 있었다. 가는 동
안 그들은 단 한번도 입을 열지 않았다. 무슨 일이 있어도
그녀를 만나야 했다. 두 사람이 대기실에 있다는 말을 듣
자, 그녀는 금세 그의 절박함을 알아챘다. 덕분에 그는 바
로 들어갈 수 있었지만, 아버지는 밖에서 기다려야 했다.

린 부인은 마사지 베드에 앉으라고 권하곤 무슨 일인
지 말해달라고 했다. 그날 오후에 그가 부엌에서 책을 읽
고 있는데, 갑자기 아들이 오더니 그를 방으로 끌고 갔다.
짤막한 인형극을 준비한 모양이었다. 녀석은 그에게 앉
아서 보라고 했다. 그러곤 즉흥적으로 만든 막 뒤로 들어
갔다. 인형극을 멋지게 펼쳐 보이려고 엄청나게 애를 쓰
는 모습이었다. 그는 아이가 저렇게 뭔가를 진지하게 하
는 것을 본 적이 없었다. 이제 그는 린 부인에게, 지금부
터 기이하고 설명하기 어려운 이야기를 할 텐데 답답해
도 참고 들어달라고 말했다.

린 부인은 고개를 끄덕인 뒤 손을 뻗어 로션 튜브 하나
를 집고선 마사지 베드에 걸터앉았다.

아이가 인형 하나를 무대 위로 올렸다. 인형은 비명이
라도 지르려는 듯이 하얀 입을 크게 벌리더니 그대로 부
들부들 떨기 시작했다. 거기서 1미터밖에 떨어지지 않은
곳에 앉아 있던 그도 인형만큼이나 겁에 질렸다. 하지만
그다음에 어떤 일이 일어났는지, 그다음에 무슨 일이 벌

어졌는지 린 부인에게 설명할 길이 없었다. 아이는 인형을 막 뒤로 숨겼다가 다시 꺼내더니, 다시 비명을 지르게 한 다음 다시 뒤로 숨겼다. 아이는 이를 한번, 그리고 또 한번, 결국 그가 목덜미와 목구멍 사이에 통증을 느낄 때까지 반복했다. 그를 뻣뻣하게 굳게 하고 꿈속에 나타나 그를 공포에 떨게 했던 고통, 그를 아버지와, 또 거울에 비친 자신의 모습과 묶었던 고통, 그 노란색 고통이었다.

가장 큰 로션 튜브를 들고 있던 린 부인이 자기도 모르는 사이 손에 힘을 주는 바람에 아몬드 향이 방 안 가득 흘러넘쳤다.

"그 순간," 그는 스스로도 이해하려고 노력하며 이야기를 이어갔다. "아들이 엄청나게 많은 관심을 받고 싶어한다는 걸 느꼈어요. 끝없는 욕망, 그걸 느꼈어요. 어떤 식으로도 채워줄 수 없는 욕망요."

린 부인은 로션 튜브를 내려놓고 손가락을 늘리려는 듯이 신경질적으로 잡아당겼다.

"더는 아이를 바라볼 수가 없더군요. 그래서 눈을 딴 데로 돌렸어요." 그는 이야기에 집중하려고 했지만, 갑자기 가벼운 현기증이 일었다.

아이는 인형을 내려놓더니 무대 밖으로 고개를 내밀었다. 그러고는 다시 막 뒤에 숨었다가 몇초 후에 다시 모습을 드러냈다. 아이가 사라질 때마다 그가 느낀 고통은 가

혹하다고 할 정도였다. 아이가 막 뒤로 숨을 때마다 눈에 보이지 않는 실이 그를 확 낚아채는 것만 같았다.

린 부인은 로션 튜브를 가슴께에 갖다댔다. 그러고는 당장이라도 튜브를 눌러 짤 기세로 순간 팔꿈치를 뒤로 젖혔다.

"이제 더는 아버지와 함께 살 수도, 그렇다고 아버지 없이 살 수도 없다는 생각이 들었어요. 아버지와 나를 하나로 묶었던 것은 엄청난 실수였어요. 둘 다 실패할 수밖에 없는 비극이었죠."

린 부인이 그에게 로션 튜브를 건네주자 그는 말없이 받아들었다. 그 튜브가 어떤 식으로든 이야기를 계속할 수 있도록 도와주었다.

그는 자신의 생각을 어떻게든 풀어보려 애썼다. 그는 아들과 눈을 마주칠 수 없었다. 그래서 그의 눈은 자신을 공황 상태에서 구해줄 한 지점을 찾아 방 안의 장난감들 사이를 헤맸고, 곧 창가에 걸려 있던 노란색 꼭두각시 인형에 매달렸다.

린 부인의 팔은 이제 어깨에서 똑바로 내려와 있었고, 손가락은 새로운 반죽법을 연습하는 양 허공에서 가볍게 움직이고 있었다.

"그래서 무작정 아버지한테 가서 억지로 태우고 온 거예요. 한마디도 하지 않고 고속도로를 타고 30킬로미터를 달려왔어요."

린 부인의 손가락이 마치 잡고 있던 실을 놓치기라도 한 듯이, 아니면 그가 방금 한 이야기가 도무지 이해되지 않는다는 듯이 멈칫했지만, 그의 이야기가 계속되자 다시 움직이기 시작했다.

차를 타고 오는 동안 그의 아버지는 아무 말도 하지 않았다. 도시의 불빛이 사라지기 시작할 즈음, 그는 길가에 차를 세우고 아버지에게 내리라고 했다.

"나는 집을 떠날 수가 없었어요. 나도 아버지만큼이나 나약하고 소심하니까요. 하지만 분명 내가 할 수 있는 무언가가 있었을 거예요. 장기적으로 모든 상황을 바꿀 수 있는 무언가가 있었을 거라고요."

그는 아버지에게 평생 동안 그토록 필요했던, 집을 떠날 용기를 줄 수도 있었다. 아버지를 기꺼이 용서하고 아버지가 뭘 하든 받아들일 수도 있었다. 자신을 희생함으로써 이러한 비극의 악순환을 끊을 수도 있었다. 이 사슬의 고리를 끊어낸다면, 그렇게만 된다면, 그는 자기 아들을 손자의 고통으로부터 벗어나게 할 수 있고, 또 손자들을 증손자의 고통으로부터 해방할 수 있으리라.

린 부인은 선반 쪽으로 몸을 기울이더니 재빨리 다른 로션 튜브를 잡았다.

그는 차에서 내려 아버지 쪽 문을 열어주려고 빙 돌아

갔다. 그 순간 그가 느낀 것은 두려움과 정반대의 것, 다시 말해 광기에 가까운 것이었다. 하지만 자기가 올바른 길을 가고 있다고 분명하게 확신했다. 자신이 하는 일이 무언가 중요한 변화를 불러오리라는 사실을 인식할 때 느끼는 짜릿하고 흥미진진한 고뇌. 아버지를 자유롭게 해주는 것은 결국 가족 모두를 자유롭게 해주는 것이었다. 그의 아버지는 늘 자신이 떠나야만 한다는 걸 잘 알고 있었다. 이제 그런 아버지를 도와주기 위해 그가 거기에 있었다. 하지만 아버지는 꼼짝도 하지 않았다.

"아버지는 꼼짝도 하지 않더군요." 그가 말했다. "차에서 내리라고 말씀드리고 기다렸어요. 그런데 아버지가 미동도 하지 않아서 다시 내리라고 했죠. 조금 심한 말로요. 하지만 아버지는 내 눈을 똑바로 쳐다보지도 못하더라고요."

아버지는 겁에 질린 채 의자 깊숙이 몸을 파묻었다.

"당신 아버지는 어디 계시죠?" 린 부인이 물었다. "이리 데려오세요."

그는 그녀를, 린 부인을 바라보았다. 그는 자기 이야기의 아우라로부터 벗어나려 애쓰며 잠시 머뭇거렸다. 하지만 그녀가 어깨를 살짝 미는 바람에 움직일 수밖에 없었다.

"자, 아버지를 데려오세요."

그가 아버지와 함께 돌아왔을 때, 린 부인은 라벤더 향 훈증기 두대를 켜놓고 있었다. 그러고는 두 사람이 닮았다는 사실을 확인이라도 하려는 듯이 아버지와 아들 주변을 빙빙 돌았다. 그녀는 그의 아버지에게 마사지 베드에 앉으라고 했다. 베드에 누워 전문가의 손에 몸을 맡기기 전에 어머니에게는 아무 말도 하지 말라고 당부한 것을 보면, 아버지는 이걸 완전히 다른 일로 오해한 모양이었다. 아무튼 그는 아무 말도 하지 않겠다고 약속한 뒤, 구멍에 얼굴을 잘 맞추면 아프지 않을 거라고 설명했다.

　린 부인은 그에게 침대 옆 안락의자에 앉아 기다리라고 했다. 그러나 그는 불안해서 앉아 있을 수가 없었다. 순식간에 린 부인의 팔꿈치, 주먹, 무릎이 무아지경에 빠진 거미처럼 아버지를 타고 오르기 시작했다. 그것들은 아버지의 어깨, 견갑골, 척추 그리고 미골 위를 꾹꾹 누르고 문질렀다. 주먹이 허리를 강하게 누른 뒤 손이 허리를 들어올렸다가 다시 내려놓았다. 마치 아버지의 온몸이 다시 반죽되면서 새로운 모습으로 태어나는 듯했다. 린 부인이 마사지 베드 위로 올라가 어깨를 잡고 뒤로 당기자 아버지의 몸이 ─ 상상한 것보다 훨씬 더 ─ 활처럼 휘었다. 이어 아버지의 몸을 쭉 잡아당겼다가 누르기도 하고 빙빙 돌리기도 했다. 오일을 발라 촉촉해진 그녀의 팔꿈치가 엉덩이 쪽을 파고들었다. 그는 아버지에게서 결코 시선을 떼지 않은 채 긴장을 풀고 안락의자에 쓰러지듯 몸을 묻었다. 그러자 린 부인은 마치 그 순간을 기다리고 있었던 것처럼 무릎으로 아버지의 척추를 꽉 눌렀다. 외과 수술에서나 볼 법한 빠른 동작이었다. 그 순간, 아버지의 몸에서 우두둑 소리가 났다. 그 소리가 어찌나 큰지, 그는 자기 몸에서 나는 소리인 줄 알고, 자기 몸을 있는 힘껏 잡아당긴 줄 알고 깜짝 놀랐다. 그녀는 전문가다운 정밀한 체형 교정 기술을 선보였다. 세 사람은 잠시 말없이 있었다. 그제야 그는 그것이 좋은 징조임을 깨닫고 안도의 한숨을 내쉬었다.

린 부인은 대기실로 나와 그들을 배웅했다. 접수처 직원이 아버지의 치료 기록 파일을 만든 다음 카드를 건네주었다.

두 사람은 차를 세워둔 곳으로 걸어가 말없이 집으로 향했다. 그들은 광장을 지나 대로 사거리 신호등 앞에 멈춰 횡단보도를 바라보았다. 초록색, 빨간색, 노란색 등이 달려 있었다. 모든 거리에는 신호가 있고, 신호가 바뀌면 무엇을 해야 하는지 모두 다 알고 있었다. 그는 자기 신호를 기다렸고, 아버지도 기다림을 받아들였다. 노란 신호등이 초록색으로 바뀌었을 때, 그들의 기분은 이미 한결 나아져 있었다.

베나비데스의 무거운 여행가방

그는 여행가방을 들고 방으로 돌아온다. 겉을 갈색 가죽으로 덧댄 튼튼한 여행가방에는 바퀴 네개가 달려 있고, 무릎 높이에 손잡이가 우아하게 솟아 있다. 베나비데스는 자신이 한 행동을 후회하지 않는다. 그는 자기 아내를 칼로 찌른 것이 정당하다고 믿지만, 그 동기를 이해할 사람이 별로 없다는 것 또한 잘 알고 있다. 그래서 다음과 같은 계획을 선택한다. 우선 시신을 쓰레기봉투에 싸서 피가 흘러나오는 것을 막는다. 그리고 침대 옆에 여행가방을 열어놓고, 결혼 생활 이십구년 만에 죽은 아내의 몸을 힘껏 구부린 다음 바닥 쪽으로 밀어 가방 안에 떨어뜨린다. 그러고 나서 시신이 가방 안에 완전히 들어갈 때까지 삐져나오는 살을 마구 쑤셔넣는다. 일단 여기까지

해내자, 혹시 모를 사태에 대비한다기보다는 깔끔한 뒷정리를 위해 피 묻은 침대 시트를 걷어 세탁기에 집어넣는다. 가죽 소재에 이제 네 바퀴마저 휘어진 여행가방에 든 아내의 무게는 조금도 가볍게 느껴지지 않는다. 베나비데스는 키가 작은데도 손잡이를 잡으려면 허리를 약간 굽혀야 한다. 이런 자세로는 멋있어 보이지도, 편하지도 않을뿐더러 여행가방을 빨리 끌 수도 없다. 하지만 매사에 철저한 베나비데스는 두어시간 뒤 어둠이 내린 거리로 나서 여행가방을 질질 끌며 잰걸음으로 코랄레스 박사의 집을 향해 간다.

코랄레스 박사는 근처에 산다. 식물로 뒤덮인 커다란 대문 위로 건물의 높은 층들이 보인다. 베나비데스는 대문으로 다가가 초인종을 누른다. 인터폰에서 여자의 목소리가 흘러나온다. "누구세요?" 베나비데스는 대답한다. "베나비데스라고 하는데요, 코랄레스 박사님께 드릴 말씀이 있어서 왔습니다." 그런데 갑자기 오래된 전기식 인터폰 특유의 지지직거리는 소리가 나더니 이내 스피커가 먹통이 되고 만다. 베나비데스는 까치발을 하고 서서 담장 뒤에 무성하게 우거진 수풀 사이로 안을 엿본다. 하지만 아무것도 보이지 않는다. 그는 다시 초인종을 누른다. 인터폰에서 다시 목소리가 들린다. "누구시죠?" 베나비데스는 다시 대답한다. "베나비데스라고 하는데요, 코랄레스 박사님께 드릴 말씀이 있어서 왔습니다." 인터폰에서 다시 같은 소리가 나더니 다시 먹통이 된다. 하루 종일 너무 긴장한 탓에 지칠 대로 지친 베나비데스는 여행가방을 바닥에 누이고 그 위에 걸터앉는다. 잠시 후, 대문이 열리더니 남자 몇명이 나와 작별 인사를 나눈다. 베나비데스는 자리에서 일어나 그쪽을 살펴보지만, 그들 중에 코랄레스 박사의 모습은 보이지 않는다. 그는 그들에게 다가서며 말한다.

"코랄레스 박사님과 상의할 게 있는데요."

그들 중 한명이 이름을 묻는다.

"베나비데스라고 합니다."

남자는 잠시 기다리라고 한 뒤 다시 안으로 들어간다. 나머지 사람들은 호기심 어린 눈으로 그를 바라본다. 몇분 후, 집 안으로 사라졌던 남자가 나온다.

"박사님이 기다리고 계세요." 그가 베나비데스에게 말한다. 베나비데스는 여행가방을 들고 남자와 함께 안으로 들어간다.

십수명의 제자 앞에서 자신의 재능을 맘껏 뽐내고 있는 코랄레스 박사의 모습은 그리 낯설지 않다. 박사는 자신을 흠모하는 제자들, 수려한 용모의 젊은이들에 둘러싸인 채 꼿꼿한 자세로 피아노 앞에 앉아 시시각각 점점 더 까다로워지는 소나타의 선율에 몰입하고 있다. 이러한 사정을 익히 아는 베나비데스는 연주가 끝날 때까지 홀 중앙에 있는 기둥 옆에서 조용히 기다린다. 마침내 반원 모양으로 박사를 빙 둘러싸고 있던 사람들이 길을 열어준다. 코랄레스는 어느 제자가 건넨 샴페인 잔을 받아들며 감사를 표한다. 그때 누군가가 코랄레스에게 다가가 귓속말로 속삭이자, 코랄레스는 베나비데스를 바라본다. 그러고는 미소를 지으며 이리 오라고 손짓한다. 베나비데스는 여행가방을 끌고 그에게 다가간다.

"잘 지냈어요, 베나비데스?"

"박사님, 지금 긴히 드릴 말씀이 있습니다. 단둘이서요."

"말해봐요, 베나비데스. 여기 모인 사람들은 모두 믿을 수……"

"말씀드리는 건 어렵지 않습니다, 박사님. 하지만……" 베나비데스는 여행가방을 힐끗 본다. "박사님께 보여드릴 게 있어서요."

코랄레스는 담배에 불을 붙이고 여행가방을 찬찬히 뜯어본다.

"알았어요. 그렇게 합시다. 오분 드리죠, 베나비데스. 자, 진료실로 갑시다."

베나비데스는 커다란 여행가방을 들고 하얀 대리석 계단을 힘겹게 오른다. 2층에서 시작되는 두번째 계단은 더

욱 힘들다. 너무 좁은 폭과 가파른 경사 그리고 검은색과 갈색이 섞인 아라베스크 무늬 벽지가 베나비데스의 고생을 사투로 만든다. 무거운 여행가방을 들고 낑낑대며 올라가느라 베나비데스는 온몸이 금세 땀으로 흠뻑 젖는다. 반면 아무것도 들지 않은 코랄레스는 민첩한 몸으로 성큼성큼 올라가더니 저 위로 사라져버린다. 베나비데스가 현재 상황에 대해 반추하고 의구심을 갖게 된 것도 어쩌면 이 습하고 우중충한 곳에 홀로 남겨졌기 때문인지 모른다. 현재 상황이란 눈앞의 상황, 즉 계단, 고생, 땀 같은 것이 아니라 아내를 살해했다는 사실 그 자체다. 어쩌면 지금 그는 이 모든 것이 꿈이며 자기는 그저 아내를 죽이는 상황을 또 한번 상상한 것뿐이라고 속으로 되뇌는지 모른다. 결국 그는 새벽 2시 30분에 무작정 찾아와 유명하고 귀한 손님들과 있는 박사를 따로 불러내서는 그를 따라 진료실로 올라가 고작 "죄송합니다, 박사님. 모두 제 착각이었어요" 따위의 말이나 하려는 것이다. 이제 어쩐다? 지금 이 상황에서 거짓말로 둘러대는 것도 말이 안되고, 그렇다고 계단을 뛰어내려가 달아나는 것도 무의미할 듯하다. 어차피 다음번 진료 때 사실대로 모두 털어놓든지, 아니면 왜 새벽 2시가 넘어 무거운 여행가방을 끌고 달아났는지 구차한 변명을 늘어놓아야 할 테니까. 마지막 층계를 올라서자 진료실의 작은 문 옆에서 기다리고 있는 코랄레스가 보인다. 그는 어서 들어오라고 손짓한다. 안으로 들어가자 그가 작은 전등을 켠다. 희미한 불빛이 주변 공간을 비춘다. 코랄레스는 베나비데스에게 책상 맞은편 자리에 앉으라고 눈짓한다. 베나비데스는 가방 손잡이를 놓지 않은 채 그리로 다가간다. 코랄레스는 안경을 끼고 진료 기록 캐비닛에서 베나비데스라는 성을 찾는다.

"자, 그럼 예정된 진료 시간을 서른여덟시간이나 당긴 이유를 말해볼까요?"

베나비데스는 자세를 고쳐앉는다.

"박사님, 모두 제 착각이었습니다. 먼저 사과부터 드려야 할 것 같네요. 보다시피……"

코랄레스는 안경 너머로 그를 살펴본다.

"전부 꿈이었거든요. 그러니까 제 말씀은…… 잠시 착각을 했다는 거예요. 아내를 죽여 이 가방 안에 욱여넣었다고 생각했거든요. 그런데 가만히 생각해보니 실제로는……"

코랄레스가 그의 말을 가로챈다.

"내가 제대로 이해했는지 한번 되짚어봅시다, 베나비데스…… 당신은 새벽 2시 30분에 예고도 없이 우리 집에 쳐들어왔어요. 가까운 사람들과 파티를 하는 중에 말이죠. 당신 아내의 시체가 들어 있다고 주장하는 가방까지 끌고서요. 그런데 이제 와 모든 게 꿈이었다고 둘러대면서 그저 달아나려고……"

베나비데스는 여행가방 손잡이를 꽉 움켜잡는다.

"당신 눈에는 내가 바보로 보이는 모양이죠, 베나비데스?"

"그럴 리가요, 박사님."

코랄레스는 잠시 그를 바라본다. 그를 한번 보고 여행가방을 한번 본다. 그는 기분이 상하지도, 화가 나지도 않은 것 같다. 오히려 마음속 깊은 곳에서 이미 모종의 결정을 내린 것처럼 보인다.

"일어나요!"

"네, 박사님."

베나비데스는 여전히 손잡이를 놓지 않은 채 자리에서 일어선다. 그 바람에 몸이 오른쪽으로 약간 기우뚱한다.

"당신은 지금 극도로 흥분한 상태예요. 지쳐 있기도 하고요. 일단 마음을 가라앉히도록 해볼 텐데, 괜찮겠어요?"

"그럼요, 박사님."

"당신 아내는 잠시 여기 두고 나를 따라오세요."

"아내를요?"

"저기 아내가 들어 있다고 하지 않았습니까?"

코랄레스는 이미 문으로 걸어가고 있지만, 베나비데스

는 가방 손잡이를 차마 놓을 수가 없다.

"마음을 편하게 먹도록 해요, 베나비데스. 지금 당신은 극도로 흥분한 상태라 휴식을 좀 취해야 합니다. 병실을 내줄 테니 잠깐이라도 눈을 붙여요. 그사이 난 어떻게 하면 좋을지 궁리해볼게요. 어때요?"

"안됩니다, 박사님. 차라리……"

코랄레스는 베나비데스에게 물 한잔과 하얀색 알약 두 알을 건네준다.

"이걸 복용하면 좀 도움이 될 거예요." 그렇게 말한 뒤 코랄레스는 베나비데스가 고개를 끄덕이고 약을 삼킬 때까지 지켜본다.

코랄레스는 그에게 가방을 진료실에 두고 어서 나가자고 재촉한다.

"나중에 다시 아내를 찾으러 올 테니 걱정하지 말아요." 코랄레스가 말한다.

두 사람은 카펫이 깔린 복도를 따라 걸어간다. 복도 양편으로 몇미터마다 두 문이 서로 마주 보고 있다. 코랄레스는 세번째 문 앞에 멈춰서서 그중 오른쪽 문을 연다.

"여기가 당신 병실이에요." 그가 말한다. "내가 문제를 해결할 동안 편히 쉬도록 해요."

새날이 밝아오자 베나비데스는 눈을 뜬다. 잠시 그는

자기 침대에서 아내 곁에 누워 여느 때와 같이 불행한 아침을 맞이하고 있다고 생각한다. 그러나 어느 순간 자신의 상황을 깨닫는다. 이 불행한 사태를 어쩌면 좋을까? 그는 여기서 멀지 않은 진료실에서 가방 안에 잔뜩 웅크린 채 자기를 기다리고 있을 아내를 떠올린다. 문밖에서 코랄레스 박사가 이렇게 말하는 소리가 들려오지 않을까 기대하며 귀를 기울인다. "어서 일어나요, 베나비데스. 당신 문제는 이미 다 해결됐어요"라든가, "안녕하세요, 베나비데스. 당신 부인과 같이 있으니까 나와보세요. 부인은 이제 많이 좋아졌어요"라든가, 아니면 "일어나세요, 베나비데스. 당신은 악몽을 꾼 거예요. 택시를 기다리는 동안 같이 뭐라도 먹어요……"라든가. 지금 중요한 건 문제를 해결하는 방법이 아니라 속도다. 하지만 시간이 흘러도 이상하게 아무 일도 일어나지 않는다. 모든 사물은 어떤 방향으로 운동하는 수백만개의 입자로 이루어져 있다. 그런데 베나비데스는 방 안에서 움직임이라고 할 만한 그 어떤 것도 느끼지 못한다. 마침내 그는 자리에서 일어난다. 지난밤에 옷을 입은 채 잠들었기 때문에 구두만 신으면 된다. 그는 문을 연다. 복도 끝 창문을 통해 쏟아져 들어오는 햇빛에 눈이 부시다. 아내를 놓고 온 진료실이 어딘지 잘 기억나지 않는다.

  그는 진료실을 찾아내지만, 상황은 더 악화된다. 그 방

에 있는 것, 아니 당연히 있어야 할 것이 없자 그의 가슴
이 철렁한다. 진료실 안에는 여행가방 비슷한 것조차 보
이지 않는다. 남의 집에 있어도 불행은 베나비데스를 기
막히게 찾아내는 모양이다. 누군가가 그의 아내를 데리
고 간 것이 분명하다. 그는 잰걸음으로 2층을 전부 뒤진
다음 계단을 내려가 중앙 홀을 가로지르고 통로를 통해
지금까지 디뎌본 적 없는 집의 다른 편으로 들어선다. 그
곳에 있는 또다른 복도들과 처음 보는 방들 그리고 그 거
대한 집 여기저기 무계획적으로 널린 온실들을 돌아다니
다가 녹초가 되어 다다른 곳은 커다란 주방이다. 제복을
말끔하게 차려입은 세명의 요리사가 그를 흘깃 쳐다보지
만 전혀 놀라지 않는다. 그러나 그 어디에도 코랄레스 박
사는 없다. 어느 구석에도 그의 여행가방은커녕 비슷하
게 생긴 가방조차 없다. 하물며 걷고 말하는 아내는 말할
것도 없이 보이지 않는다. 주방의 여자들은 자기 자리로
돌아가 하던 요리를 계속한다.

"코랄레스 박사님을 찾고 있는데요."

"아침식사 중이세요." 그중 한명이 대답한다.

베나비데스는 잠시 텅 빈 복도를 둘러보고 곧 주방 문
턱으로 돌아온다.

"어디 계시죠?"

"아침식사 중이세요." 여자는 같은 말을 되풀이한다.

"어디 계시는지는 모르겠어요."

베나비데스는 다시 복도로 나온다. 그런데 코랄레스 박사가 그의 뒤에서 김이 모락모락 나는 커피와 반쯤 먹은 치즈빵을 들고 서 있다.

"어젯밤 여기 왔을 땐 정말 상태가 안 좋았어요, 베나비데스. 술에 잔뜩 취해 있더군요. 당신이 들고 온 여행가방은 차고에 갖다놓았어요. 택시라도 불러줄까요?"

"제 말을 못 알아들으신 것 같군요. 어젯밤 저희 집에서 사건이, 아니 문제가 일어났다니까요……"

"아, 그 문제라면 나도 잘 알고 있어요, 베나비데스. 아시겠지만, 여기서는 굳이 뭘 설명하려고 애쓸 필요가 없습니다. 그냥 조용히 가세요." 그리고 코랄레스는 그에게 치즈빵 한조각을 건넨다.

"아뇨, 괜찮습니다." 베나비데스가 말한다. "제 아내에 관한 얘깁니다."

"네, 잘 알고 있어요. 거의 대부분 그게 문제죠. 하지만 그건 어떻게……"

"이런, 제 말을 전혀 못 알아들으시는군요. 제 아내가 죽었다고요."

"왜 그 얘길 계속하는 거죠, 베나비데스? 무슨 소린지 알아들었다고 분명히 말했을 텐데요…… 내 아내도 우리가 결혼한 뒤로 죽은 셈이에요. 뭐, 이따금씩 말은 하지만요. 나더러 뚱뚱하다느니, 우리 어머니 때문에 속상하다느니 말이죠. 가끔은 환경문제에 관해서도요…… 아내가 뭐라고 하든 전혀 신경 쓸 필요 없어요."

"그게 아니에요. 그 여행가방을 주세요. 그럼 안에 뭐가 있는지 보여드릴 테니까요."

"차고에 있어요, 베나비데스. 하지만 난 지금 환자가 기다리고 있어서 가봐야 합니다."

"아니, 제 말을 들어……"

"어서 집으로 돌아가요. 샤워부터 하고, 잠들기 전에 이 알약을 드세요. 잠이 아주 잘 올 겁니다."

베나비데스는 그가 주는 알약을 받지 않는다.

"제발, 부탁이에요. 가방 안에 무엇이 있는지 박사님께 보여드려야 한다고요."

코랄레스는 들고 있던 빵을 마저 삼킨다. 그러고는 텅 빈 커피잔을 내려다보고 한숨을 지으며 고개를 끄덕인다.

그들은 정문으로 나가 정원을 가로지른다. 걸어가는 동안 온몸이 따끔거려 베나비데스는 신경이 곤두선다. 둘은 차고 앞문으로 들어간다. 안은 어두컴컴하다. 코랄레스가 불을 켜자 차고 안이 환해지면서 공구대, 오래된 진료 기록을 넣어둔 상자, 고장난 가전제품 따위가 눈에 들어온다. 여행가방은 차고 한복판에 서 있다.

"어서 열어봐요, 베나비데스."

베나비데스는 그리로 가서 가방을 천천히 굴려본다. 가방을 바닥에 눕히려고 살살 움직이면서도 속으로는 그 안이 텅 비어 가볍게 느껴지기만을 바란다. 정말 그렇다면 새벽에 그가 무턱대고 찾아와 코랄레스 박사에게 설명한 것처럼 ─ 박사는 그가 술에 취해 있었다고 했다 ─ 모든 일이 착각에서 비롯한 해프닝에 지나지 않을 것이다. 그렇다면 "정말 죄송합니다, 코랄레스 박사님. 앞으로 두번 다시 이런 일이 없도록 조심하겠습니다"라고 정중히 사과해야 마땅할 것이다. 혹은 가방을 열었는데 안이 텅 비어 있다면 코랄레스 박사가 이미 다 알고 있었다는 눈빛으로 이렇게 말할지도 모를 일이었다. "자, 베나비데스. 이제 다 해결됐으니까 홀가분한 마음으로 돌아가요." 하지만 가방 손잡이를 잡는 순간 아내의 무게와 얼추 비슷한 묵직한 느낌이 손끝으로 전해온다. 그 무게가, 모든 행동에는 결과가 따른다는 사실을 상기시킨다. 얼굴이 창백해지고, 온몸에 힘이 쭉 빠진다. 그때 여행가방이 쿵 하는 소리와 함께 옆으로 쓰러지면서 끈적하고 거무스름한 액체가 흘러나오기 시작한다.

"괜찮아요, 베나비데스?"

베나비데스는 아내의 웅크린 몸 외에는 아무 생각도 떠오르지 않는다. 여행가방에서 부패한 냄새가 확 풍긴다.

"안에 뭐가 들어 있죠, 베나비데스?"

그 순간 베나비데스는 자신의 실수를 깨닫는다. 코랄레스 박사를 믿은 것, 그 의사한테 희망을 건 것, 평생 인간의 건강을 위해 헌신해온 사람이라면 죽음과도 맞서 싸울 수 있으리라 믿은 것은 명백한 실수였다. 그는 대답한다.

"아무것도 아니에요."

"아무것도 아니라니, 그게 무슨 소리죠?"

"걱정하실 것 없다는 말이에요. 여기는 제가 정리하고 갈 테니까, 어서 가서 환자나 보살펴주세요."

"지금 농담하는 겁니까?"

코랄레스가 천천히 다가온다. 베나비데스는 몸을 웅크린 채 그가 가방을 열지 못하도록 잠금장치를 손으로 꽉 잡고 있다. 하지만 코랄레스는 그의 옆에 쭈그리고 앉으며 소리친다. "어디 좀 봅시다. 보자니까요. 어서 열어요." 그가 밀치자 베나비데스는 풀썩 쓰러진다. 코랄레스는 잠금장치와 씨름하지만 결국 가방을 열지 못한다. 원래 용량보다 더 큰 짐을 억지로 욱여넣는 바람에 팽창 압력으로 잠금장치가 열리지 않는 것이다.

"좀 도와요." 박사가 명령하듯 말한다.

"안돼요……"

"도와달라고 했어요, 베나비데스. 헛소리하지 말고 어서 돕기나 해요." 박사는 가방을 가리키며 당장 그 위에 앉으라고 한다. 베나비데스는 울퉁불퉁한 가죽 표면에서 가장 적당해 보이는 곳을 골라 앉는다. 그의 몸무게로 아내의 몸을 누르는 동시에 박사가 힘을 가하자 마침내 잠금장치가 열린다.

베나비데스는 자리에서 일어나, 잠금장치는 풀렸지만 아직 열리지 않은 가방을 피해 뒷걸음친다. 그는 보고 싶지 않다. 맥박이 격렬하게 뛰면서 가슴이 짓눌리듯 답답해진다. 코랄레스는 그 모습을 곰곰이 뜯어보고 있다. 박사님은 이미 알고 있어, 베나비데스는 박사가 일어나 자기에게 다가오는 모습을 보면서 생각한다. 코랄레스는 걸음을 멈추고 여행가방을 내려다본다. 그러고는 최면에 걸린 듯 나직한 목소리로 베나비데스에게 명령한다.

"열어요."

하지만 베나비데스는 제자리에서 꼼짝도 않는다. 그러다 어쩌면 이제 모든 게 끝났다고 생각한 건지, 아니면 아무 생각도 없는 건지 결국 박사의 명령에 따라 가방이 있는 곳으로 다가간다. 가방을 여는 순간, 그는 잠시 코랄레스의 존재를 잊어버린다. 아내는 마치 태아처럼 몸을 잔뜩 웅크리고 있다. 머리는 안쪽으로 심하게 꺾여 있고, 무릎과 팔꿈치는 튼튼한 가죽 테두리 안에 꽉 끼여 있다. 빈 틈은 그녀의 몸에서 흘러나온 지방으로 가득 찼다. 가슴이 미어지는구면, 그는 속으로 중얼거린다. 고작 이런 꼴이나 보자고 그 오랜 세월을 함께했단 말인가!

피가 바닥을 따라 줄기를 이루며 그를 향해 흘러온다. 코랄레스 박사의 목소리가 그를 다시 현실로 돌려놓는다. "베나비데스……" 갈라져 나오는 그의 목소리에 초조한 마음이 어렴풋이 드러난다. "베나비데스……" 코랄레스는 시신에서 눈을 떼지 않은 채 가방으로 천천히 다가간다. 그러고는 고개를 돌려 눈물이 그렁그렁한 눈으로 베나비데스를 쳐다보며 말한다. "베나비데스…… 이건 좀 심하네요. 그런데 정말…… 정말…… 훌륭하군요."

베나비데스는 제 귀를 의심하며 침묵을 지킨다. 다시 가방 쪽으로 시선을 돌리지만, 거기에는 여전히 자줏빛으로 변한 아내의 시신뿐이다.

"훌륭하군요." 코랄레스는 고개를 저으며 같은 말을 되풀이한다. 그가 잠시 가방을 바라보다가 베나비데스에게로 시선을 돌린다. 베나비데스 혼자서 어떻게 이런 짓을 저질렀는지 도저히 믿을 수 없다는 눈빛이다. "당신은 천재예요. 베나비데스, 내가 지금껏 당신을 너무 과소평가한 것 같군요. 당신은 정말 천재라고요. 어디 봅시다. 생각을 좀 정리해보자고요. 어쨌든 이 문제는 당신 말대로 간단하지 않으니……" 그는 다정하게 베나비데스의 어깨에 팔을 얹는다. "괜찮다면 같이 가서 한잔합시다. 믿기지 않겠지만, 당신이 찾는 사람을 내가 알아요."

코랄레스는 베나비데스의 어깨에서 손을 떼고 출구로 향한다. "당신은 천재예요. 정말 멋지다고요." 그는 걸어가면서 나직한 목소리로 같은 말을 반복한다. 잠시 멍하니 가방을 바라보던 베나비데스는 박사가 밖으로 나가고 나서야 정신을 차린다. 차고 안에 자기 혼자 남았다는 사실을 깨닫자, 그는 마지막으로 가방을 힐끗 쳐다본 뒤 박사를 쫓아 달려나간다.

올리브, 치즈와 살라미 조각, 감자튀김, 양파와 하몬. 이 모든 것이 커다란 나무 쟁반에 가지런히 담긴 채 거실 탁자 위에 놓여 있다. 그리고 그 옆에 놓인 고급 크리스털 잔에 코랄레스가 화이트와인을 따르고 있다.

"도노리오, 이분은 내 친구 베나비데스예요. 그동안 이분에 대해 여러번 이야기한 적이 있죠."

도노리오는 호기심 어린 눈초리로 베나비데스의 왜소한 몸을 찬찬히 뜯어본다.

"도노리오, 당신이 곧 뭘 보게 될지 짐작도 못할걸요." 코랄레스가 말한다. "잘난 체하는 것 같아서 말하기가 좀 꺼려지는군요. 게다가 당신이 위대한 예술가들과 많이 어울려봤다는 것도 잘 알고요. 그렇지만 우리가 당신을 위해 무엇을 준비했는지, 당신은 상상도 못할 겁니다. 안 그래요, 베나비데스?"

베나비데스는 와인을 단숨에 들이켠다.

"뭘 가지고 이렇게 뜸을 들이는지는 몰라도 빨리 보고
싶군요." 도노리오가 말한다.

밤이 되자 그들은 집에서 나와 차고로 간다. 코랄레스
는 성공에 이르는 길을 느긋하게 즐기며 앞장서고, 도노
리오가 의심과 호기심이 뒤섞인 표정으로 그 뒤를 따른
다. 마지막으로 베나비데스가 뒤처져 따라간다. 문제의
가방이 점점 가까워지자, 안 그래도 나약한 베나비데스
의 신경은 커다란 섬유질 매듭으로 꼬이는 것 같다.

코랄레스는 두 남자를 먼저 차고 안으로 들여보낸다.
불을 켠 순간 갑작스럽게 드러나는 장면을 보고 그들이
어떤 반응을 보일지 궁금했기 때문이다.

"베나비데스, 당신이 아는 그 자리로 도노리오를 안내
해줘요. 그리고 준비가 되면 나한테 알려줘요."

베나비데스는 차고 한가운데로 가서 멈춘다. 소리를
따라 어둠속을 손으로 더듬으며 온 도노리오가 말한다.

"이상한 냄새가 나는군요…… 마치……"

"이제 불 켜겠습니다." 코랄레스가 말한다. 불을 켜보
니, 베나비데스와 도노리오의 구두 끝이 끈적한 피 웅덩
이에 닿기 직전이다. 소름 끼치고 도발적인, 정말 참신한
작품이 그들의 눈앞에 나타난다.

우리가 지금 목격하고 있는 이것이 폭력이 아니라면, 무엇이 폭력이란 말인가? 도노리오는 생각한다. 그러자 다리에서 목덜미까지 전율이 흐른다. 눈앞에 버젓이 나타난 폭력, 가장 원시적인 형태의 폭력, 가장 야만적이고 잔인한 폭력. 지금 그 폭력은 손으로 만질 수도, 냄새를 맡을 수도 있다. 폭력이 원래 그대로의 생생한 모습으로 남아 구경꾼들의 반응을 기다리고 있다.

코랄레스가 천천히 다가온다.

"다들 좋아하겠군요." 도노리오가 말한다.

코랄레스는 고개를 끄덕인다. 그들 옆에서 베나비데스는 온몸을 부들부들 떨고 있다. 그는 기어드는 목소리로 말한다. 도노리오 앞에서 말을 하는 건 처음이다.

"당신들은 몰라요." 그는 간신히 말을 마친다.

"베나비데스, 그게 무슨 소리죠?" 코랄레스가 묻는다.

"정말 놀라워요!" 도노리오가 소리친다. "공포와 아름다움! 이 얼마나 멋진 조합이란 말입니까……?"

"공포는 마, 맞지만……" 베나비데스는 아내를 보며 말을 더듬거린다. "그, 그러니까 제 말은……"

"당신은 유명해지고 부자가 될 겁니다. 이런 작품에 맞설 수 있는 작품은 단연코 없습니다. 다들 당신의 발밑에 엎드릴 거라고요."

"저 사람이 하는 말이라면 무조건 믿어도 돼요, 베나비데스. 도노리오는 이 분야에서 단연 최고니까요."

"최고는 베나비데스죠." 도노리오가 말한다. "나는 고작해야 큐레이터일 뿐이니까요. 내가 할 수 있는 역할은 극히 미미하죠. 지금 이 자리에서 가장 중요한 건 바로 저 작품, 「폭력」입니다. 아시겠습니까?"

"내 아내예요."

"아니에요, 베나비데스. 내 말 믿어요. 이래 봬도 마케팅에 일가견이 있거든요. 그런 제목으로는 통하지 않아요. 누가 뭐래도 이 작품 제목은 '폭력'입니다."

억누를 수 없는 새로운 고통이 엄습하기 시작한다. 베나비데스는 결국 사실대로 털어놓는다.

"제가 아내를 죽였어요. 이 손으로 아내를 죽였다고요…… 전 단지 죽은 아내를 숨기고 싶었을 뿐이에요."

코랄레스가 그의 등을 가볍게 토닥이며 달랜다. 하지만 그의 관심은 오로지 도노리오가 내리는 지시에만 가 있다.

"우선 이 작품을 온도가 낮은 곳에 보관하는 게 좋겠어요. 여기 에어컨 나옵니까?"

"그럼요. 물론 나오죠."

"제가 아내를 죽였다니까요!" 베나비데스는 절규하며 무릎을 꿇는다.

"좋아요. 그럼 우선 이곳을 냉각하도록 하죠. 그동안

전화 두어통만 걸고 올게요." 문을 향해 걸어나가던 도노리오가 갑자기 멈추더니 진심 어린 표정으로 코랄레스를 향해 돌아선다. 베나비데스가 울부짖는 바람에 그는 목소리를 높일 수밖에 없다. "나를 떠올려줘서 고마워요. 정말 좋은 기회예요."

"제가, 제가 아내를 죽였다고요……" 베나비데스는 주먹으로 땅바닥을 내리치며 울부짖는다. "이렇게 말이에요."

"도노리오, 가서 전화기를 달라고 하세요. 나머지는 알아서 처리하시고요." 코랄레스가 말한다.

"이렇게, 이렇게 죽였어요." 베나비데스는 바닥을 이리저리 기어다니며 손에 잡히는 대로 물건을 내동댕이친다. "이렇게, 이렇게!"

"코랄레스, 여기서 너무 즐기지는 마세요." 도노리오가 문간에 서서 말한다. "나중에 감상하며 충분히 즐길 시간이 있을 테니까요."

"동감입니다. 곧 따라갈 테니 어서 가세요."

도노리오는 고개를 끄덕이고 정원으로 나간다. 코랄레스가 차고로 돌아와서 보니, 베나비데스가 손으로 아내의 시신을 힘없이 두드리고 있다.

"저예요. 제가 그랬어요." 베나비데스가 중얼거린다.

코랄레스가 그를 제지한다.

"이제 그만해요, 베나비데스! 지금 당신 부인은 완벽한 상태예요. 그러니까 더이상 손대지 말아요."

"그렇지만 제가 아내를 죽였단……"

"알았어요, 베나비데스. 알았다고요. 당신이 그랬다는 걸 모르는 사람은 없어요." 코랄레스는 베나비데스를 부축해서 일으켜세운다. "그 문제는 우리에게 맡겨요. 이제 당신이 저 높은 스타의 자리에 오르는 걸 보게 될 겁니다."

"하늘로 간다고요?" 베나비데스가 묻는다. "아내와 함께요?"

머릿속에서 뭔가 잘못되었다는 느낌이 든다. 무언가 도저히 이해되지 않는 것이 있다. 그 순간, 그의 몸이 여행가방 옆으로 힘없이 고꾸라진다.

새날이 밝아오자 베나비데스는 눈을 뜬다. 잠시 그는 자기 침대에서 아내 곁에 누워 여느 때와 같이 불행한 아침을 맞이하고 있다고 생각한다. 그러나 곧 자신의 상황을 깨닫고 자리에서 일어난다. 아내는 지금 어디 있을까? 차고에 그대로 있을까? 아직도 여행가방 속에 웅크리고 있을까? 혹시 도노리오가 가지고 간 것은 아닐까? 아니면 코랄레스 박사가? 그는 방을 나선다. 벌써 이틀째 같은 옷을 입고 있다. 복도로 쏟아져 들어오는 눈부신 햇빛에 비춰보니 옷의 일부분이 잿빛을 띠기 시작했다. 제법 잔 것 같기는 한데 왠지 개운하지가 않다. 몸에 기운이 하나도 없는데, 또다시 방방마다 뒤져가며 코랄레스 박사를 찾아야 한다. 진료실, 2층 방들, 홀, 거실 그리고 온실을 둘러싼 복도를 차례대로 둘러본 베나비데스는 전날처럼 우연히 다시 주방에 들어가 여자들에게 묻는다.

"코랄레스는요?"

주방에서 일하는 여자들은 모두 고개를 젓는다.

베나비데스는 그를 찾아다니는 걸 그만두기로 한다. 어떤 남자들은 누군가가 자신에게 명령을 내려주길 무기력하게 기다린다. 하지만 그, 베나비데스는 혼자서 그리고 단번에 이 문제를 해결할 참이다. 택시를 잡아 아내를 집으로 데리고 갈 생각이다. 그는 이미 그 집에서 나와 정원을 가로지르는 중이다. 그러다 도중에 걸음을 멈춘다. 파란색 작업복을 입은 남자 십수명이 열린 차고 문 앞에서 분주하게 움직이고 있다. 그들의 등에 새겨진 하얀 사각형 속 로고가 눈에 띈다. '현대 미술관. 설치 및 운송.' 차고 안이 깨끗이 비워져 있다. 가구는 물론 어제까지만 해도 그 안에 들어차 있던 물건들이 모조리 사라지고, 넓고 휑한 공간에 독특하고 독창적인 그 작품만 덩그러니 놓여 있다.

그리고 코랄레스와 도노리오가 열린 마음으로 저 예술

가의 감성에 극진하게 귀를 기울이며 서 있다.

"베나비데스, 잘 잤습니까?"

베나비데스가 대꾸한다.

"저건 내 아내예요."

코랄레스가 도노리오를 힐끗 쳐다본다. 그의 목소리에서 서서히 커지는 실망감의 느린 선율이 묻어난다.

"도노리오, 내가 전에도 말했다시피 일반적으로 예술가들은 이런 장소 특정적인 전시를 그다지 좋아하지 않아요. 애당초 저 작품을 미술관에 전시하는 게 옳았다고요."

"내 아내라고요."

"나는 이 분야에서 오랫동안 일한 사람이에요, 코랄레스. 이번 일만큼은 내 뜻을 따라주세요. 대중들도 이런 방식의 전시를 더 좋아할 겁니다."

"하지만 그녀는 내 아내예요."

"베나비데스, 당신은 대중적 취향의 예술가가 아니에요. 소수의 지식인들만이 당신의 작품을 이해할 수 있을 겁니다. 미술관에 새로 전시되는 작품들조차 무시하는 사람들, 무언가 다른, 평범한 작품 그 이상의 세계를 갈망하는 이들이나 감상할 수 있는 작품이라고요. 그러니까 중요한 건……"

도노리오는 차고를 향해 과장된 몸짓을 해 보인다. 베나비데스와 코랄레스는 어서 그의 말이 끝나기를 기다린다.

"……콘텍스트죠." 마침내 도노리오가 말을 마친다.

"멋진 생각이에요. 암, 그렇고말고요…… 당신의 계획에 의문을 제기하는 건 정말 어리석은 짓이죠."

"하지만 그녀는 내 아내예요."

"그래요, 베나비데스. 하지만 이 작품의 주제는 '아내'가 아니라 '폭력'이라는 사실을 명심해요…… 더이상 이 문제를 놓고 왈가왈부하지 않았으면 합니다. 이미 합의를 본 것이니까요." 도노리오는 한숨을 내쉰다. "내가 늘 강조하듯이 중요한 건 콘텍스트예요. 아무튼 우리는 몇 가지 요소를 더 추가할 생각입니다. 미술관을 벗어난 것은 정말 참신한 발상이에요. 하지만 일정한 기준과 적절한 환경을 유지해야 합니다."

"물론이죠……" 코랄레스가 맞장구친다.

베나비데스는 여태까지 네번 한 말을 한번 더 반복한다. 그러고는 그들을 헤치고 여행가방이 있는 곳으로 향한다. 그러자 도노리오가 파란 옷을 입은 남자들에게 신호를 보낸다. 베나비데스는 달리기 시작한다. 누군가가 소리친다. "절대로 건드리지 못하게 해!" 모두가 하던 일을 멈추고 베나비데스를 뒤쫓는다. 가방 손잡이에 베나비데스의 손이 간신히 닿는 순간, 십수명의 남자들이 그를 덮친다. 정말이지 그에게는 불행이 쉴 새 없이 닥쳐온다. 십수명의 남자들에게 깔린 채 어둠속에서 몸부림치던 그는 죽음이라는 것도 틀림없이 이렇게 찾아오리라 결론짓는다. 저 멀리서 도노리오의 목소리가 어렴풋하게 들린다. 파란색 옷을 입은 남자들에게 지시를 내리는 소리다. 이로써 짧았던 사흘날도 끝이 난다.

새날이 밝아오자 베나비데스는 눈을 뜬다. 하지만 지금은 자기 침대와 아내로부터 멀리 떨어진 곳에 있다. 더구나 맨발에다 추위로부터 몸을 보호해줄 담요조차 없다. 자리에서 일어난 그는 방을 나와 복도를 따라가 계단을 내려간다. 그러고는 홀을 지나 집 밖으로 나간 다음 정원을 가로질러 차고에 도착한다. 파란색 옷을 입은 남자들은 이제 보이지 않는다. 그사이 차고 천장에 밝은 할로겐등을 달아놓았다. 거기, 차고 한가운데에 놓인 열린 여행가방에는 버려진 아내의 뒤틀린 몸이 담겨 있다. 그 순간 누군가가 뒤에서 그의 목덜미를 후려치고, 그렇게 나흘날 낮도 끝이 난다.

나흘날 밤, 베나비데스는 어둠속에서 눈을 뜬다. 그는 주저 없이 신발을 신고 방을 나선다. 창문으로 스며드는 달빛을 따라 짙은 어둠이 깔린 복도를 걸어간다. 그 같은 남자가 무엇 때문에 이토록 야심한 시간에 주치의의 집을 빠져나가려는 걸까? 도노리오의 엄격한 지시를 따르는 게 분명한 코랄레스 같은 전문가가 자기 아내를 보러 가려는 베나비데스를 막을 수 있을까? 그렇다면 베나비데스의 행동을 철저하게 통제하는 것이 극도의 엄격함을 요구하는 치료, 다시 말해 그를 기이한 살인 환각에 빠지게 하거나 자기 주치의를 의심하게 만드는 병—성병이 확실하다—을 치료하기 위한 전략의 일부일까? 중앙 계단을 조심조심 내려가는 동안, 베나비데스는 저 두 사람이 자기 아내한테 무언가 특별한 것을 원하는 건지, 아니면 어떤 요인으로든 다른 여자들에게서 보지 못한 것을 아내한테서 발견한 건 아닌지 생각해본다. 계단을 중간쯤 내려왔을 때 즐거운 기억들이 질투와 욕망의 파도처럼 그를 덮쳐온다. 아무튼 그의 아내는 그의 아내일 뿐, 다른 누구의 아내도 아니다. 사방이 너무나 어두워서 정원으로 통하는 문이 잘 보이지 않는다. 다행히 깜박이는 차고 표지판이 잠시 주변을 비춘다. 이제 조금만 더 가면 차고가 나올 거야, 차고에 들어가면 곧장 가방에서 아내를 꺼내 택시를 타고 집으로 돌아가야지, 베나비데스는 생각한다. 하지만 이 희열이 그리 오래가지 않으리란 걸 곧 알게 된다. 그는 그날 들어 두번째로 목덜미—이번에는 조금 더 왼쪽—를 가격당하고 만다.

"이 사람, 상태가 영 좋지 않은데요, 코랄레스."

"중압감 때문이죠. 이렇게 왜소한 몸으로는 성공을 쉽게 받아들이지 못해요. 조금 더 시간을 두고 기다려봐야 할 겁니다."

"아무튼 내일 개막식은 열어야죠."

"꼭 그가 참석해야 되는 건가요, 도노리오? 사람들 앞에 그의 모습을 드러낼 필요가 있을까요?"

"예술가가 없다면 개막식이 무슨 의미가 있겠습니까? 콘텍스트가 중요하다고 했잖아요. 기억 안 나요, 코랄레스?"

"기억나고말고요."

"만약 사람들이 예술가에게서 자신의 모습을 발견할 수 있다면, 작품의 효과는 극대화될 겁니다. 자, 한번 생각해보세요. 가령 일요일 밤에, 베나비데스가 아니라 장발에 멋쟁이 구두를 신은 건장한 보디빌더가 저 작품을 당신한테 가져왔다면 어땠을까요?"

"아뇨, 안돼죠, 물론. 나를 바보 취급하지는 마세요. 그 차이는…… 엄청나겠죠."

"저 작품만큼이나 격심할 겁니다, 코랄레스."

침대에서 눈을 뜬 베나비데스는 소파에 앉아 있는 두 사람을 발견한다.

"베나비데스, 좀 어떻습니까?"

베나비데스는 눈을 감는다.

"의식이 돌아온 것 같은데요……"

베나비데스는 다시 눈을 뜬다. 그사이 코랄레스가 다가와 그의 왼쪽 눈꺼풀을 들어올려 눈을 살펴본다.

"어쩌면 간헐적 기억상실일지도 모르겠군요." 코랄레스는 작은 손전등의 강한 불빛으로 불안하게 움직이는 동공을 비추면서 말한다.

"베나비데스, 괜찮아요?"

베나비데스가 갑자기 고함을 지른다.

"나 혼자서, 이 손으로 아내를 죽였단 말이야!" 그는 땀에 젖은 시트를 움켜쥔 채 두 남자를 노려본다.

코랄레스는 진정하라는 손짓을 한다. 코랄레스와 도노리오의 머릿속에 갖가지 의구심이 떠다닌다. 환멸의 시작을 알리는 신호이다.

작품 설치가 끝나자 각종 매체들은 개막식 행사를 알리느라 분주하다. 소식을 접한 사람들은 기대에 잔뜩 부풀어 예매표를 구하려고 아우성이다. 안달이 난 대중의 웅성거림이 커지면서 분위기는 갈수록 더 어수선해지고, 이는 결국 그 집에서 다섯번째로 깨어난 베나비데스의 방 창문까지 전해진다. 그 같은 남자가 자기 집 그리고 아내로부터 멀리 떨어진 그 방에서 대체 무엇을 하고 있는 걸까? 코랄레스 같은 의사가 오른팔에는 야회복을 걸

치고 왼손에는 깨끗한 속옷 한벌을 들고 그의 방에 들어
와 "양말은 조금 헐렁하겠지만 연미복은 당신 몸에 잘 맞
을 거예요"라고 말할 수 있을까? 코랄레스는 침대 발치
에 앉아 환자의 다리를 손바닥으로 몇번 툭툭 친다. 그건
아마 오랜 시간에 걸쳐 두 사람 사이에 싹튼, 하지만 베나
비데스는 전혀 기억하지 못하는 애정에서 비롯된 행동일
것이다. 코랄레스는 마침내 미소를 지으며 "오늘은 안색
이 좋네요, 베나비데스" 혹은 "베나비데스, 오늘따라 당
신같이 훌륭한 예술가가 너무 부럽네요. 지금 당신을 보
려고 수많은 관람객과 기자가 우르르 몰려와 북새통을
이루고 있다고요" 혹은 "너무 긴장하지 말아요. 보아하니
개막식을 성공적으로 치를 수 있을 것 같아요"라고 말한
다. 하지만 베나비데스는 조금도 행복하지 않다. 야간 경
비원, 어쩌면 도노리오가 직접 차고 앞에서 출입을 통제
하고 있을지도 모른다. 아내가 기다리고 있는 차고에서
말이다. 그처럼 몸이 가냘파서 두들겨맞기 좋은 사람들
은 들어갈 엄두조차 낼 수 없는 그곳은 어두운 밤인데도
불이 대낮처럼 환하게 켜져 있다. 그뿐 아니라, 대문 양쪽
에는 강력한 스포트라이트 두대가 설치되어 있고, 차고
위에는 아내의 납치를 알리는 빛나는 표지판이 달려 있
다. 이제 베나비데스는 선과 악을 구별할 수도, 코랄레스
박사의 태도를 확실하게 판단할 수도 없는 지경에 이르

렀다. 코랄레스는 그의 발 사이즈에 맞는지 확인하려고 양말을 쭉 편다. 그 모습을 보자 베나비데스는 문득 불쾌감이 든다.

몇시간 뒤, 코랄레스와 베나비데스는 거울을 보면서 옷이 몸에 잘 맞는지 살펴본다.

"당신 몸에 딱 맞네요, 베나비데스."

베나비데스가 꼼짝도 않고 서 있는 동안 코랄레스가 넥타이를 매만진다.

"아주 좋아요." 코랄레스는 거울에 비친 모습을 가리키며 말한다. "당신의 이런 모습을 보고 여자들이 어떻게 나올지 궁금하네요."

조심스럽게 문을 두드리는 소리에 이어 여자 목소리가 들려온다.

"도노리오 씨가 다 준비되셨는지 여쭤보라시는데요. 혹시 화가님이 아직 준비가 덜 되셨으면 조금 더 기다리시겠답니다."

"아뇨, 그럴 필요 없어요. 곧 내려간다고 해요."

홀은 넓은 편이지만 몰려든 군중에 비해 공간이 턱없이 모자라다. 많은 이들은 안으로 들어오지 못한 채 정원에서 기다리며 거실 유리창을 통해 안을 엿보거나, 파란색 옷을 입은 남자들이 지키고 있는 대문 앞에 줄지어 서 있다. 안에서는 아직 작품을 빨간색 벨벳 천으로 가려놓아 모인 사람들의 흥분과 열기가 고조되고 있다.

도노리오가 마이크를 잡는다.

"신사 숙녀 여러분……"

군중은 사회자의 말에 귀를 기울인다.

"제게나, 여러분 모두에게나 오늘은 매우 특별한 날입니다……"

군중 사이에서 웅성거리고 수군거리는 소리가 간간이 나지만 곧 점점 깊어지는 정적 속으로 사라진다.

"친애하는 여러분…… 우리 사회의 가장 미미한 분자로부터 진정한 예술가들이 당당하게 등장하곤 하지요…… 지금 이 자리를 빌려 몽상가이자 친구이자 그리고 무엇보다 세상 누구도 외면할 수 없을 예술가 한분을 여러분께 소개해드리고자 합니다…… 베나비데스, 어서 오십시오……"

박수갈채가 쏟아지는 가운데, 코랄레스에게 등을 떠밀려 나온 베나비데스가 도노리오 쪽으로 다가간다. 도노리오는 환영하는 자세로 두 팔을 활짝 편다. 그가 연단으로 올라가 수많은 사람들을 바라보자, 군중은 그에게서 진정한 창작자의 순수한 면모를 발견한다. 우레와 같은 박수가 터져나온다. 박수 소리는 도노리오가 다시 마이크를 잡을 때까지 계속 이어진다. 그의 독백이 계속되지만, 거기 모인 이들은 예술가의 모습에서 잠시도 눈을 떼지 않는다. 베나비데스의 눈이 사람들의 시선과 찬사를 피해 천장과 벽을 이리저리 헤매는 사이, 사람들은 기대에 찬 눈빛으로 예술가의 창조적인 움직임을 좇는다.

"……과거의 어떤 것은 집단기억 속에, 그리고 우리 예술가들의 뛰어난 정신세계 속에 생생하게 살아 있죠. 공포, 증오, 죽음이 핍박받는 그들의 마음속에서 힘차게 고동치고 있다는 말입니다……"

예술가는 무대 한쪽에 있는 커다란 빨간색 벨벳 천을 발견한다. 그 뒤에는 작품이 자기 순서를 기다리고 있는 듯하다. 예술가 베나비데스를 그토록 불안하게 만드는 것의 정체는 무엇일까? 그의 소박하고 천재적인 얼굴에 왜 갑작스럽게 창백한 공포의 빛이 나타난 걸까?

"신사 숙녀 여러분, 여러분이 곧 보실 것은 일반적인 예술의 과잉된 감정을 넘어선 작품입니다. 따라서 이것은 하나의 작품이자 하나의 대답입니다. 베나비데스, 그럼 한마디 해주시죠." 말을 마친 도노리오가 베나비데스에게 마이크를 넘겨준다.

군중은 그의 말이 시작되기를 간절히 기다린다. 파란색 옷을 입은 남자가 연단으로 달려와 마이크를 베나비데스의 키 높이에 맞춰준다. 베나비데스는 마치 어떤 형벌의 무게를 가늠해보는 사람처럼 마이크를 바라본다. 그는 앞으로 세걸음 나아간다. 이제 곧 입을 열려는 듯 보인다. 도노리오는 코랄레스와 눈빛을 교환하려고 두리번 거리며 그를 찾는다. 하지만 정작 코랄레스는 이제 어엿한 어른이 된 아들을 흐뭇하게 바라보는 아버지의 눈빛으로 베나비데스를 주시하고 있다. 베나비데스는 몸을 돌려 빨간색 벨벳 천을 힐끗 보더니, 다시 군중을 향해 돌아선다. 긴장된 침묵이 흐른다. 마침내 베나비데스가 마이크를 잡고 말하기 시작한다.

"제가 그녀를 죽였습니다."

한동안 사람들은 그의 말을 이해하지 못한다. 방금 들은 말을 머릿속으로 정리하고 비로소 그 의미를 이해하게 되자, 군중은 감격에 겨워 벅차오르는 가슴을 겨우 가라앉히며 천천히 박수를 치기 시작한다. 여기저기서 기쁨의 탄성이 터져나온다. "그러니까 자기가 그 여자를 죽였다고." 그들은 서로 얼굴을 마주 보며 말을 주고받는다. "와, 이거 정말 센데." "한편의 멋진 순수시 같아." 어떤 이가 저 뒤에서 외친다. 그날 저녁 처음으로 감격의 눈물이 떨어진다. 무대 옆에 서 있는 코랄레스는 군중이 웅성거리는 소리를 들으며 고개를 끄덕인다. 도노리오는 예술가에게 좀 옆으로 가라고 한 다음 자기가 다시 그 자리를 차지한다. 파란색 옷을 입은 남자 두명이 무대 위로 올라와 빨간색 벨벳 천 양옆에 선다.

도노리오가 말한다.

"자, 여러분…… 작품을 소개합니다."

마치 태양이 빛을 선사하듯, 예술가가 지극히 인간적인 진실을 보여주듯, 작품을 가리고 있던 벨벳 천이, 마음을 졸이며 기다리는 사람들의 눈앞에서 천천히 내려간다. 마침내 작품이 모습을 드러낸다. 끔찍하고 실제적인, 그야말로 살아 있는 작품이다. 이제 군중은 더이상 도노리오를 거들떠보지 않지만, 그는 아랑곳없이 작품 제목을 발표한다. 한 글자 한 글자 음미하면서.

"'폭력'."

제목이 공개되자 군중은 일시에 감정을 분출한다.

이제는 북받치는 흥분을 억누를 길이 없다. 그들은 연단으로 올라가려고 서로 밀친다. 파란색 옷을 입은 남자 십수명이 그 앞을 막아서지만, 물밀듯이 밀려드는 사람들을 막을 도리가 없다. 열광과 흥분의 도가니. 소요. 작품에서 발산되는 무언가가 그들을 광기로 몰아넣는다. 자줏빛 육체. 그들 몇미터 앞에 주검이 놓여 있다. 인간의 살과 인간의 피부가, 거대한 허벅지가, 그 모든 것이 가죽에 짓눌린 채 여행가방 속에 있다. 그리고 그 부패의 냄새. 예술가는 여전히 가방 가까운 곳에 있다. 군중에게 고스란히 노출된 상태다. 독특하게 생긴 그의 얼굴은 그를 쳐다보는 군중 사이에서 더 두드러져 보인다. 사람들은 결국 그를 알아본다. 가끔 뜻밖의 일이 일어날 때가 있는

데, 사람들이 그를 번쩍 들어올려 손에서 손으로 넘긴 것이다. 코랄레스가 소리친다. "예술가!" 그러자 인간 장벽을 이루고 있던 파란색 옷을 입은 남자들이 베나비데스를 구하기 위해 우르르 몰려간다. 군중은 코랄레스의 고함을 듣고 베나비데스를 풀어준다. 하지만 베나비데스는 마치 흙탕물 속에 빠진 진주처럼 사람들 사이에 파묻혀 보이지 않는다. 조용한 결혼생활 끝에 이렇듯 전례 없는 경험이라니, 그 역시 무척이나 흥분된다. 그는 군중 속에 숨어, 그리고 내친김에 군중의 눈을 피해, 흥분에 도취된 육체들을 헤치고 혼란과 소동의 핵심으로 다가간다. 사람들은 더 잘 보이는 자리를 차지하려고 고함을 지르고 밀치는가 하면 주먹다짐을 벌이기도 한다. 그때 베나비데스는 눈앞에서 서서히 틈이 생기는 것을 느낀다. 그 틈을 통해 그와 나머지 사람들이 분리되기 시작한다. 베나비데스의 생각을 직감으로 알아차리는 코랄레스는 이 순간 모든 것을 이해한다. 그는 베나비데스의 미래에 자신을 걸었다. 저 왜소한 남자가 새로운 발견에 이르기를, 불안감을 억제하고 스스로를 창조자라 믿던 조상들의 기쁨을 찾기를 바란다. 그는 베나비데스의 손이 공기 중에서 존재하지 않는 물질을 움켜쥐고 한데 섞는 것을 보고 싶다. 부족한 시간과 엄청난 작업을 예측하고, 보통 사람들이 거치는 한가로운 잠복기를 깡그리 잊었으면 한다. 그는 베나비데스가 솔직한 기대의 눈으로 이런 장면, 즉 가슴 두근거리며 기다리는 수십명의 육체들, 여러곳을 쪼개고 최대한 오그려 욱여넣은 원초적인 덩어리, 그리고 숙련된 장인의 도움을 받아 정확하게 치수를 잰 가죽 여행가방을 보았으면 한다.

실제로 이런 일은 일어나지 않지만, 코랄레스는 좌절하지 않는다. 인간의 복잡한 변화 과정과 밀접한 관계를 맺고 있는 그의 마음은 오히려 믿음으로 가득 찬다. 도노리오가 그에게 미소를 지어 보인다. 끝내 경비원에게 붙잡힌 베나비데스가 정문으로 끌려나간다. 분위기가 점점 고조되는 가운데, 이곳에 모인 이들은 환한 미소를 띤 채 샴페인을 들고 돌아다니는 웨이트리스들을 반갑게 맞이한다. 이로써 개막식은 대성공을 거둔다.

사물의 새로운 질서-여성적인 것을
향한 글쓰기

사만타 슈웨블린(Samanta Schweblin)의 두번째 소설집 『입속의 새』(*Pájaros en la boca* 2009)가 보여주는 세계는 낯설고 기이하다. 소설집을 펴는 순간, 우리에게 익숙한 세상의 모습은 어디론가 자취를 감추고 무섭고 그로테스크한 장면이 스멀스멀 밀려온다. 산 채로 새를 잡아먹는 여자아이가 등장하는가 하면, 아내를 죽여 커다란 가방에 넣어 다니던 것이 위대한 예술작품으로 둔갑하기도 하고, 누군가의 머리를 아스팔트 바닥에 찧는 장면을 극사실주의적인 그림으로 표현하기도 한다. 그런데 더 놀라운 것은 거의 모든 작품에서 어떤 '사건', 즉 "기이하고 설명하기 어려운 일"만 덩그러니 나타날 뿐, 그 사건이 어떻게 일어났는지, 또 어떤 결말로 이어지는지가 생략되어 있다는 점이다. 프란츠 카프카(Franz Kafka)와 플래너리 오코너(Flannery O'Connor)를 연상시키는 그의 작품세계는 그래서 우리에게 불안감을 준다. 다른 작가들과 달리 카프카가 숨겨진 이야기를 텍스트의 전면에 내세우고 일상적인 삶의 이야기를 숨기는—즉, '카프카적인 것'—반면, 슈웨블린은 텍스트의 비밀 이야기마저 단편적으로만 독자들에게 제시한다. 그의 작품들은 시간적·역사적·공간적 지시대상, 즉 현실적 콘텍스트를 모두 제거함과 동시에 기존의 분류 체계를 부정함으로써 일상적인 현실을 지극히 낯선 세상으로 둔갑시켜버린다. 가령 「스텝 지대에서」(En la estepa)의 젊은 부부는 매일 밤 이해할 수 없는 의식을 치른 다음 '무언가'를 잡으려고 벌판에 나간다. 하지만 그들이 무엇을 위해—처음에는 부부가 '아기'를 원하는 것처럼 보이지만 실상은 알 수 없다—의식을 치르는지, 또 그들이 잡으려는 것이 무엇인지에 대해서는 아무런 설명도 없다. 주인공의 남편은 '그것'을 데리고 있다는 부부의 집에 가서 눈으로 직접 확인하려고 하지만, 결국 옷이 다 찢기고 상처를 입은 채 달아나고 만다(그렇다면 그 방에는 사나운 짐승이나 괴물이 사는 걸까?). 이처럼 살풍경한 세계를 반영하듯, 대상에 대한 어떤 정서적 표현이나 묘사도 용납하지 않는 그의 문체 또한 건조하기 이를 데 없다. 이와 같은 언

어적 퓨리터니즘(Puritanism) 혹은 비인간주의는 이 소
설집 외에도 슈웨블린 문학의 중추를 이룬다.

　슈웨블린이 바라보는 세계는 불모성이 지배하는 황
무지의 이미지로 나타난다. 특히 「절망에 빠진 여자들」
(Mujeres desesperadas)에서 짙은 어둠이 깔린 벌판은 남
자들에게서 버림받은 여자들의 울음과 탄식이, 그리고
연대는커녕 서로에게 퍼붓는 욕설과 저주가 환청처럼 울
려퍼지는 절망의 공간이다. 그 어떤 희망도 찾을 수 없는
어둠의 공간은 깊이를 알 수 없는 "구덩이"로 자연스럽게
이어진다. 「땅속」(Bajo tierra)에서는 탄광촌의 아이들이
하나둘씩 모여 땅을 파기 시작한다. 그러던 어느날 그 아
이들이 흔적도 없이 전부 사라지는 기이한 사건이 발생
한다. 아이들을 찾아 헤매던 부모들이 구덩이 위에 덮어
둔 판자를 들어올리지만, 그사이 구덩이는 흙으로 다시
메워져 있다. 더 놀라운 점은 아이들이 파낸 흙이 그 구덩
이 옆에 그대로 쌓여 있다는 사실이다. 그 이후로 마룻바
닥이나 마당이나 거리 밑, 즉 "땅속"에서 땅을 파는 듯한
"이상한 소리"가 들리기 시작하자, 마을 전체가 "광기"
에 휩싸인다. 「구덩이를 파는 사람」(El cavador)에서도 주
인공이 휴가를 즐기기 위해 빌린 별장 앞에서 미지의 남
자가 구덩이를 파고 있다. 「땅속」과 마찬가지로 이 작품
에서도 구덩이를 파는 이유는 분명하게 드러나지 않지만

결말 부분에 그것이 주인공을 묻기 위한 구덩이 ──"저 구덩이는 당신 거예요"──라는 사실이 암시되면서 독자를 공포로 이끈다(79면). 결국 어둠의 벌판과 깊은 구덩이는 모두 파괴와 죽음을 상징하는 이미지라는 것을 알 수 있다. 특히 「땅속」의 아동 집단 실종 사건은 탄광에서 일하던 어느 노인이 술집에서 만난 화자("나")에게 이야기하는 방식으로 서술된다. 이처럼 여러겹(노인 → 화자 → 독자)으로 전달되는 이야기는 마치 거울방에서 무한하게 증식되는 반사상처럼 독자들에게 두려움을 퍼뜨리는 효과를 일으킨다.

이처럼 이해할 수 없는 사건이나 이에 대한 두려움은 텍스트에서 메타포로 변형된다. 구덩이, 나비, 새, 소리, 노란 동물 등의 메타포는 사회적으로 배제되고 억압된 영역, 혹은 언어로 표현될 수 없는 사건을 응축해서 표현하는 장치이다. 다시 말해, 우리가 "사물의 크기"를 측정하는 데 사용하는 합리적 논리를 벗어나 새로운 질서를 이해하는 방법이라고 할 수 있다. 이런 메타포를 통해 인물들/독자들은 전혀 새로운 세계와 사물의 질서를 경험하게 된다. 더 놀라운 점은 우리에게 두려움과 충격을 안겨주는 사건들이 곧장 일상적 현실로 변화된다는 것이다. 예를 들어 「입속의 새」와 「내 동생 왈테르」(Mi hermano Walter)의 화자인 "나"는 각각 딸 사라와 동생 왈테르가 열어준 새로운 현실 속으로 발을 들이는 인물들인데, 시간이 흐르면서 비정상적인 요소가 일상적인 요소로 자리 잡으면서 그들 삶의 일부가 된다. 작가의 말처럼 비정상적인 것, 즉 메타포가 환상의 영역을 벗어나 "현실의 또다른 일부, 현실적인 것"으로 변함으로써 "동일한 영토에 현실적인 것과 환상적인 것"*이, "공포와 아름다움"이 공존하게 되는 것이다. 이제 슈웨블린의 세계에서는 사물의 질서가 전복되고, 새롭고 낯선 세계가 다양하게 펼쳐졌다 사라지기를 반복한다. 잠재적인 것, 가능한 것, 혹은 "끝없는 욕망"으로 이루어지는 새로운 현실. 작가가 이처럼 새로운 세계를 빚어내는 이유는 현실이라는 관념에 대해 근원적인 문제를 제기하기 위해서다. 현실이란 무엇인가? 이것이야말로 슈웨블린의 문학이 던지는 궁극적인 물음일 것이다.

작가는 사물의 질서를, 따라서 현실을 주어지거나 고정된 것이 아니라 끊임없이 변하고 유동하는 것으로 간주한다. 「보존」(Conservas)에서 화자인 "나"와 남편 마누엘은 바이스만 박사의 도움을 받아 배 속에 든 태아(테레시타)를 수정란의 상태로 되돌려 몸 밖으로 꺼내 — 나중

---

* P. Peña Rozas, "Samanta Schweblin: lo real y lo fantástico en un mismo territorio", *Intemperie*, 2010. http://tinyurl.com/ofrdxpu

에 다시 건강한 태아로 자라날 수 있도록 ─ 안전하게 용기에 보존한다. "이 아이는 우리를 기다려줄 거야. 나는 생각한다. 적당한 시간이 올 때까지 건강하게 잘 있을 거야."(36면) 이처럼 픽션을 통해 사건의 순서를 거꾸로 뒤집음으로써 순수한 욕망의 영역으로 현실을 끌어들인다.

> 나는 불면증으로 고생하고 있다. 침대에 누워 뜬눈으로 밤을 지새운다. 작은 테레시타 위에 손을 올린 채 멍하니 천장을 쳐다본다. 다른 생각은 할 수도 없다. 도무지 이해가 되지 않는다. 가령 어느 나라에서 렌터카를 빌려 다른 나라에서 반납하고, 한달 전에 죽은 생선을 냉동실에서 꺼내 해동하고, 집을 나서지 않고도 각종 공과금을 내는 놀라운 일들이 가능한 이 세상에서, 어떻게 사건의 순서를 조금 바꾸는 것처럼 사소한 문제조차 해결할 수 없는 걸까? 나는 도저히 포기할 수가 없다.(26~27면)

그런데 여기서 중요한 점은 새로운 현실의 구성 원리가 '시간'에 있다는 사실이다. 작가는 과거-현재-미래를 동일면에 배치함으로써 새로운 사물의 질서를 창조하고, 이를 통해 새로운 세계를 빚어낸다. 「보존」과 마찬가지로 「사물의 크기」(La medida de las cosas)에서도 작가는 "장난감"이라는 서사적 장치를 통해 엔리케 두벨을 어린아이로 둔갑시킴으로써 아동 폭력과 학대 문제를 극적으로 보여준다. 장난감의 세계와 더불어 엔리케가 하는 모든 일은 "무릎 아래에서 이루어"진다.(204면) 다시 말해, 엔리케가 갑자기 어린아이로 변한 것이다. "진열대 사이에 서 있는 그의 모습이 그날따라 유난히 왜소해 보였다."(205면) 마침내 엔리케를 찾아낸 그의 어머니는 그를 때리면서 집으로 끌고 간다.

나는 그 자리에 꼼짝도 못하고 선 채 속수무책으로 그 모습을 바라보고만 있었다. 그리고 문이 닫히기 직전에 그가 보여준 마지막 몸짓, 어머니가 화를 내며 그를 일으켜세우려고 몸을 숙일 때 어떻게든 그 손아귀에서 빠져나가려고 꿈틀거리던 그의 작은 손가락이 아직도 생생히 기억난다.(207면)

시간을 통해 빚어지는 새로운 세계는 곧장 작가의 손끝에서 '여성적인 것'의 영역으로 이어진다. 『입속의 새』에는 여성적인 것, 즉 잠재적이고 가능한 것, 욕망의 영역으로 흘러가는 작품들이 유독 눈에 많이 띈다. 「보존」과 「절망에 빠진 여자들」은 물론, 어린아이의 순진한 눈과 그 어머니의 우울증적 관점을 교차시켜 여성의 존재

의미를 되짚어보는 「산타클로스가 우리 집에서 자고 있다」(Santa Claus duerme en casa) 또한 그러한 계열의 작품이다. 이와 반대로 「개 죽이기」(Matar a un perro)와 「남자 인어」(El hombre sirena)에서는 오히려 폭력적이고 파괴적인 남성성의 요소와 아버지, 즉 가부장의 역할을 하는 오빠의 존재를 텍스트 전면에 내세움으로써 여성적인 것의 가치를 간접적으로 드러낸다.*(슈웨블린의 작품세계에서 "우울증"/신경증과 "광기"는 일상을 여성적인 세계로 끌어들이는 매개체 역할을 한다.) 더 나아가 「베나비데스의 무거운 여행가방」(La pesada valija de Benavides)과 「이르만」(Irman) 그리고 「아스팔트에 머리 찧기」(Cabezas contra el asfalto)에서는 여성적인 것이 예술적인 영역으로 확대되고 있다. 일상적 현실에 "존재하지 않는 물질을 움켜쥐고" 지금 눈에 보이는 모든 것을 "바꿀" 수 있는 세계를 창조하는 것, 즉 예술이야말로 슈웨블린의 문학세계가 궁극적으로 흘러가고자 하는 지대

---

* 이 소설집에는 폭력적인 주제(대표적인 예로 '복수'를 들 수 있다)가 자주 등장한다. 그런데 흥미로운 점은 복수를 주제로 한 작품들이 대부분 과거 아르헨티나 소설의 '패러디'로 나타난다는 사실이다. '복수'로서의 '패러디'. 「개 죽이기」와 「역병의 대유행」(에스테반 에체베리아의 『도살장El matadero』), 「스텝 지대에서」(훌리오 코르타사르의 「점거당한 집La casa tomada」)와 「올링히리스」(코르타사르의 「아숄로틀Axolotl」) 등이 바로 그런 경우다.

일 것이다. 여성의 "자기만의 공간"인 텍스트, 여기서 생성되는 세계는 우리 독자들에게 "계시와도 같은 경험"을 선사한다. 여성적인 세계에서는 "시간이 흐르지만 아무 일도 일어나지 않는다". 그러나 거기에서는 아무 일도 일어나지 않지만 "모든 것이 생성되며, 그리하여 사건은 시간이 지나갔을 때 다시 시작하는 특권을 갖는다. 아무 일도 일어나지 않았음에도 모든 것은 변해 있다".* 결론적으로, 슈웨블린의 문학세계는 끝내 우리의 눈앞에 모습을 드러내지 않지만, 언제나 어렴풋하게 어른거리는 "계시"처럼 뜻밖의 우연한 계기를 통해 일어날 수 있는 새로운 생성—새로운 삶의 형식—에 대한 무한한 기다림, 혹은 우리 삶의 근원적인 조건을 바꾸고자 하는 열정의 다른 이름일 것이다.

엄지영

---

* 질 들뢰즈·펠릭스 가타리, 『철학이란 무엇인가』, 이정임·윤정임 옮김, 서울: 현대미학사, 1999, 226면. 따라서 슈웨블린의 여성적인 것은 들뢰즈의 "시간-사이entre-temps"와 흡사하다. 들뢰즈에 따르면, 시간-사이란 영원에 속하는 것도, 그렇다고 시간의 질서에 속하는 것도 아니다. 그것은 사건의 영역, 즉 외부 조건과의 결합을 통해 뜻밖의 사건이 일어나는, 그래서 현실을 무한한 잠재성으로 변환시키는 "생성에 속해 있다".

입속의 새

초판 1쇄 발행 / 2023년 1월 25일

지은이 / 사만타 슈웨블린
옮긴이 / 엄지영
펴낸이 / 강일우
책임편집 / 양재화 홍상희
조판 / 황숙화 박아경
펴낸곳 / (주)창비
등록 / 1986년 8월 5일 제85호
주소 / 10881 경기도 파주시 회동길 184
전화 / 031-955-3333
팩시밀리 / 영업 031-955-3399 편집 031-955-3400
홈페이지 / www.changbi.com
전자우편 / lit@changbi.com

한국어판 ⓒ (주)창비 2023
ISBN 978-89-364-3898-2 03870